迷失在白垩纪

③

—— 林中之马的魔王 著 ——

浙江文艺出版社
Zhejiang Literature & Art Publishing House

图书在版编目(CIP)数据

迷失在白垩纪.③/林中之马的魔王著.—杭州:
浙江文艺出版社,2023.3
ISBN 978-7-5339-5963-0

Ⅰ.①迷… Ⅱ.①林… Ⅲ.①长篇小说—中国—当代
Ⅳ.①I247.5

中国版本图书馆CIP数据核字(2019)第294103号

图书策划 柳明晔
责任编辑 周 易
营销编辑 宋佳音
装帧设计 仙境 WONDERLAND Book design
版式设计 吕翡翠
责任印制 吴春娟

迷失在白垩纪.③

林中之马的魔王 著

出版发行 浙江文艺出版社
地 址 杭州市体育场路347号
邮 编 310006
电 话 0571-85176953(总编办)
0571-85152727(市场部)
制 版 浙江新华图文制作有限公司
印 刷 杭州印校印务有限公司
开 本 710毫米×1000毫米 1/16
字 数 255千字
印 张 15.5
插 页 1
版 次 2023年3月第1版
印 次 2023年3月第1次印刷
书 号 ISBN 978-7-5339-5963-0
定 价 49.00元

迷失在白垩纪 3

第1章 求助者

一个人站在门口，外面是熟悉却空无一人的世界，这样的感觉真的非常糟糕。

就像是要独自去对抗整个世界。

钱伟回头看了看身后的人，抓紧了手中用砂轮磨尖的撬棍，用力地叫喊了一声：“喂——”

“……喂——”

回音从很远的地方传来。

他往外走了一步。

“钱伟！”张晓舟低声地叫道。

“没事！”钱伟摆了摆手。

挡在他前面的是他们花费了整整一个晚上做成的大铁笼，每一个焊点、每一根材料他都亲自检查过，闸门在楼上进行过将近五十次试验，所有的插销都反复地进行过检查。

他对自己做出来的东西很有信心，虽然因为用了许多不同的材料，使这东西看上去怪模怪样的，但绝对万无一失。

正是因为如此，他才坚决要求由自己来充当诱饵。

“也让我当一次英雄啊！”他开玩笑地对张晓舟说道。

但现在的问题是，那些恐龙还在不在这个地方？

他们一直等到暴龙像往常那样离开这个区域后，才从楼顶用两台滑轮组一起把这个笼子就位、固定好，然后打开了门。

“来啊！你们这些该死的畜生！”钱伟再一次大声地叫道。

安澜大厦中几乎所有人都在默默地等待着结果，这一次就连梁宇也没有再阻止人们站在窗口围观。

在昨天的事件中遭到重创的信心急需某种刺激来恢复，即使是昨天中午和晚上两次通报了这个计划和它的实施进度，但只要它还没有奏效，人们心里的恐慌显然就没有办法真的这么容易就消散。

钱伟用手中的撬棍用力敲打着铁栏，发出砰砰的声音，但周围却什么动静都没有。

它们已经离开了吗？

世上的事情总是这么奇怪，当你期望某件事情发生的时候，它往往偏就不会发生；而你期望着事情不要恶化，它就偏偏会恶化。

“喂！”钱伟继续大声地叫着。

但从楼顶的哨兵那里反馈来的信息显示，依然没有看到它们的踪迹。

“昨天也是干了将近二十分钟之后它们才过来的。”吴建伟对钱伟说道，“它们的巢穴也许并不在附近。”

钱伟摇摇头，难道他要像一个傻瓜那样一直在这个地方大喊大叫十几二十分钟？

他用手中的撬棍继续敲击着铁栏，目光则一直放在昨天它们出现的那个方向。

铁笼最后还是做了可以活动的底板，这是因为张晓舟觉得，在地面上抓住它们之后，要在原地杀死它们并不容易，血迹还有可能把暴龙引过来。于是钱伟和吴工更改了设计方案，在下面做了一个可以拆装的网格底板。作为陷阱的时候，就把它装上；而作为庇护所的时候，为了便于移动可以把它拆掉。

这个东西消耗了他们手头仅有的钢材，如果没有任何收益，就连钱伟自己也觉得过不去了。

“喂——”他再一次大声地叫道。

他的声音在空旷的城市中回荡着，李彦成突然笑了起来。

"怎么?"

"你的嗓子其实不错啊,沙哑成这样……要不要来首摇滚?"

"滚!"钱伟笑骂道。

"总比你在这一直喂喂地傻叫好吧?"李彦成说道。

马上就开始有人起哄了。

"钱副队长,来一个啊!"

钱伟摇了摇头:"我唱歌不着调!"

"没关系啊,我们站在右边听不就行了?"

人们善意地哄笑了起来。

"好,这可是你们自找的!"钱伟说道。

他沉吟了一下,随即低声唱了起来:"生命就像,一条大河,时而宁静,时而疯狂。现实就像,一把枷锁,把我捆住,无法挣脱。这谜一样的生活锋利如刀,一次次将我重伤。我知道我要的那种幸福,就在那片更高的天空……"

他唱得其实很好,粗犷而又沙哑的嗓音在空旷的世界里大声地嘶吼着,仿佛是在对这一切发出自己的声音,表达着自己的不甘和愤怒。

没有伴奏,也不需要伴奏,眼前这个已经完全不同的蛮荒世界就是最好的注脚。

人们沉默了一会儿,随后很多人跟着他一起唱了起来。

"……我要飞得更高,飞得更高,狂风一样舞蹈,挣脱怀抱……"

"小心!"楼顶突然有人叫道。一个身影贴着安澜大厦的墙壁突然向着这边疾冲过来,重重地撞在铁笼上,让它在地上摇动了一下。

如果不是有防止它翻滚的斜撑设计,它或许已经滚了出去。

人们被吓得惊叫了起来,笼子稍稍离开了门口,露出一条缝隙,两只恐龙不断地扑击着这个地方,试图从那里冲进来。

"钱伟!"张晓舟马上叫道,"回来!"

情况再一次偏离了他们的预料,它们根本就没有按照人们的预想进入笼子,而是从侧面一次次地扑击着,试图把挡在门口的笼子推开。

失败了……虽然不愿意承认,但张晓舟不得不正视这样的现实。

它们也许是这个时代最聪明的动物之一,怎么可能会被这么简陋的陷阱抓住?

但钱伟却不甘心，他挥舞着手中的撬棍，试图把它们从那个地方逼开，同时不断地用脚踢着笼子，希望它们当中有哪一个会钻到里面去。

在这么近的距离，他们几乎能够闻到它们身上的臭味，几乎能够看清它们身上的每一根羽毛和裸露在外的鳞片。

“钱伟！”张晓舟再一次叫道。

“进来啊！你们这些该死的东西！”钱伟愤怒地大吼着。

更多的恐龙出现在铁笼周围，其中的一只甚至直接跳到了铁笼上面，对着钱伟嘶叫起来。

“钱伟！”

“最后一秒！最后一秒钟！”钱伟不甘地叫道。

张晓舟伸手抓住他，准备硬把他拖回来，就在这时，一只恐龙突然钻进了铁笼，隔着铁网对着钱伟咆哮了起来。

钱伟马上伸手用力地拉动了那个机关，在人们紧张而又期盼的目光中，两折的闸门发出哗啦一声响，快速地向下滑动，哐的一声死死地卡住了。

“成了！”钱伟兴奋地叫道。

张晓舟一把将他拖了进来，人们赶快把门关上，将用来加固的角钢卡在门背后。

“成功了！”钱伟兴奋地叫道。

门外传来恐龙惊恐的叫声。可以想象，那只被抓住的恐龙一定正在惊恐地不断撞击着铁笼，但他相信自己做出来的东西，那个该死的畜生既然已经被关进来，那它就死定了！

“以后再也不要这样了。”张晓舟把他拉到自己面前，郑重其事地看着他的眼睛说道，“你的命比它重要多了，你知不知道?!”

钱伟愣了一下，随即点了点头。

“不会了。”他对张晓舟说道，“我保证。”

抓住一只恐龙的消息马上就传遍了整个大厦，所有人都丢下自己手头的事情，开始往楼顶跑去。

“慢一点！”钱伟和吴建伟两人分别指挥着一组人拉动绳索，笼子本身就很重，那只恐龙惊惧不安地在里面转来转去，用自己的身躯撞击着笼子，让重心不断地发生变化，给起吊带来了更大的麻烦。

看上去简单的工作，其实很不简单，一个地方协调不好，笼子就很有可能卡在某个地方，甚至有可能失去平衡，直接掉下去。

但这样的事情终究还是没有发生，笼子一点点地出现在天台的侧面，然后被人们用铁钩钩住，慢慢地拖了过来。

那只恐龙在笼子里大声地尖叫着，发出咝咝的像是毒蛇一样的声音，它不断地试图用脚上的钩爪破坏笼子，试图用自己的身体撞开笼子，但肉体的力量始终没有办法与钢铁抗衡，只是徒劳无功罢了。

人们小心翼翼地站在周围，他们中的很多人都是第一次在这么近的距离观察一只活生生的猎食猛兽，它的样子和凶狠的动作让人们不时地发出感叹。

“怎么办?”吴建伟问道。

“当然是杀掉它!”张晓舟和钱伟同时说道。

两人各自握紧了一根磨尖的撬棍向笼子走去，那只恐龙似乎是已经意识到了自己的命运，动作越发凶猛，叫声也越发凄厉了起来。

但它的整个身躯就有将近三米长，接近两米高，而笼子总共也只有大约四米长、两米高，它在里面根本就没有什么躲避的空间。

张晓舟看了看钱伟，两人一起把撬棍狠狠地扎了进去。

凄厉的尖叫声几乎把人们的耳膜撕开，张晓舟的那一击被它躲开，但钱伟的那一击却狠狠地刺中了它的大腿，它凶狠地用牙齿咬住了钱伟手中的撬棍，使他根本就没有办法把它拔出来，这时候，张晓舟再一次刺了进去。

恐龙再一次尖叫了起来，这一击刺中了它的脖颈，但撬棍马上就被它用前爪紧紧地按住，再也没有办法继续向前。

“再拿长矛过来!”张晓舟强忍着鲜血飞溅和刺耳的嘶吼声对周边的人们说道。一些人慌慌张张地向楼下跑去。恐龙低头咬住了张晓舟手中的撬棍，于是钱伟把自己手中的那一根从它的大腿上拔出来，再一次狠狠地刺了下去。

这样的虐杀绝对不是什么令人愉悦的事情，虽然大家都知道眼前这个东西是杀人无数的恶鬼，但这样鲜血横飞的景象很快就让一些人感到不适，天台上的人渐渐少了，在人们把更多的长矛拿上来的时候，天台上已经只剩下一半的人了。

两根撬棍把它顶在了铁笼的一侧，再也无法动弹，张晓舟从一名队员的手中接过一根锋利的长矛，深深地吸了一口气，慢慢地把它伸进了铁笼，对准它的心脏的位置，缓慢却坚决地插了进去。

凄厉的叫声渐渐变成了悲鸣，随后变成了细微的哀叫，越来越多的血流了出来。

“下次用个大盆子接在下面，把杂质滤一滤，稍微放点盐搅拌均匀就能做血豆腐吃了。”吴建伟摇了摇头说道。他没有很多人那种见不得杀生的圣母情结，看到这么多血白白地流淌在地上，只觉得可惜。

“下次再说吧。”张晓舟说道。

从伤口流出来的血越来越少，恐龙的喘息声越来越微弱，最后彻底停住了。

“应该可以了吧？”人们都在看着张晓舟和钱伟。

但张晓舟还是有些不确定。

低等动物的神经系统与哺乳动物不同，一些毒蛇的脑袋被砍下来二三十分钟后依然有咬合的能力，身体也会继续扭动。有些人杀鸡的时候，没有把血彻底放干，结果扔在地上一会儿之后，鸡竟然扑腾着翅膀跑掉了。

而恐龙也是如此，一些科学家甚至断言，蜥脚类恐龙和剑龙类恐龙在脊椎后部的某个地方应该有一个副脑存在，可以帮助大脑及时处理一些身体末端的感觉和行动。

如果是这样的话，那眼前的这个东西也许会非常难杀死。它全身上下可以说都是致命的武器，巨大而又充满利齿的口就更不用说了，它后腿上那巨大的钩爪让人望而生畏，即使是操作不当引起它腿部肌肉的反射运动都有可能造成伤亡。

他可不想因为忙着要吃肉而造成减员。

“找把斧头过来。”他对人们说道，“问问看，有谁会剥皮抽筋、处理野生动物？”

这样的话听上去有点怪，但在现在这个世界里，这样一头猛兽绝对可以说是一个宝库。

牙齿可以用来做箭头，羽毛可以用来做箭羽，筋可以用来做弓弦或者是做绳索，油脂可以用来润滑机械部件、点灯、做燃料甚至是做肥皂，而皮革更是有着非常多的用途。

张晓舟甚至丝毫也不怀疑，它后脚上的那两个巨大的钩爪完全可以用来做成很好的武器。

现代社会遗留给他们的东西已经越来越少，他们必须学会使用新的资源。

斧头很快就拿了过来，张晓舟让钱伟临时制作了几个前面带着丫杈、可以把恐龙的脖颈和手脚死死按住的工具，这才同意打开笼门。

他们合力将恐龙拖出笼子，首先把头砍下来，然后是四只脚爪，当完成这一切之后，张晓舟才彻底放下心来。

这时候他才注意到，人们找来处理这只恐龙的老人，竟然是之前因为值夜班的时候打瞌睡而被判监禁的李学勤。

他面对张晓舟和钱伟的时候微微有些紧张。

"李师傅，您会处理这些？"

"年轻的时候跟着家里人上山打过猎。"老人小心翼翼地答道，"别的不好说，剥皮抽筋这些都熟的。"

"那就拜托您了，一定要尽可能地把它身上一切能用的东西都保留下来。"张晓舟点点头，对他说道，"而且要快一点，你看，大家都在眼巴巴地等着呢。"

人们哄笑了起来，随即散开了。

每个人的心情都变得轻松了起来，恐龙不再是肆意夺取他们生命的恶魔，而是今天晚上饭桌上的菜品。绝大多数人都已经有将近二十天没有吃过新鲜的肉了，这让他们完全忘记了不久前萦绕在他们身上的恐惧，开始对今天的晚餐无限期待了起来。

那些恐龙还在周围活动，不时发出奇怪的鸣叫，它们应该是家族观念很重的动物，所以还一直在寻找着下落不明的同伴。

钱伟寻思着是不是要把笼子尽快清理一下，试着再来一次这样的诱捕，但哨兵的一句话却彻底打消了他的念头。

"暴龙过来了！"

整座安澜大厦一下子安静了下来。

人们马上放下手中的工作，走到远离窗边的地方，或者是干脆走到楼上。

这已经不是它第一次从安澜大厦旁走过，在它上次轻松地破坏了一扇窗户之后，人们都已经非常清楚，这样的东西，没有特别的理由就没有必要去惹它。只要没有声音或者是什么行动吸引它的注意力，它通常会沿着固定的路线很快离开，对于大厦中这些抓不到吃不着的猎物不闻不问。

但今天它看起来却完全不同，那几只还在搜寻同伴的中型恐龙开始强烈地不安起来，暴龙直接撞开了安澜大厦旁边通往地面停车场的那道铁门，对着同伴大声地咆哮起来。

猎食动物都有着强烈的领地观念，之前在副食品批发市场的时候，因为猎物充足，二者之间并没有发生太大的冲突，但这几天暴龙一直没有抓到足以果腹的猎物，这让它变得饥饿而又暴躁。

人们默默地站在楼上，看着下面那些巨兽之间的对峙。

中型恐龙迟疑了一下，暴龙开始向它们缓慢地奔跑起来，它们尖叫着散开，在暴龙周围嘶叫着，但体形的巨大差异还是让它们最终放弃了继续留在这个地方的念头，纷纷向着城南方向逃走了。

暴龙停留了下来，开始高高地扬起头颅，在空中嗅了起来。

浓烈的血腥气味，但奇怪的是，这气味却来自头顶高高的地方，远远地偏离了它的视线。

它疑惑地绕着安澜大厦走了一圈，却没有找到任何可以爬上这座古怪山丘的通道。最终它生气地对着大厦咆哮了一阵，拖着沉重的身躯缓慢地离开了。

“吓我一跳。”吴建伟摇着头说道，“还好按照张晓舟你的建议在楼顶消灭它，不然的话，谁知道这东西会发什么疯。”

张晓舟看着它消失在不远处的身影，摇了摇头。

这样的东西对于城市中的人们来说始终是一个巨大的威胁，不把它消灭掉，人们就永远也谈不上任何安全可言。

“吴工，我觉得李师傅的手艺可以作为工程技术部储备的技能，你觉得呢？”他问吴建伟道。

“没错，我会问问他愿不愿意带徒弟。”吴建伟点点头。

虽然现在看起来还没什么用，但可以预料的未来，宰杀动物、剥皮、抽筋、把动物身体当中每一个有用的部件分门别类地拆开收集并且进行相应的处理，这样的技能一定会非常有用。如果可以的话，相信每个男人都愿意学一学。

但现阶段却没有太多的机会来给人们学习，张晓舟和钱伟帮着把那些可以使用的长羽毛拔下来收集起来，然后就看着李学勤小心地把那只恐龙绑在架子上，一点点把它的皮剥下来。好在他们对于这个动物的伤害只限于几个地方，避开了那几个伤口之后，整张皮看上去能够利用的部分相当可观。

把整张皮剥下来花了将近一个小时，李学勤也累得满头大汗。

“好多年都没弄过这个事情了，好在没出岔子。”他对自己的手艺还算满意，一边歇息一边对张晓舟他们说道。

“这个皮接下来要怎么处理?”钱伟问道。

“先用水泡，一两个小时之后拿出来铺平了，用小刀把上面的肉和油全都刮下来，然后用碱水泡。我们没碱的话，拿草木灰应该也可以，就是稍微麻烦一点。”

这个东西听起来倒是简单，但做起来不知道怎么样。两人找到一个容器，把它装满水，把那张皮浸进去、泡好，然后过来继续看李学勤怎么抽它的筋。

这个工作看起来极为复杂，他们所要用的筋其实是肌肉之间的肌腱和结缔组织，李学勤用一把锋利的小刀小心翼翼地把肌肉完整地从骨骼上取下来，然后把肌腱挑开、撕扯下来。最长的一条肌腱足有一米二长。

“这个也是要反复用冷水浸泡，然后把上面残留的肉和油清除干净，在阴凉的地方挂起来风干就可以了。”

大家只知道这东西古代可以用来做弓弦，但现在它们这个样子看上去和想象中的差距真的不是一般的大。

不过现在不是问这些的时候，刘雪梅她们早就在旁边等得不耐烦了，等到成块的脂肪被小心地刮出来用罐子收好之后，她们迫不及待地把肉和骨头收走，放到了早已经准备好的大锅里。

“我看好几个人的眼睛都绿了。”钱伟开玩笑地说道。

之前的惊险已经完全被人们忘记了，在这一天，在这个时刻，每个人心里所想的都只有一件事情了。

但这个过程却比任何人想象的都长得多，中饭还是粥，不过是用砍成小块的恐龙骨头熬出的汤煮的，虽然没有预想中的那么好，但还是让很多人都把碗舔了又舔。工分多的人暗自盘算着，不知道能弄到多少肉，给自己和家人打打牙祭，而那些每天工分都刚好够吃、一点余量都没有的人则如丧考妣，想方设法地想要鼓动大家去找管理团队说情。

人心竟然因为这顿饭而变得涌动了起来。

张晓舟他们急忙开了一个紧急会议，然后在午饭结束前向大家宣布："今天的晚饭每人都有一块肉，不花工分！但想要额外的就得花工分了，而且价格不菲哦！"

"万岁！"人们一下子兴奋得欢叫了起来。

下午工作时，人们变得空前地积极努力，每个人都希望能够评上一个"优秀"，好给自己可怜巴巴的孩子多弄一块肉吃。

空前的工作态度让各部的负责人不得不再一次聚到张晓舟这里，最终确定这一天的成绩评价可以放松一些。

在知道李学勤因为会处理动物而被工程技术部列为讲师，并且预支了三百个工分之后，一下子有二三十个老人挤到他的办公室，说自己懂别人不懂的东西，要求他评价，让他忙得够呛，甚至不得不把吴建伟等人也找来帮忙。

一些老人甚至就守在门口，一样样地回想自己会点什么，一想到就跑进门去让他们评价。

"再怎么威逼利诱都比不上一块肉……"吴建伟摇着头说道。

"所以说，在这个世界上，利益永远都比恐吓更有作用。"张晓舟也摇着头。他们俩的知识量在安澜大厦整个团队里算是比较丰富的，但在老人们一下子爆发出来的热情面前真的是捉襟见肘，很多东西听上去都很有用，但他们却没有办法鉴别。声称自己懂这个的老人急得跳脚，可暂时没有办法让他表现，他们也没有什么办法。

"这样吧。"张晓舟最后想出了一个办法，"没有办法评判的，都记录下来，今天可以预支一百个工分。以后有条件了，重新进行评判。但是如果评判不合格，那这些工分都得慢慢地扣回来！"

"这没问题！"老人们都拍手叫好。

这下子，张晓舟和吴建伟就更忙了。

这一刻终于到来了。

当人们终于做完下午的工作，走向六楼的食堂，那一大锅一大锅的恐龙肉终于抬了出来，放在用柜子隔出来的区域里面。

"人人都有！先排队！"李洪带着安保部的年轻人大声地叫着，维持着秩序，"先来后来量都一样！"

他们手上的橡皮警棍让人们想起了刚刚被审判的那几个人，恐龙肉的香味终于没有让他们彻底失去理智，而是让他们迅速听从指挥排起了队来。

三碗肉先舀了出来，由刘雪梅抬了出去。

人们骚动了起来。

“那是给哨兵的！”刚刚成为后勤保障部部长的董丽娟泼辣地大声叫道。梁宇这个铁面人站在掌勺的位置，亲自来分发今天的特别晚餐。

“先打每个人的定量，然后才是花工分买的，一个个来！”他们不停地大声叫着。

幸运地排在第一个的小伙子刚刚拿回自己的碗就忍不住把肉捞出来塞在嘴里，热汤里刚刚捞出来的肉烫得他一声怪叫，但他舍不得把肉吐回碗里，硬生生地忍着烫大嚼起来。

“好吃吗？”排在后面的人忍不住问道。看见他吃得这么香，几乎所有人都控制不住地流了满口的口水，就连在旁边维持秩序的队员们也不例外。

“好吃……真好吃！”他一脸幸福，含混不清地说道。

其实这肉很老，如果不是因为这样，也不会整整炖了五个小时才端出来。即使是这样，嚼起来也很费劲，牙口不好的老年人和小孩大概只能把肉撕成小块吞下去。

但它吃起来的确香，对于已经很久没有吃过新鲜肉的人们来说，难嚼这个缺点直接被忽略掉了。

一时之间，食堂里说话的声音突然就少了，剩下的只是被烫得吸嘴的声音、用力咀嚼的声音，以及咽口水的声音。

每个人的东西都很简单，一碗粥，上面舀上四五块切得差不多大的肉。也许不可能真的做到每个人的量都一样，但看上去大致差不多，这样人们便没什么意见了，只是不断地催促着梁宇的动作，让他快一点。一锅肉很快就舀完了，排在后面的人心里竟然一下子恐慌了起来。好在另外一口锅马上就抬到了那个地方，大勺一舀，还是满满的一锅肉。

很快，所有人都获得了自己的那一份，李洪终于不再约束自己的队员，他们欢呼了一声，放下手里的东西向自己的碗跑去。

管理团队的人排在最后，有好事的人悄悄站在一边看他们能吃多少。梁宇可不会在这种情况下犯错误，他的手不慌不忙，同样是大小近似的四五块肉。这也许是作秀，但人们的心情便稳定了下来。

"每人还有一碗汤，吃完饭的可以过来打！"董丽娟大声地叫道，"现在要花工分买的人可以来了！"

但这时候却意外地冷场了，柜台前标得明明白白，八十个工分一份。这个价格可不便宜，很多人即使今天拿到了一个优秀的评语，也得把之前好不容易积累的工分也花掉才够。

如果只是之前那么四五块肉，那就有点不划算了。反正瘾已经过了，一些家庭中的老人把自己的那份也分了一份给子女，他们反倒不太有购买欲了。

"梁宇的算盘要落空了。"钱伟悄悄地对张晓舟说道。

他们原以为人们会经受不住诱惑把剩下的肉抢购一空，这样一来，今天发出去的那些工分也不会引起什么波澜。没想到的是，人们在这个时候竟然忍住了。

"给我一份！"钱伟摇摇头走了上去。

好多人跟着他向柜台走去，一心想要看看八十个工分能买到多少肉。

对于钱伟的购买力大家倒是没有什么疑问，他和张晓舟的工分数每天都写在白板上，人人都知道他们有好几个兼职，而且他们的辛苦大家也都看在眼里。

别的不说，没有钱伟昨天晚上加班加点干活，没有他今天出去冒险，大家什么都吃不上。

"钱副队长，请我吃一口怎么样？"有个相熟的年轻人笑嘻嘻地开玩笑说道。

"滚！想吃自己挣工分去！"钱伟毫不留情地说道。

梁宇舀了一满勺肉倒在他的碗里，人们一下子感慨了起来。

那应该足有十七八块肉了！

手上有工分的人一下子站了起来，犹豫不决，不知道是大手大脚一次，还是把那些工分留在更关键的时候。

梁宇开始有些担心了。

今天他们因为考虑到要振奋士气，额外增加了将近二十个"优秀"评价的名额，张晓舟和吴建伟那边也放出去了至少一千五百个工分。如果这些工分不被马上消耗掉，对于他今后确定物价来说还真是一件伤脑筋的事情。

好在这样的担心最终没有出现，人们心里"今朝有酒今朝醉"的思想还是占据了上风，以今天让人大跌眼镜的李学勤为首，一干老人们都出来把自己的工分换成了给孙辈和儿女解馋的机会。一家人吃一份这样的加餐，算起来其实并不算有多奢侈。

“以后我要给人上课的，每节课按照人头有工分呢！”李学勤很得意地对周边的人们说道。

张晓舟对这样的炫耀乐见其成，如果能够让人们传授自己的技能，他愿意多给他们一些工分。

但相对地，他也得弄到更多消耗工分的东西才行！

恐龙肉很快就按照梁宇的预想被一扫而空，肉汤也几乎没有剩下，多余的骨头将在未来几天内一直充当煮粥的重要原料，想来大家应该不会抗拒自己的粥里多一些肉味。

钱伟准备把自己买的那些肉留到晚上当零食吃，说句很矫情的大实话，他一个人吃这么多恐龙肉，牙齿还真有点受不了。

“你要吗？要就拿一半去！”钱伟对张晓舟说道。

“无福消受。”张晓舟笑着说道，“你留着晚上慢慢磨牙吧。”

他并不是不爱吃肉，在李学勤给恐龙剥皮的时候，他和钱伟也没有闲着，而是在一边处理那些内脏。在剖开恐龙胃囊的时候，他清楚地看到里面有几根还没有完全被消化掉的人手指。

这让他差一点吐出来。但在别人发现之前，他快速地把它们处理掉了。

这样的事情让他对这些肉突然有了一种隐隐的厌恶，但他没有对任何人说，而是把这件事情憋在了心里。

开心的事情可以分享，但这样的事情，就由自己一个人来承受吧。

欢乐的气氛笼罩着安澜大厦，人们在难得的美餐之后，三三两两地聚在一起聊天，或者是相互串门。

聊天的内容大多数都和今天所发生的事情有关，张晓舟和钱伟一起在楼道里慢慢地走着，昨天被恐龙袭击之后的悲观情绪已经彻底消失，人们更多的是在讨论以后多久才能再抓到一只恐龙。

最乐观的预期是最近应该还会有收获，但随着时间的推移，这样的可能性会越来越小。

张晓舟对着钱伟笑了笑。

能够听到这样理智的推测，他感到很高兴。

很多人都知道狼和狐狸这样的猎食动物其实很聪明，它们会发现人们布下的陷阱，有时候甚至会躲开陷阱而把那些被陷阱抓住的动物吃掉。

恐龙当然也可能有这样的智慧。

一开始的时候它们或许不知道这样的陷阱有什么样的危险，但在经历了几次这样的事情之后，人们相信它们就不太可能还会被这样简陋的陷阱抓住了。

“以后想吃肉的话，还是得抓植食恐龙来驯养才行!”

王牧林他们那个房间里的讨论最热烈，年轻人对恐龙的认识比中老年人多得多，这让他们有了更多的谈资。

“那得是多久以后的事情了?”有人反驳道，“而且这些东西和牛羊不一样，吃得多长得快，以我们和它们的身高差，根本就没有驯服它们的可能性。”

“为什么不行？以前大象那么大，还不是照样被人养了用来干活?”被反驳的人不满地说道，“只要摸清楚它们的脾气，蜥脚类不敢说，鸭嘴龙类的恐龙绝对是没有问题的!”

“其实我们应该考虑养那些原始鸟类。”另外一个人说道，“钱副队长他们之前不是曾经见过一些四翼鸟吗？体形不大容易控制，繁殖起来应该也比大恐龙要容易。它们如果吃虫的话，我们也可以像以前那些养黄粉虫喂生态鸡的做法，成批地饲养这些鸟。”

“那还不如养那些成天在下面跑来跑去的秀颚龙呢！这些东西繁殖绝对快，而且明显不挑嘴，什么东西都吃。要养的话，应该是这种类型的动物最好养吧?”

“防病是个大问题啊。”一个新的声音加入了进来，“你们想过没有，以前我们可以搞大规模的养殖都是因为有疫苗和抗生素，现在没有这些东西了，大规模养殖很容易产生疫病的。”

这些人到了这个时代也没有改掉纸上谈兵、忧国忧民的习惯，不过张晓舟对他们的谈话内容倒是很感兴趣，他看了看钱伟，发现他也在偷着乐。

两人准备进去和这些年轻人好好聊聊，这时候，楼下的值班员却匆匆忙忙地跑了上来，看到他们之后，直接跑了过来。

“怎么了?”看到他的神色,张晓舟不由得紧张了起来。

“有人在外面……”值班员看上去有些不知所措,“一个年轻女人、一对老人,还有一个四五岁的小女孩,说是求我们收留……张队长,这该怎么办啊?”

“不能开这样的先例。”梁宇铁面无私地说道,“周围的人都在看着我们这里,一旦开了这个头,事情就难办了。他们的确是可怜,但永远都有比他们可怜的,我们能帮得了几个?我们好不容易才有点局面,不能因为这样的事情被毁掉!如果引来更多人聚集在这里,被恐龙袭击了,我们怎么办?”

“但我们的粮食节约一点是能够坚持三个月的,之前你们不是曾经计算过吗?”钱伟说道,“之前说停止收人是因为我们不知道什么时候能够开始种玉米,但现在,办法已经想出来了,最多再有两三天我们就能开始种第一批玉米了,接纳她们应该没有问题吧?”

“如果只是那个女人,哪怕只是那个女人带着一个女孩也没有问题,关键是,还有老人。”刘玉成皱着眉头说道,“我们的人口结构本来就已经很成问题了,吸收一个女人,带着三个累赘,这样代价也太大了。”

钱伟紧闭着嘴,一句话也没有说。

老人的确是个问题,安澜大厦里面已经有太多的老人,哪怕现在有一些老人已经开始慢慢地转变,但有一半本质上仍然是团队的负累。

梁宇之前就已经向他们做过这样的建议:即便是在粮食充沛的时候也只能接受四十岁以下的男人和三十岁以下的女人,拖家带口的坚决不能再接纳。

这个提议虽然没有获得正式的表决通过,但其实大多数人都认可了他的这个提议。

钱伟之前也赞同他的提议,但他真的不知道,在真正面对这样的事情时,狠心无视他们、放任他们自生自灭并不是一件容易的事情。

“谁去拒绝他们?”他最终问道。

“你和张晓舟就别去了,你们俩心太软。”梁宇说道,“我和老刘去吧。”

他们于是留在二楼等待消息,但很快,哀求声就变得越来越大,丝毫不差地钻进他们的耳朵,让他们不得不听着。

“求求你们,你们都有肉吃了……还容不下我们几个人吗?”

“我们会拼命干活！只要给口吃的，让我们干什么都行！”

“求求你们了，孩子还这么小，已经饿了好几天了！”

原本轻松愉快的气氛突然就这么荡然无存，人们讨论的声音也完全消失了，所有人就这样静静地听着楼下传来的声音。

“我们也没有办法，我们的粮食也只是勉强度日……你们找找别的地方吧……”刘玉成的声音断断续续地传来。

“连你们都不开恩，还有什么地方会收留我们？”老人悲愤的声音说道，“我们给你们跪下了！求求你们，开开恩吧！”

“你跪也没有用。要是有办法，我们绝对会收留你们，但我们真的是没有办法。”梁宇冷漠地说道，“你们喜欢跪就跪着吧，但我要提醒你们，这附近有恐龙活动，你们最好是赶快到安全的地方去！”

“安全？人都要饿死了，到安全的地方又有什么用？你们不开恩，我们就跪死在这里……恐龙来了，你们就看着我们在你们门口被活生生吃掉吧！”

“随便你们。”梁宇说道，“该说的我们都说了，你们想死在这里？那也是你们的自由，和我们无关。”

“苍天哪！你开开眼吧！”老人尖锐的声音，年轻女人和小孩的哭声，让人听了心里怎么都不是一回事。

梁宇和刘玉成走了回来。

“今天晚上要加一班岗哨，防止他们在外面搞破坏。”梁宇说道。

张晓舟深深地叹了一口气。

这样的局面他早就已经预料到，但理智告诉他，梁宇说的话是对的。

楼下痛哭恳求的声音传到很远的地方，对面的那几幢楼里，有人在悄悄地看着这边。

接收这一家人当然没有问题，不会超出他们的承受范围，但问题是，他们没有能力接收因此而来的更多的人。

天色渐渐地暗了下来，往常这个时候，那只暴龙会再一次巡视自己的领地。

事实上，哨兵观察的结果是，它很少在正午阳光炽烈的时候出来，清晨和傍晚是它最活跃的时间。当然也许它在黑夜也有行动，但那却是肉眼观察不到的。

一想到还在楼下哭哭啼啼的那一家人有可能会被暴龙堵在这里，最终成为它的口中食，钱伟和张晓舟就越来越坐不住。

他们都很清楚什么样的选择才是对的，但很多时候，知道应该怎么做和能怎么做，两者之间永远都画不上等号。

梁宇拉着刘玉成坐在他们旁边，张晓舟很清楚他的意思，他担心他们两个会一时头脑发热到楼下去打开门，把那家人放进来。

别人或许会被哨兵阻止，但他们俩分别是安澜团队的正副队长，哨兵不会阻止他们。

梁宇清楚，一定有很多人已经被他们的哭声弄得心烦意乱，人们总是很容易被眼前的东西干扰自己的思维，做出不理智的决定，然后又追悔莫及。有他在，而且他也掌握了一部分话语权，他就绝对不会容许这样重大的错误发生。

“我下去给他们点吃的，让他们先离开。”钱伟终于说道，“这样下去不是办法。”

“然后呢？”梁宇问道。

在反对张晓舟弄出来的全体成员会议的规则上两人是坚定的盟友，但在这个问题上，梁宇一点儿也不让步。

“你觉得他们拿了你的食物就会离开？”他冷冰冰地说道，“不会的，他们只会认为自己已经感动了这幢房子里的人，越发死赖着不走。”

“难道就真的眼睁睁看着他们这么被恐龙吃掉？”钱伟的声音不由得大了起来。

“这样的事情已经不是第一次了。”梁宇却答道，“之前我们都眼睁睁地看着人家在外面的街上被速龙吃掉，眼睁睁地看着人家在副食品批发市场外面被暴龙吃掉，既然之前你都能够接受，为什么这次不行？”

“这不一样！”钱伟用力地摇着头，他知道自己找不出理由来反驳，但心里有一团火在燃烧着，让他感觉闷得喘不过气来。

“因为他们是弱者？因为他们求到你面前，而你觉得自己有能力帮助他们？”梁宇问道，“醒醒吧，钱伟。别人或许不明白，你难道不明白？我们的进度已经无限期向后推，虽然你做出了那个东西，但它只能保护一队人在效率比较低的情况下外出工作。除非我们能够把暴龙和那些该死的其他恐龙都杀掉，否则三个月之后我们根本就不可能种出玉米来。”

“而且只要有土就万事大吉了吗？光照问题呢？肥料问题呢？我们当中没有一个人真正有过在大楼里种植玉米的经验，也从来都没有听说过这种事情。如果收成不如预期呢？我们未来还有可能要面临很多很多的问题，有着太多太多的变数。现在我们的存粮看起来是够吃的，但谁知道三个月之后是什么情况？你我都知道，接收他们永远都不是问题，问题是你无法拒绝他们，那你有没有办法拒绝其他人？”

梁宇轻轻地叹了一口气：“不是我们心狠，钱伟，张晓舟很早以前就已经预言过将要发生的事情，饥荒才刚刚开始，他们的样子还不算惨。如果现在你就没有办法狠下心来，那不久之后，面对更加凄惨的境况，你准备怎么办？拿你所熟悉的这些同伴生存的机会去换取这些陌生人多活几天吗？”

“这个过程里一定会有人死的，我们只能努力做到让死的那些不是我们熟悉的人。”他对钱伟这样说道。

“我们会成为众矢之的！”钱伟说道，“人们会恨我们！就像他们恨康华医院、恨地质学院那样！我们之前苦心营造的形象不是白费了吗？拒绝了他们，我们和其他人还有什么不同？”

“此一时彼一时，那时候没有这些东西在周围活动，我们当然必须尽可能联合其他团队。但现在，情况已经完全不一样了。我不知道我们和别的团队有什么不同，最起码我们比他们有更大的机会活下来。这难道还不够吗？”

他们争论的声音很大，张晓舟的房间并没有关门，人们应该都听到了他们的争执，张晓舟希望能够听到人们的心声，但入耳的却依然只有那家人越来越悲凉、越来越绝望的哭声。

“我们以前的社会提倡同情弱者，但现在已经不是以前了。在这个新的世界里，只有强者才能活下来。体力、智慧、知识、经验，甚至是运气，只要有一项比别人强，你就有本钱活下去。”梁宇说道，“醒醒吧！钱伟。即使要吸纳新人，我们也只能吸纳对团队可能有贡献的人，而不是这样的负累。”

他的这番话显然并不仅仅是对钱伟说的，这样残酷的语言配合下面那家人的哭声，对于人们的警醒却比之前张晓舟所发出的任何警告都要深刻而有效。

钱伟烦躁地站了起来，但他真的没有办法再继续听这哭声了。

“我到楼顶去！”他最后自欺欺人地说道。

第2章

人的困境

人们看着他消失在通往楼上的楼梯口，但梁宇还是没有离开。

“我不会做不理智的事情。”张晓舟说道。

“我知道。”梁宇点点头，“只是你这个地方距离楼梯口最近，我在这里等着看钱伟会不会跑下来。”

“还有两处楼梯。”张晓舟说道。

“但他如果下了楼，在你这里一定能够听到。”

张晓舟没有什么话好讲，他的心里也很难受，很不舒服，但他不是那种会因为一时冲动而做出不理智的行为的人。至少在他明知一件事情的后果的时候，他绝不会去做。

刘玉成在旁边有些尴尬，但梁宇拉他来就是要监视张晓舟和钱伟的，他现在也没有理由离开。

“我们为什么不给他们一些种子，让他们走呢？”李雨欢不知道什么时候走到了门口，女人心软，她也许是真的听不下去那哭声了，“有了希望，他们应该就会有勇气去面对未来了吧？”

“我们这么多人都没有能力开始种玉米，你觉得他们有这个能力？”梁宇摇摇头，“不可能的。他们会第一时间就把那些种子都吃了，然后继续赖着我们。你这个建议给的不是他们依靠自己活下去的希望，而是依赖我们活下去的希望。我们可以给别人种子，但不是这样毫无希望的人。”

“非要看着他们这样吗？”李雨欢深深地叹了一口气。她强迫自己不要去看那些人是什么样子，尤其强迫自己不要去想象那个小女孩是什么样子，否则的话，她知道自己一定没有办法面对这样的事情，“张晓舟，你是队长，想想办法啊！就让大家一直听着他们的哭声，等着看他们被恐龙吃掉吗？”

张晓舟抬起头看着她红红的眼睛，却只能摇摇头，没有什么办法。

“也许我们可以去问问，看他们会什么？”吴建伟说道。

张晓舟这时候才看到，自己的房间外面不知道什么时候站了很多人。

这幢楼就只有这么大，人们没有办法选择，他们要么到楼上去避开哭声，要么干脆就到这里来寻求解决问题的办法。

“这种时候你这样问，难道会有人说自己什么都不会？”梁宇说道，“如果他们说个冷门的你没有办法去验证的东西，你怎么办？是放他们进来还是不放？你怎么去证实他们说的是真的？如果他们只是随口说说，想办法先混进来怎么办？把他们又赶出去？你又怎么去向那些接踵而来的人解释，我们接纳他们是因为他们懂得某种技能？”

一连串的问题让吴建伟无言以对。

人们都觉得梁宇太冷漠，但同时他们也不得不承认，他说的话并不是没有道理。

“但再让他们这么哭下去……难道等他们真的把暴龙或者是白天的那种恐龙引过来，我们还真的就这么看着他们被吃掉？”刘雪梅低声地问道。

“他们被吃掉，就不会再有人走这条路，没什么不好。”梁宇说道。但这样的话就算是他自己也觉得有些过头了，“我们打开门，就会有更多走投无路的人往这边来，那时候，被吃掉的人会更多……”

他轻轻地摇着头。人人都有恻隐之心，他的心也不是铁石做成的，但越是在这种时候，就越需要有人保持冷静而又清醒的头脑。

在这种时候站出来充当恶人需要勇气，也需要决心。

看来看去，他觉得只有自己能够胜任这个角色。

“如果没有那两个老人呢？”王牧林突然问道，“我记得当初说过，可以吸收单身女人的吧?”

站在门口的那些单身男人的脸色都变得古怪了起来,周围还有不少女人在,这样的话说出来总是让人觉得怪怪的。

梁宇犹豫了一下,看了看张晓舟。

“让他们自己选择吧。”王牧林说道,然后向楼下走去。

“你这样做是不是太残忍了?”张晓舟问道。他和梁宇都很快就明白了王牧林的意思。

“也许吧,但由他们自己来做出选择,总比由我们来做好。”

人们安静了下来,下到楼梯口。

王牧林慢慢地向着门口的网格卷闸门走去。

那一家人已经哭了快半个小时,喉咙都已经开始沙哑了。

看到王牧林过来,他们的眼睛里重新露出了希望的光。

“求求你……”老人用沙哑的嗓音说道。

“你们之间是什么关系?”王牧林问道,“爹妈和女儿,还是公婆和媳妇?”

他们诧异地看着他,不明白他为什么会问出这样的话。

“你们应该知道现在这个世道是什么样子。”王牧林低声地说着,“人们的意见本来就是坚决不能接收你们,但有人还是觉得,孩子太可怜了……但我们不可能只接纳孩子,所以,现在该你们自己选择了。”

抱着小女孩的那个女人像是明白了什么,她用力地抓着栏杆,痛苦地摇起了头:“求求你们,不要这样……”

“我们没有办法接纳老人,只能接纳年轻人和小孩。”王牧林说道,“我实话实说,如果不是因为这个孩子,我们根本就不会开这个口子。你们自己选择吧。如果你们不愿意分开,那就请赶快找个安全的地方躲起来。不要怪我们,这已经是我们能够做出的最大的让步,要怪就怪把我们弄到这个世界来的命运吧。”

门外的几个人再一次痛哭了起来。

这不是他们想要的结果,但王牧林的姿态虽然低,态度却很坚决,明显没有任何余地了。

他们抱头痛哭了一会儿,那个老人突然抬起了头:“我和你妈这就走,你跟他们进去吧！”

“我不要！”女人撕心裂肺地哭了起来，“我不要和你们分开！要死我们就死在一起吧！”

“你说什么傻话！”老人突然重重地抽了她一个耳光。女人捂着脸呆住了，甚至忘记了哭泣，“你死了琳琳怎么办？她才五岁！”

老妇人在旁边紧紧地抱着小女孩，眼泪不断地往下流，却什么话也说不出来。

王牧林感觉自己的心里有个东西就像是在被人狠狠地碾着，碾碎了然后又翻过来继续碾，但他始终紧紧地闭着嘴，一句多余的话也没有说，只是静静地看着他们。

“我和你妈都六十多了，早就已经活够了！”老人用手轻轻地摸着女儿和外孙女的头发，竟然笑了出来，“你们能有个好归宿，我们也就放心了。”

“爸！”女人再一次痛哭了起来，但这一次，她没有再说一起死的话了。

“好好地活下去，带着琳琳好好活下去！”老人在她的耳边低声地说道，“不要恨里面的人！不然你就没有办法在里面生存。你还年轻，而且漂亮，这就是你最大的资本。你要尽快找到里面有权势的人，想办法嫁给他！这样你们母女俩就不会受欺负，也不会再被赶出来！一定要记住这一点！千万别随便就把自己的身子交给什么人，那样你就不值钱了！一定要是里面有权势的人，知道吗？”

“爸！”女人心如刀绞。她从来都不能算是一个乖巧听话的女儿，上高中以后，她就再也没有和父亲这样说过话。在她的眼里，父母永远都是古板而又不懂得变通，是无法理解自己也难以沟通的人。把自己养大就是他们的责任，而在他们老了之后，给他们送终就是自己的责任。

仅此而已。

但在这个时刻，她才感觉到，父母对自己的爱从来都不像她所理解的那样。

“快点进去吧！不然就来不及了！”老人突然想到了什么，他下意识地看了看周围，把外孙女从老伴的怀里抱出来，交到女儿手里。

“爸！妈！”女人痛哭着。

“快点！不然就来不及了！”老人焦急地说道。

他转头对王牧林说道：“我们已经做好决定了，她们两个进去，我们这就走！这就走！”

王牧林点点头，却没有马上打开门，而是默默地看着他。

他明白了王牧林的意思，伸手拉起自己的老伴。

“爸！妈！”“外公！外婆！”“琳琳！佳嘉！”

两个女人和一个孩子抱在一起大哭着，老人焦躁地看了看王牧林，生怕他们改变主意。

“别这样……我们又不是马上就死了……还有见面的机会，佳嘉可以带着琳琳到楼顶上去让我们看到的……走！走了！”他用力地掰开老伴的手，硬把她从女儿和外孙女身边拖开。

“等一下！”另外一个声音突然从楼里传来，这让他们一下子涌起了无穷的希望，但里面却只是递出了一个小包，“里面有点吃的，还有点种子，不多，但如果你们够幸运的话……”

女人再一次大哭了起来，希望的破灭让她几乎无法控制自己的身体和情绪，老人急忙拉着老伴向他们原先住的地方走去。那里距离安澜大厦只有不到一百米。

等他们离开一段距离，刚刚从楼上赶下来的钱伟和王牧林才一起把卷闸门打开了一条缝，让母女两人进来。

完全陌生的地方，完全陌生的人，女人突然停止了哭泣，紧紧地抱着自己的孩子，惊慌而又恐惧地看着他们。

“你有一个好父亲、一个好母亲，别辜负他们。”王牧林说道，“跟我们走吧，清洗一下，然后给你们吃东西。”

钱伟站在他后面，深深地吸了一口气，却很久都没有吐出来。

“交给我们吧。”李雨欢和刘雪梅站在楼梯口，那对可怜的母女刚刚露面，她们就迎了上去。

这样的事情当然是她们来做比较好，钱伟和王牧林都松了一口气，点点头走开了。

梁宇把看热闹的人们驱赶开。母亲紧紧地抱着自己的女儿，仿佛是被俘虏的囚徒。

“你叫什么？”刘雪梅用最温和的声音问道。

“刘佳嘉……”

“很好听的名字，我叫刘雪梅，我们俩是本家呢。这是李雨欢……这位小美女叫什么？”

“温小琳。”女孩怯生生地答道。

“好，我叫你佳嘉你不介意吧？”刘雪梅拉着她的手问道，“跟我们来，楼上有热水，也有吃的。小美女一定饿了，你们先吃点东西再说。”

董丽娟早就在楼上热好了两碗粥，还特意放了一点点恐龙肉在里面。但按照张晓舟的吩咐，并没有准备太多。

一方面是因为她们饥饿的肠胃未必能够适应突然吃很多东西，另外一方面也是不想因此而造成楼内其他人员的不满。

现在大多数人都必须通过自己的努力工作去获取工分、换取食物，这对母女虽然可怜，但这并不意味着就要为她们破例。今天晚上送给她们一顿晚餐应该不会有人说什么，但如果给她们的食物太过于丰盛，很难说会不会有人感到不满。

刘佳嘉母女俩这些天来早已经饿怕了，看到还散发着热气的粥，她们便本能地忘记了一切，扑倒在桌子前，大口大口地吃了起来。

“这两个碗和勺子以后就归你们用了，你们自己要负责清洗干净、收好。弄坏或者是弄丢的话就没有了。知道吗？”董丽娟在旁边说着。她们只顾着吃，也不知道听没听到。

这时候，一个东西在黑暗中呜呜地叫了几声，碰到了女孩的脚，她被吓得叫了起来。

“别怕！”刘雪梅急忙把那条惹了祸的金毛猎犬拉开，它还不知道自己吓到人，拼命地摇着尾巴，一心只想讨点东西吃。

刘佳嘉看着它，眼泪突然一下子就涌了出来。

“你怎么了？”李雨欢一下子慌了手脚。

“你们……你们宁愿养狗也不愿意……”刘佳嘉一直记着父亲的话，努力让自己不去恨这些人，但看到这条狗之后，她心里却怎么都咽不下这口气。

“不是这样的，这是薛奶奶的命根子……而且它晚上要守夜的。”刘雪梅不知道应该怎么解释，只能这样对她说道。

其实这条狗的口粮早已经被扣得不能再少了，可虽然如此，还是有很多人觉得应该把它杀了吃掉。如果不是张晓舟等人为它找到了存在的价值，薛奶奶再怎么闹、再怎么维护，它应该也早就变成了汤锅里的肉。

它白天的时候陪着薛奶奶，晚上就在一楼陪着哨兵守夜。它不像其他的狗那么爱叫唤，甚至可以说是几乎不怎么叫，但外面有什么风吹草动，它还是能很快就察觉到并且提醒哨兵。这样的特性在这样的环境下简直就是金不换。

如果它喜欢叫唤，为了防止它把恐龙引过来，一定早就被杀掉了。

老常和李洪对这样一个安全保卫的补充非常满意，愿意每天拿出自己的一点工分来让它多少有点东西可吃，于是它就这么半饥半饱地活了下来。

除了有限的几个人，人们几乎不会喂它吃什么东西，但今天它还是破例得到了一些骨头。这让它天黑了之后还在厨房周围游荡，指望着还能有所收获，没想到却狠狠地刺激了刘佳嘉一下。

她用力地摇着头，再也吃不下手里的粥，眼泪控制不住地往下落。

在她看来刘雪梅所说的都是借口，狗怎么可能比人强？难道可以养狗看门，却没有能力接纳一对不需要吃多少东西的老夫妻？他们难道连狗都不如？

宠物在别的地方早就已经成了食物，安澜大厦有条件养狗，说明他们的粮食根本就没有问题。但他们却宁愿给狗吃也不愿意让自己的父母获得生存的机会。

她的心里就像是有一把火在烧着，想到父母为了让自己和女儿能够进入这里而毅然选择了离开，她就没有办法控制自己的眼泪。

李雨欢把狗带到了楼下，等她重新上来，母女俩已经不见了。

“刘姐带她们到隔壁去洗澡了。”董丽娟一边收拾东西一边说道。

“那我去看看。”李雨欢急忙说道。

她们俩不可能单独住一间屋子，只能安排到目前唯一的女生宿舍。李雨欢和刘雪梅等单身女性都住在这里，所以张晓舟专门安排李雨欢和刘雪梅来给她们做清洁，顺便检查一下她们的身体状况。

这是新人加入时必须要做的事情，以前男的都是由张晓舟负责，而女的则是由刘雪梅负责。今天晚上因为光线不好，张晓舟特意让李雨欢也帮忙看看。

同情归同情，如果她们身上带有寄生虫或者是有某种传染病而带给大厦危险，张晓舟肯定会毫不留情地把她们赶出去。

真不是什么好人！

李雨欢一边走一边想，脸突然红了起来。

张晓舟交代她要检查的东西很多，甚至包括性病。在他低声跟她说的时候，她恨不得转身就走。

“这很重要。”张晓舟却拉住了她，“你们以后是要长期在一起生活的，很多传染病都有可能因为日常共用物品或者是接触而传染，我们现在可没有大剂量的抗生素或者是其他药品可以用在这个地方，所以你们一定要仔细地进行检查。”

虽然并不觉得刘佳嘉这样的女人会有什么不干净的病，但李雨欢还是只能按照张晓舟的吩咐，借着给她们照明的机会，偷偷地观察了一下几个重要的位置，甚至偷偷地闻了一下她身上的气味。

她们甚至奢侈地给了她一小块肥皂使用，洗干净之后，母女两人身上的臭味彻底没有了，也没有什么怪味。

应该没问题。

李雨欢对自己说道。

那个人真是讨厌，竟然让自己做这种事情！

“这个盆和这块布以后就归你使用了，和刚才的碗一样，丢了就没有了，一定要保管好。”刘雪梅在她们擦背的时候也进行了一番检查，而她的结论和李雨欢的一样，“我们住的房间在二楼，下楼之后向左转，右边的第四间房就是了。被褥这些都是干净的，已经放好了。”

她一路上都在向刘佳嘉介绍安澜大厦的规定，希望她能够尽快忘记痛苦，融入这个集体中。

在她们下楼的时候，遇到了不少上楼去擦身的人，人们以或者同情或者好奇的目光悄悄地观察着她们，让她们感到很不舒服。

“来新人都是这样的。”刘雪梅安慰她们道，“过几天就好了。”

但这句话在刘佳嘉耳朵里却变了味道。

原来你们并不是不接收新人……她并不知道刘雪梅所说的是几天以前吴工他们那最后一批。

有什么条件吗？

“你们就睡那里吧。”刘雪梅指了指专门给她们准备的沙发。

很多人其实都是直接睡在洗干净后剪裁成床铺大小的地毯上，这样炎热的天气下，这样睡倒也不会着凉，但母女俩刚刚经历了这样的事情，她希望这能够让她们感觉好一些。

“你说的张队长，他住在什么地方呢？”刘佳嘉看似不经意地问道。

“就是楼梯口正对的那一间。”刘雪梅答道，“他这个人很不错的，你要是有什么事，可以直接去找他帮忙。”

刘佳嘉不自觉地看了房门一眼。

“晚上要上厕所的话，走廊尽头就是。尽量在第一个坑上，上完之后用旁边桶里的水冲干净，然后用盆里的水洗手。”刘雪梅继续絮絮叨叨地说着，“这是张队长规定的卫生条例。现在我们所在的这个地方既潮湿，又热，很容易有流行病。你们要是有什么不舒服，记得一定要及时找张队长看，别把小问题拖成大问题……”

好不容易等她说完，刘佳嘉对着她点点头：“谢谢你，刘姐。”

“应该的。”刘雪梅摇了摇头，“我知道你心里不舒服，其实你们家的事情我们大家都很难过。但现在这个世道，真的是没有办法……”

她也知道，刚才所发生的事情不可能简简单单因为她的几句话就被遗忘，但对这对母女的同情让她忍不住想要说点什么。

就在这样一个人说一个人听的过程里，同屋的其他单身女性也都一一洗完脸、擦完身回来了。大家都有点不知所措，不知道面对刚刚经历了一次痛苦离别的女人应该说什么。

房间里人多了，反倒安静了下来。

“睡吧。”作为室长的刘雪梅最后说道。

小女孩早已经睡着了，刘佳嘉却怎么也睡不着。

父亲和母亲临别时的样子就像针一样一直扎着她的心，就像是一直在她的心头放血。

痛彻心扉。

她从来不知道，原来与自己至亲至爱的人分别会有这么痛苦。老公死的时候她也很伤心，但那毕竟不是发生在她眼前。而现在，她却是眼睁睁地看着自己的父母就这样为了她们母女的安全主动离开。

她终于做出了决定。

她悄悄地爬起来，把女儿在床上放好，然后轻轻地打开了门。

“嗯？”刘雪梅在自己的床铺上迷迷糊糊地说道，“谁啊？”

“刘姐，我上个厕所。”刘佳嘉低声地说道。

走廊上已经没有人了，变得很安静。

因为没有电，人们早已经习惯了这种早睡早起的生活。

她迟疑了一下，让自己的眼睛适应这样的黑暗，然后摸索着向楼梯的方向走去。

黑暗中，刘佳嘉心里越来越慌。

完全陌生的地方，完全陌生的人，一切都让她感到巨大的压力，而这一切当中，最让她感到痛苦的还是父母的离开。

这让她每时每刻都怀着强烈的负罪感。他们的确是自己离开的，但又何尝不是被自己抛弃的。

为什么就没有勇气和父母一起离开呢？

依靠他们的牺牲才活下来，未来的日子，要怎么样才能走下去？

此时此刻，她脑子里唯一所想的，就是用什么样的办法让他们也能够进来。

这里也许不算好，但从那个她已经记不清名字却一直在不停地和她说话的女人的介绍中，知道他们有着很多细致的规章制度，每个人只要努力工作就能获得食物。

这让她感觉这里就是天堂。

“你还年轻，而且漂亮，这就是你最大的资本。你要尽快找到里面有权势的人，想办法嫁给他……一定要是里面有权势的人，知道吗？”

父亲的话突然又一次出现在她的脑海里。

只有这个办法了。

那个女人，包括其他人提起这个张队长的时候都是一脸的敬佩，如果能够让他点头，那父母一定就能有机会进到这里来了吧？

可是她却没有办法获得更多的关于他的信息。

他是年轻还是年长？俊还是丑？单身还是已婚？有没有孩子？是个好色之徒还是老古板？守不守信？

一切都没有办法知道。

唯一知道的，就是他的房间在什么位置。

但她已经没有别的办法可想了。一个带着孩子的女人，没有什么别的可以说得上的能力，唯一的资本，也许就只有自己的身体和姿色了。

父母还在外面挨饿，在受苦，时时刻刻面临着危险，她没有办法再等待下去。

她再一次咬了咬牙，继续向楼梯的方向摸去。

黑暗中突然有轻微的脚步声传来，她惊恐地向着声音传来的方向看去，却看到两个绿色的光点在斜下方盯着她，然后是呜呜的低鸣声。

是那条该死的狗！

“滚开！”她松了一口气，低声对着那个方向骂道。

那条狗呜呜地轻声叫了一下，终于扭头下了楼。

刘佳嘉定了定神，最后一次让自己下了决心，终于轻轻地敲了一下那扇正对楼梯的房门。

咚咚咚——

这样的声音在这样的夜晚显得非常突兀，整个走廊都在回荡。

惊恐和强烈的羞耻感让刘佳嘉恨不得马上转身跑掉，但那沉甸甸地压在身上、让她没有办法喘过气来的内疚和担忧却强迫她站在这里，继续轻轻地敲着门。

就算有人这时候突然从旁边走过，甚至是直接指着她的鼻子骂她，说她是不知廉耻的贱女人，也不会改变她的决心。

咚咚咚——

她一次次地敲着门，声音一次比一次大，终于她听到房间里有一个男人的声音，他似乎问了一句：“谁啊？”

她没有回答，也不知道该怎么回答，只是再一次轻轻地敲了敲门。

门终于打开了。

刘佳嘉的心像是要从胸腔里跳出来，她用手捂住胸口，强迫自己继续站在那里。

“你是……新来的那个？”张晓舟有些不确定，走廊上的光线很差，几乎只能借着窗户里的月光才能看到一个模糊的人影。

但是在大多数女人都已经把长发剪短以减少用水量的安澜大厦，一个长发女人的身份应该是容易判断的。

她怎么了？

他睡得懵懵懂懂，头脑有些不清楚。

一个温暖的身体突然向他挤了过来，这把张晓舟吓了一跳，下意识地往后退了一步，女人于是悄无声息地走了进来，并且把房门关上了。

张晓舟一下子明白了。

“我已经洗干净……我只有过一个男人，我的身子是干净的……你不会失望的……”

女人快速却毫无逻辑地说道。

虽然是在黑暗当中，但张晓舟依然能够清楚地感觉到她的紧张和不安。

“没有人会知道，我什么都不会说的……”她继续语无伦次地靠着门说着，与其说是在诱惑张晓舟，倒不如说是在强迫自己接受这样的事实。

张晓舟于是向靠近窗户的方向退了几步，女人愣了一下，随即向他走了过去。

“我们聊聊吧。”张晓舟用手挡住了她，在微弱的月光下，他可以模模糊糊看到她的身体在什么位置，有把握不会错误地摸到什么地方而让她产生误会。

“聊聊？”刘佳嘉愣了一下。

难道自己的身体一点儿诱惑力都没有了？

这种夜深人静的时候，一个位高权重的男人，面对一个明显是自愿送上门的女人，难道不应该是像野兽一样直接扑上来吗？

“我们这里和你想的不一样。”张晓舟说道，“我知道你想要什么，但这不是我个人做出的决定，也不是某个人做出的决定，而是我们所有人面对这个残酷的世界共同做出的决定。很抱歉，但我只能说，你想要的东西，我没有办法给你，也无法给你任何承诺。”

他当然可以直接把女人推出门去，甚至大声地呵斥她，让她注意自己的行为，不要侮辱自己，更不要侮辱他张晓舟的人格。这样做人们或许会更加钦佩他坐怀不乱的人格，但这个女人的未来就彻底毁了。

说到底，他们当初决定可以接收一部分单身的年轻女性，就是为了解决目前十几个单身男人的家庭问题。有这样的丑闻传出去，在这个人人抬头不见低头见的小地方,还有谁会愿意忍受着别人异样的眼光来接纳她?

为了自己的名誉而让一个带着小孩的女人彻底失去未来的希望,这样的事情他做不出来。

“你还没有机会深入了解我们。”张晓舟让她坐下,低声地对她说道。他简单地向她介绍着安澜大厦的规章制度,介绍着目前他们正在执行的政策,还有他们为什么要做出这样残忍的决定。

他当然不指望女人能够听进去,并且能够马上理解,但这样做却可以把之前女人说出那些话的尴尬消除,仿佛她找上门来,只是为了了解安澜大厦的规章制度。

“未来仍然是有希望的。”他对她说道,“我们努力地搭建了一个框架,希望每个人都能在这个框架之下,通过自己正常的努力来获得更好的生活。这包括你今天看到的所有人,包括我,当然也包括你和你的女儿。如果一切顺利,也许我们能够尽快地种上玉米,让大家有安全感,这样一来,也许我们就能像之前那样,有选择地接纳一些新的成员。如果你努力工作,也许能够有足够的工分来换取更多的食物,想办法接济你的父母。我个人没有办法给你任何承诺,但只要人还活着,就有变好的希望,一切就值得去努力。你说呢?”

他站起来打开了门:“时间也不早了,希望我的这些话能够帮到你。你越努力地去适应这个团队,这个团队也就会更好地回报你,请相信这一点。每个人都会帮助你们,让你们能够尽快融入。如果你有什么困难,可以随时来找我,只要不违背安澜大厦的公约和规章制度,我一定会尽力帮助你们。”

刘佳嘉恍恍惚惚地从他的房间里走了出来,除了一开始的那些话,张晓舟在房间里和她说话的声音并不小,很多人都听到了他在说什么。

一些人抱怨着他这么晚了还在给人做思想工作,而另外一些人则叹了一口气。

这个女人,真的不容易啊。

人们可以理解她去找张晓舟求情的行为,但也会支持张晓舟的决定。

只有很少的人猜到了事情真正的起因,张晓舟的处理让双方都不尴尬,这让他们在黑暗中默默地点了点头。

刘佳嘉不知道自己是怎么摸索着找回那个房间的,她甚至不知道自己是怎么摸索到了沙发前,抱着女儿重新睡下。

结果还是一样，父母依然得忍饥挨饿，承受要么躲在家里饿死，要么出来找东西吃、被恐龙吃掉的风险。但张晓舟的话却多多少少给了她一线希望，让她内心无时无刻不在涌动的情绪终于稍稍缓和了一些。

一夜无话，第二天，人们很早就开始喧哗，开始穿衣上厕所，到六楼去打水洗漱。

刘佳嘉的脸有些抬不起来，她觉得人们一定都知道她做了什么事情，但刘雪梅却依然只是带着她们上楼，告诉她们贯穿在每一件日常小事当中的规矩。

“如果违反会怎么样？”小女孩好奇地问道。

“以前没有什么办法，但现在，会被扣分哟！”刘雪梅捏了一下她的小鼻子说道，“妈妈辛苦工作得来的工分，本来是可以换到好吃的东西的，可如果琳琳你调皮不听话就会被扣掉！那样妈妈就要饿肚子了！你不会让妈妈被扣分的，对吧？”

小女孩急忙认真地点着头：“不会的！不会的！”

刘雪梅笑了笑，自己开始洗漱起来。

这时候，“张队长”“张队长早”的声音一路响了过来。

刘佳嘉看到一个三十岁左右的年轻男子像其他人一样拿着一个盆、一个口杯和牙刷、毛巾，排在了人群的后面。

她的脸微微地红了一下，他似乎看到了她，很平常地笑着对她点了一下头。

“你们的头发最好是剪短。”刘雪梅却没有看到这一幕，她一边用清水刷牙一边说道，“每天每个人能用的水是有定量的，天这么热，头发长不容易打理，浪费水，还容易惹虫子。”

刘佳嘉却想着父亲所说的那些话和张晓舟昨天晚上说的那些话。

尽力融入这个地方，只要人活着就还有希望吗？

“什么地方可以剪头发？”她问刘雪梅道。

“如果你不介意的话，一会儿下去我就可以帮你。”刘雪梅说道。

她很高兴看到这样的变化，虽然不起眼，但这显然已经表明，这个女人开始愿意融入安澜大厦这个集体了。

张晓舟在走廊里再一次看到刘佳嘉时，她已经剪成了齐耳的短发。

这让他愣了一下。

但很快，他的注意力就放到了其他事情上。

今天工作的重点还是泥土的事情，这一点毋庸置疑，但当前的分歧在于，是继续诱捕昨天的那种恐龙，直到它们对这个铁笼产生恐惧感，还是直接开始安排人出去完成之前没有完成的工作？

众说纷纭。

张晓舟的想法是再花一天时间来诱捕它们。

他始终认为这些猎食者应该具有至少等同于狼群的智商，它们应该会记得昨天有族群中的成员进入了这个装置，然后就彻底消失了。如果运气好的话，他们今天能够再捕捉到一只，那它们应该就会彻底对这个铁笼产生戒心。

这样一来，推着铁笼外出工作的队员们的安全应该会有一定的保障，也不会面临被这些东西困在外面，必须承受巨大的心理压力慢慢把铁笼推回来的状况。

"如果不让这些东西意识到这个东西对它们是有危险的，我们的人即使是在它的保护下也没有办法外出工作。那些东西肯定会试图攻击和骚扰他们，让他们随时随地处于危险当中。"

支持他的人是王牧林、吴建伟、刘玉成和李雨欢。

而钱伟则是另外一种看法。

他认为他们已经在各种各样的问题上耽误了太多的时间，结果导致早就应该开始的最重要的种植工作始终没有开始。

"如果它们不像你想的那样有一定的智慧呢？如果它们认识到这个东西有危险，知道不能进入到里面，却依然不断地攻击它呢？如果这个群体知道这个东西对它们是有危险的，逃走了，却换来另外一个不知情的群体，那我们是不是又要等待下去？"钱伟摇着头说道，"在这个世界，想要一点儿风险都不冒，永远处于安全之下，这是不可能的。诱捕它们的事情可以按照我们之前的想法，放在傍晚收工之后来进行，如果它们有你所说的智慧，那它们也会很快就明白这东西对于它们的危险性。但这样做的话，我们就争取了一天的时间。"

支持他的是李建业、老常、李洪。

董丽娟沾染了刘雪梅的习惯，在这样的会上听不懂就不表态，但让大家意外的是，一向立场鲜明的梁宇竟然没有表态。

"比起这个，我更担心人的问题。"梁宇说道，"我注意到一个情况，附近的居民已经开始看懂我们的旗语信号。在我们打出绿旗的时候，附近的街上开始有人活动了。”

钱伟诧异地问道：“这样不好吗？对于我们来说没有什么损失，但他们却有可能因此而活下来。”

“他们不会因此而感谢我们的。”梁宇摇着头说道，“我担心的是，昨天的示范效应出来之后，会不会有大批难民拥过来。如果他们真的聚集在我们周围，而又引来了恐龙，我们应该怎么办？”

“应该不会吧？”好几个人都忍不住说道。

“不会？”梁宇摇了摇头，“过来的时候是两老一大一小，回去的时候只有两老了。如果你们已经开始断粮，开始走投无路，看到这样的结果会不会努力地去猜测其中的意义？”

没有人说话。

“只要有正常的逻辑思考能力，结合现在的实际情况，应该很容易就能判断出发生了什么事情。”梁宇说道，“你们猜，会不会有很多家庭内部开会之后，老人自愿留下来，以现有的存粮尽可能维生，让年轻人带着孩子来投奔我们？”

房间里越发沉默了。

“如果像你猜的这样，那他们为什么还不出现？”

“因为现在还太早，我们的哨兵还没有开始按照规定打旗，他们不知道外面是不是安全的。”梁宇说道，“我不同意你们之中的任何一个方案，因为我们做出来的那个东西可以对付恐龙，却没有办法对付人。如果那些恐龙突然出现，那些避无可避的人会不会拼命地挤进笼子里避难呢？那个时候，我们该怎么办？那时候我们不管是在用那个笼子做什么，都会拿他们很头疼。他们会不会拼命地寻找我们这幢楼的薄弱点，破坏一个地方之后跑进来呢？那时候外面都是恐龙，我们真的可以把他们赶出去？钱伟，你做的那些防盗栏真的可以应对人们绝望时拼命破坏的行为吗？”

钱伟摇了摇头，什么都没有说，这让人们有点弄不懂，他的意思到底是那些东西没问题，还是没有办法承受破坏？

“如果这些人被杀时的血腥把暴龙引过来，那我们又该怎么办？”梁宇继续说着，“这个好不容易才做出来的笼子如果放在外面，会不会被它破坏，让我们彻底丧失所有的希望?”

“这些东西你昨天为什么不说?”钱伟有些生气。

“我早就已经说过,救了他们,很可能会害死更多的人,但是没有人愿意听。大家都只想让自己的良心好过一点,却不愿意去想有可能发生的事情。”

“不会的。”人们低声地说道。这样的设想简直太可怕,以至于没有人愿意去设想。

“我也希望不会,我也希望自己是在把问题往复杂、绝望的方向去考虑。”梁宇说道,“但如果发生呢?”

张晓舟一直保持着沉默,随后点了点头:“时间来不及了。今天早上先安排室内的工作,工作安排完之后,我们回来继续开会。”

很多人都在猜测今天他们还会不会继续诱捕恐龙,但管理团队的决定却让他们感到很意外。

“钱副队长,我们今天什么都不干吗?”一些已经做好了要报名外出工作的人惊讶地大声问道。

“什么叫什么都不干?室内工作不叫工作吗?别给我来这套,都给我赶快找活干去!”钱伟瞪了一下眼睛,“那些恐龙的同伴被抓了,它们会有什么样的反应很难猜测,我们得观察一下它们的情况再考虑要不要外出工作。”

“那就是下午了?”那个人充满希望地问道。

外出工作的工分远远超出在大楼里干活的标准,如果下午能够外出,那早上不干活也没有问题。

“问那么多干什么,你要当记者啊?”钱伟说道,“别问东问西的,快点去找活干!”

“大家都还没有意识到潜在的危险。”钱伟轻轻地摇着头说道。

“这本来就是我们的责任。”王牧林伸手拍了拍他的肩膀,“有人能想到这一点当然好,但没有人想到,那至少不会带来混乱。”

“但如果真的像梁宇所说的那样……”

王牧林笑着摇了摇头:“有可能发生,但也有可能不会发生。让我们都往好的方向去想吧。”

在昨天做出那个举动之前,梁宇的话他也听到了,他认为梁宇的想法并非空穴来风。

但在那个时候，包括张晓舟在内，所有人的心都已经被楼下那家人的哭声打动，他很清楚，在那种时候，一个人或者是几个人的清醒根本就无济于事。

再让事态发展下去，梁宇一个人不可能阻止人们最终决定接纳那家人，于是他选择主动出击。最起码，团队减少了两个负累。对于一百几十个人的团队来说，这可绝对不是什么小数目。

而今天的情况也在他的预料当中，事实上，他相信所有人都知道会有这样一天到来。饥荒即将到来，从哨兵们每天对周边居民炊烟的观察就能知道，很多地方都已经一天只能吃一顿饭了。

他们这个地方一直都被人看在眼里，不论早或者是晚，迟早会有难民来他们这里寻求庇护。而他们，迟早都要被迫面临这样的选择。

他们没有办法接纳所有人，也许他们有一定的承受能力，但余量并不会太大。在这样的情况下，与其被那些人一波波地来寻求同情，一次次地上演昨天那样的悲喜剧，逐渐地增加这里的人口，渐渐地挑战他们承受的底线，倒不如一次性彻底把这个世界的残酷揭开放在每个人的面前，逼迫他们认清这个事实。

从某种程度上来说，梁宇希望能够通过一家人的牺牲唤醒这幢楼里的人，还是有些天真了。

流自己的血当然让人印象最为深刻，但如果是流别人的血，那血就必须足够多才行！

会议重新开始，但无论他们的决定和应对措施是什么，都没有太多的时间来考虑了。

“如果我们不打那个旗子呢？”李雨欢提了一个建议。

人们都摇着头。

这种手段毫无意义，也许他们今天会因为没有办法确认外面是不是安全而选择留在家里，但一旦发现这是安澜大厦阻止他们外出的手段，难道他们还会继续傻傻地等待这个信号？

李雨欢有点泄气，但她还是说道：“就算是这样，能阻止他们晚一天出来，也许他们就不会……”

“这样的事情早晚要发生，延缓一天或者是两天，只会让矛盾累积得更多，爆发出来的时候也更可怕。”梁宇说道。

“我们可能接纳所有人的吗？”他看着周围的人问道，“不可能！我们有可能找到让所有人都活下去的粮食吗？也不可能！那我们必然会面对这样的事情！一定会有一些人因为饥饿而死去，这是我们没有办法改变的事情！我们必须要表现出强硬的态度，这样才能让人们不对我们这个地方抱有不切实际的期望，而这，必然需要流血！还是那句话，流别人的血总比流我们自己的要好！”

所有人都在看着张晓舟。

这样的道理真的没有人懂吗？

其实不是，但没有被逼到那一步，人们就没有办法一下子把自己的底线降得那么低。

粮食的消耗是一个缓慢的过程，而这些人的哭泣、哀求和惨状却是真实的，将要放在他们面前的。

张晓舟叹了一口气。

梁宇其实是被迫站出来把最坏的情况告诉大家，因为没有人愿意充当这样的角色，就连他自己也是这样。这个问题其实从建立安澜团队的第一天起就一直困扰着他，而他也一直都没有找到解决的办法。

或者说，他一直没有找到站在他现在这个角度能够解决的办法。

“学校那边会怎么做呢？”他突然强烈地想要知道这个问题的答案。

第3章
寻 药

地上都是血，新鲜的，或者是已经凝结变色的。

暗红色的枯骨就这样被随意地抛弃在路边，有的甚至被粗暴地咬断，几乎已经看不出那曾经是一个个的人。

几只有着巨大钩爪的恐龙懒洋洋地在建筑物的阴影中休息，其中一些体形较小的恐龙相互追逐嬉闹着，一副饱食之后懒散快乐的样子。

王哲站在上百米之外的一幢建筑物的二楼偷偷地观察着它们，心里茫然无措。

严家两兄妹的情况一直都不见好转，王哲并不是专业的药师或者是医生，只是因为以前在药店打工而比别人稍微多一些医学常识，在他看来，他们应该是由于长时间的营养不良造成抵抗力下降，然后又经历了连续的惊吓、长时间地浸泡在冷水里，最终导致了肺炎。

寒战、持续的高热、全身酸痛、咳嗽、多痰，这些都是肺炎的典型症状，而且严淇还开始有了胸痛的情况，这进一步让王哲确定了自己的判断。

如果是以前，会在情况恶化之前就赶快送到医院去，打针、吃药，这样的病对于他们这个年龄的人来说应该不是什么很大的问题。但现在，他们能做的就是用湿毛巾降温、多喝开水。

因为担心咳嗽声把那些恐龙引来，他们早早地就已经搬到了顶楼。王哲几乎找遍了整幢大楼，但除了每个房间都有的大量的计生用品和一些没有开封的矿泉水、极少量的零食，他几乎没有找到什么有用的或者是可以吃的东西。

他在厨房里抓到了一只老鼠，如果是以前，这样的东西只会让他感觉到极度厌恶，但现在，他小心地把它的毛拔了，切掉脑袋之后，和那些绿化植物一起煮了一锅，美美地和严氏兄妹分享了这难得的美餐。

“你不必和我们在这里苦熬的……”在吃完这顿饭之后，严烨突然对他说道，“以你的本事，只要别被何家营的人抓到，在什么地方都能找到活路。”

“现在就别说这些了。”王哲摇摇头说道。

如果他离开，就相当于看着严家兄妹去死，那他从何家营逃出来这件事情岂不成了一个笑话？

“你们会活下去的！”他对严烨说道，“一定会活下去的！我会找到药的！”

严淇断断续续地把自己从高鸿昌那里听到的关于城北的情况告诉了哥哥和王哲，但那时候她的注意力并不在这些东西上，所以她也只是大概知道，在城北，比较强大的团队是什么学校和某某医院，剩下的都是不入流的小地方。

“应该是地质学院和康华医院。”王哲说道。

和虽然住在这附近，但上学什么基本上是在其他地方的严家兄妹不同，租住在何家营的王哲平时闲着没事就在附近溜达，虽然不能说对每个地方都了如指掌，但对于几个主要的地方还是比较熟悉的。

经历过何家营的事情之后，他们对于这个世界有可能产生的丑恶已经了然于胸，因此听说有人生病而把药物白送给他们的好事，他们不会去奢求。

现在这个世界，药品，尤其是那些能够用来治疗肺炎的抗生素必定是非常稀缺的资源，没有足够的好处，对方根本就不可能给他们。

“我们手边最多而且又便于携带的就是毛巾、床上用品、洗漱用具和避孕套。”王哲说道。

尤其是酒店专用的成套洗漱用品和避孕套，他在四楼的一间小仓库里发现了一大堆！

但这些东西真的能够换来严家兄妹急需的药物吗？

他并没有太大的把握。

但他们的病情已经到了这个份上，没有把握也只能硬着头皮上了。

“我先去地质学院碰碰运气。”王哲一边收拾东西一边说道。

康华医院最有可能有他们所需要的药品，但问题是，他们所在的位置距离那里太远，中间要经过一大段没有任何遮蔽的工厂区。穿越那个区域需要很大的勇气，毕竟如果在那个地方被恐龙看到，那就几乎是死路一条了。

当然也可以通过下水道走过去，但严家兄妹病了之后，王哲对进入下水道已经有了一种恐惧，不是怕死，而是害怕自己也变得和他们一样。

学校这边要近将近三分之一的路程，而且人应该比医院那边更多，这就意味着他手上数量很多而重量又很轻的东西很可能在这里很有市场。

那里面应该都是精力旺盛的年轻人，而现在这个世界，朝不保夕，没有任何保障，这种时候，人们必定会像何家营的那些掌权者一样，疯狂地发泄自己心中的压力和恐惧。

还有什么方法比性更简单直接而又有效的？

就算没有这一层理由，天黑之后，没有电，人们除了做这个事情，还能干什么？

在现在这样的环境下，怀孕对于女性来说无疑是一件风险极大的事情，对于团队来说也是一种很大的风险。

他们应该会急需这种东西吧？

王哲这样想着，于是在自己的背包里放了整整二十盒避孕套，而酒店用的洗漱套装只准备了十套。

在严烨的注视下，他小心翼翼地离开了酒店，以周围的建筑物为遮蔽，慢慢地向着学校的方向走去。

可他没有想到，自己看到的会是这样的景象。

学校周围早已经像何家营那样，用卡车和各式各样的东西围堵了起来，显而易见的是，他们占用的面积比何家营大得多。

也许是因为靠近悬崖而占据了地利的缘故，他们以学校为中心，依靠周边的那些建筑物，围出了一个相当大的区域。

很多人在那些用来作为隔墙的公共汽车和卡车上来回巡视，有些地方还能看到电火花在闪烁，应该是正在继续加固防御体系。与何家营那边不同的是，学校这边显然有着更为专业的规划和设计。王哲看到很多开阔而不利于防守的地方都用高高的铁丝网拉了起来，前面的地上满是金属制成的细长的铁钎和又粗又长的铁矛，防止恐龙靠近。

但同样地，人们也很难突破这些东西，逃到他们的外墙那里去。

一些人的手中拿着看上去像是弹弓一类的东西，但很少使用。

王哲在附近看了很久，只在一只恐龙过于靠近的时候，有几个人向它射出了一些砸在地上会爆炸的东西，把它吓得逃到了一边。

那些东西似乎没有什么杀伤力，只是声音很大，王哲觉得很像是过年的时候小孩子们玩的摔炮。

站在这里眺望那里面，几乎所有能够看到的地方，包括路面和远处的操场，都已经被整个挖开，泥土露在外面，应该是准备作为农田使用。王哲不知道他们准备种什么，或者是已经种了什么，只能看到一片片的泥土，看不到任何绿色。

虽然对里面的情况没有更多的认识，但仅仅是目光所能看到的这些东西就已经让他感觉这个地方比何家营要好得多。

如果能够加入里面……他没有办法不这么想。

但他很快就看到了残酷的一幕。

一群人似乎是想要通过下水道逃到里面去，但不知道是什么原因，他们却在距离学校区域还有三四十米的地方就从一个进口爬了出来，疯狂地向着学校跑去。

那些本来懒洋洋的恐龙一下子就兴奋了起来，它们迅速分成几组，向着那些人包抄了过去。

曾经发生在王哲他们身上的悲剧再一次上演，大部分人刚刚爬出下水道口就遭到了恐龙的袭击，只能逃了回去，而那几个最先从下水道口冒险跑出来的人却先后被恐龙追上，很快就惨叫着被撕成了碎片。

而那些守卫却以冷漠的眼光看着这一切的发生，甚至都没有试着用手中的弹弓和摔炮帮助他们一下。

王哲有些无法理解那下面发生的事，为什么他们不直接沿着下水道爬进去，而要中途到地面上来冒险呢？

等到他小心翼翼地找到一条下水道爬过去时，他才知道了原因。

一个显然是不久前才制作并且安装在管道中间的金属格栅挡住了下水道的通路，它的做工相当粗糙，但很牢固，看上去笨重而又坚不可摧。水流可以毫无阻碍地通过，但只能跪在狭窄的管道里往里面爬的人显然没有破坏它的能力。

这让王哲终于放弃了心里的希望。

这个地方建设得比何家营要好得多，更有章法，也更有希望。

但很显然，他们并不欢迎新人加入。

一整天的时间就这样毫无意义地浪费在了这个地方，这让王哲感到很挫败。

“明天我想办法到康华医院去。”他疲惫地对严烨说道。

“也许不用跑那么远。”严烨说道，他拉着王哲到了对面的房间，“你看到那边那幢房子了吗？”

“哪幢？”王哲问道。

这个方向面向北边，他们很少会跑到这边的房间来。

“那幢立着两个金属架子的房子，六层楼的那幢。”严烨的目光有些兴奋，有些狂热，这让王哲感到很奇怪。

“有两面绿色旗子，还有两个小棚子的那幢？”

“对！”严烨点了点头，“那里面的人很厉害！今天你走了不久之后，他们抓住了一只恐龙！”

“什么？”王哲惊讶地叫道。

这样的事情简直匪夷所思，以何家营一万多人的规模也从来没有取得过这样的成果。

村长的弟弟何春华到处宣扬自己曾经杀死过一只恐龙，但从来没有人相信。

“用放在楼顶的那个笼子抓住的！”严烨的脸因为发烧而有些潮红，眼睛里却满是兴奋，“我在这里一直看着！他们隔着笼子把它给杀了，然后剥皮、割肉！很多人在旁边看，至少应该有一百人！他们今天应该吃肉了！”

两人都不约而同地咽了一下口水。

虽然他们也不是没有吃过肉，但一只老鼠的肉真的是太少了。

“一百人？”王哲一边努力把自己的饥饿感压下去，一边点了点头。那算是很大的一个团队了，也许会有他们所需要的药品。

“不单单是这样。”严烨说道，“我今天观察了一天，他们在用旗子向周边的人传递信息！绿色表示周边安全，黄色表示警告，红色表示危险。你可以在他们打绿旗的时候出去，应该是安全的！”

第4章
冲　突

“有人过来了。”钱伟轻轻地说道，同时握紧了手里的铁钎。

他和张晓舟都目睹过康华医院外的那场近乎屠杀的暴行，而现在，他们真的也要做同样的事情了吗？

“这是为了所有和我们生活在一起、信任我们的人！”梁宇说道。

他努力让自己的目光看起来更加冷漠，更加坚韧，但一直以来只是办公室一族的他，在面对这样的景象时，也不由得紧张了起来。

世界上的事情永远都是知易行难，至少在简单的社会活动这一块是如此。

只有有一些阅历的人才知道自己在和别人相处的时候应该怎么做，但知道该怎么做和能够做好，永远都隔着十万八千里的距离。

大多数人都已经被他说服，可如果他们真的面临他所担心的那种局面，不知道有多少人真的能下得了手。

一开始跑向他们这里的是一家三口，三十来岁的夫妻和大概七八岁的男孩。然后，更多的人向他们这里跑了过来。

襁褓中的婴儿，对世事还懵懵懂懂的孩子，半大的少年，年轻的父母，一脸愁苦的中年人，一家家、一对对，甚至还有单身前来的。

唯一没有的就是老年人。

果然和梁宇想的一样。

人们都深深地吸了一口气。

四十多个人向他们这个地方跑来，他们围在卷闸门那里苦苦地哀求着。

“求求你们，我的孩子还小！”

“我会机械加工，会设置陷阱！你们一定用得上我的！”

“我什么都可以做！只要你们开口，让我做什么都可以！”

“看看我！我会木工！木工你们一定需要的！”

“我会编织绳子！还会捕猎！我学过野外生存！”

“求求你们，开开恩吧！”

有人大哭了起来，有人用力地摇晃着那道卷闸门，希望能够引起他们的注意。

接纳他们，然后一下子增加三分之一的人口，让安澜大厦从一百五十人变成两百人？

想想也知道这不可能。

接纳了这些人之后，后面来的人又该怎么办？

如果他们真的像自己所说的那样会这些东西，那他们早就应该加入了地质学院那边。留在这里的人只有两种可能，要么是没有能力通过那边的测试，要么就是家里的负担太多没有办法全都进去。

而他们聚集在这里也只有两种可能，要么他们撒了谎，要么他们抛下了家里的人。

当然他们当中也许也会有张晓舟和钱伟这样的人，但在这样混乱的情况下，没有人能够分辨出来。不论实际情况如何，在这个时候跑过来的这些人都不会是他们所需要的人。

“我们不接收新人了！”钱伟和梁宇大声地叫道，“这里很危险！那些恐龙随时都会出现！你们快点离开吧！”

“昨天你们明明都接纳新人了！”

“行行好吧，我们可以只吃别人一半的粮食，三分之一也行。”

“求求你们，你们看看我儿子，他才半岁！你们难道就这么看着他死掉？”

“不公平！为什么你要她们不要我们？”

四十几个人里有十几个是青壮年,恐惧和绝望让他们很快就暴躁了起来。

“让我们进去！让我们进去!”

“开门！开门!”

他们开始用手摇晃那道坚固的钢制卷闸门,它很快就在剧烈的晃动下发出了令人担心的响声。

人们在这种时候爆发出来的力量令人惊叹,却也令人无奈。

“走开！否则我们要不客气了!”梁宇大声地叫道。在他身旁,是钱伟和李洪带领的安保队队员,他们每个人手里都拿着一把铁钎或者是长矛,但他们脸上的表情却比外面的人更加扭曲。

许多人都觉得呼吸困难,只想逃离这个地方。

“趁现在还不晚,快点离开这里！回你们的地方去!”梁宇继续徒劳地大叫着,“快点离开！这是最后的警告了!”

但外面那些人的动作却越来越大,声音也越叫越响。

“杀了我们吧！我们做鬼也不会放过你们的!”

“让我们进去吧,求求你们了！我们什么都不要,让这个孩子有口饭吃就行了!”

“求求你们!”

钱伟站在梁宇的身边,手里紧紧地握着那把曾经杀死了那只恐龙的铁钎,他知道自己应该行动起来,但看着那些痛苦、绝望、凄惨而又扭曲的面容,他手中的铁钎却始终举不起来。

“你在犹豫什么!”梁宇大声地叫道,“让他们冲进来把一切都破坏掉吗?”

远处有更多的人在往这边跑来,他微微迟疑了一下,手中的铁钎重重地捅了出去。

一个男人惨叫一声退了出去,梁宇刺出这一击的时候还是犹豫了,只是刺破了他的皮肤。但这却彻底引爆了外面这些人的恐惧。

他手中的铁钎被几个人死死地抓住,怎么也收不回来。

“他们动手了！他们要杀掉我们了!”那个受伤的人绝望地叫道,“他们不让我们活了!”

人们慌乱了起来,一些人想要退去,而另外一些人则彻底绝望,抓起手边一切能够当作武器的东西试图攻击大厦里面的人。

凭什么他们就能活着，而我们却必须死去？

你们不接纳我们？

那就一起死吧！

大块大块的石头向安澜大厦砸去，钢化玻璃也许能够经得起人们在远处用石头砸它，但在这么近的地方用这么大的石头砸上去，它终于哐啷一声碎裂成了几块。有人开始用手中的东西努力地撬着钱伟等人后来加上去的防护栏，金属在他们持续不断而又极度疯狂的摇晃下很快就开始疲劳，然后变形、扭曲，露出了可以让一个人的脑袋钻入的空隙。

一个男人丢下手里的工具，疯狂地往里面钻，一名安保队员发现了他，急忙冲了过来。

但他没有勇气用手中的武器去伤害这个男人，只是用力地想要把他从那个地方推出去。两人在窗口的那个地方死死地纠缠着，那个男人狠狠地咬了他一口，一根铁矛突然从旁边扎了进来，刺在他的大腿上，让他“啊”的一声倒在地上。

那个男子越发努力地往里面钻，另外两名安保队员听到响动跑了过来，他们犹豫了一下，放下手里的武器，抓起一个凳子，用力地向那个肩膀已经进来的男人砸去。

“让我进来吧！我都已经进来了！求求你们，不要赶我走！”他没有办法抵抗这样的打击，只是缩着脖子，一只手拼命挡着凳子的打击，另一只手拼命地让身体继续往里面挤，“求求你们，让我进去，我会报答你们的！我一定会报答你们的！”

外面突然爆发出一阵极度惊恐的尖叫，房间里的人愣了一下。

几个墨绿色的身影突然从安澜大厦的侧面冒了出来，随即毫不迟疑地向着纷乱的人群直冲了过去。

哭喊声像是炸弹一样爆开，所有人的动作都变得疯狂了起来。

四只恐龙瞬间就扑倒了四个人，巨大的脚爪深深地刺入他们的身体，将他们的身体划开，血流像泉水一样喷了出来，让周边的人越发惨烈地尖叫起来。肌肉和皮肤被切开，内脏便直接流淌了出来，掉落在地上。

人们痛苦地哀号起来，但恐龙只是快速地低下头，咬住他们的脖颈用力一甩，他们便彻底失去了知觉。

恐龙于是放开了他们，它们灵巧地把巨大的钩爪从那些已经失去生命的躯体中收回来，他们便像木头一样被扔在了地上，随后，恐龙再一次扑向了人群。

惨叫声响彻天地，只是短短的几秒钟时间，安澜大厦门前就已经变成了一片修罗场。

那些人绝望地扑在卷闸门上，拼命地用手扑打着、尖叫着，希望里面的人能够良心发现，把他们放进去，而站在里面那些手握长矛的人已经彻底被吓呆，甚至什么都不会做了。

“开门！”张晓舟的声音突然在背后响起。人们呆呆地转过头看着他，发现他手中拿着一个燃烧瓶，身后还背着一个开着口的背包。

“张晓舟！”梁宇大声地叫道。

“让他们进来！”张晓舟大声地说道。

“我们之前已经说好了的！”梁宇愤怒地说道，“你要把所有人都害死吗？”

“我们是人，不是禽兽！”张晓舟说道，“先把他们放进来，然后再说别的！”

“你疯了吗？”梁宇大声地对他叫着，“你以为他们会感激你？他们只会恨你，恨你为什么不一开始就放他们进来！他们只会把自己经受的这一切都迁怒到你身上！醒醒吧！已经来不及了！”

“钱伟！”张晓舟大声地叫道，“你相信我吗？”

钱伟咬着牙犹豫了一秒钟，随后扔下手里的铁钎，冲向了手动卷扬机。

卷闸门被快速地升了起来，但只是升到五十厘米就停了下来，许多人在这之前就已经拼命地从下面的缝隙里钻了进来，但四十几个人里，进来的只有十几个，有七八个已经被恐龙咬死，其他人正拼命地朝远离安澜大厦的方向逃去。

梁宇不停地摇着头，他仿佛已经看到更多走投无路的人正在往这边走，安澜大厦很快就会人满为患，而他们进来之后，就再也不会出去。粮食会很快就被吃光，人们会因为失去生存下去的希望而开始相互攻击。

人吃人……这个最可怕的念头很快就出现在了他的脑海里，他似乎已经看到自己的妻子、儿子和年迈的母亲被那些新进来的人绑走，拖到了火边……

完了……一切都完了……

他把手里的铁钎扔在地上，靠在墙边，什么念头都没有了。

"张晓舟！你干什么?"

钱伟的叫声把他从对未来绝望的恐惧当中唤了回来,他睁开眼睛,却看到张晓舟从那下面爬了出去。

周围已经没有一个站着的人,只有一个腿上被利爪重重划伤的女人在角落里呻吟着,张晓舟伸手把她从血堆里拖了出来,确认她的伤并不致命,便把她从卷闸门下面塞了进去。

"张晓舟！快点回来！你疯了吗?"钱伟大声地叫着。

四只恐龙都跑去追击那些逃散的人,门口反而空了下来。

"钱伟。"张晓舟突然笑了起来,"还记得我们从康华医院回来的时候,是怎么评价那些人的吗?"

"张晓舟!"钱伟不知道他究竟是什么地方不对劲,在这个时候说这些毫无意义的东西。

"我看不起他们,认为他们是人渣、败类！我嘲笑他们不敢去与恐龙战斗,对于自己的同类却一点也不手软。然后呢？我们却一步步地变成了和他们一样的人,像他们一样卑劣,和他们一样无能!"

"张晓舟你快点回来！没关系的！我们还可以再想办法的!"梁宇突然有一种感觉,张晓舟是不是在团队求生的压力和自己的良知的双重折磨之下已经崩溃了,他这是要自杀了吗?

"我们是万物之灵长！我们是消灭了成千上万种生物的最强大、最恐怖的物种！但我们却被这些小小的恐龙分隔起来,关在一幢一幢的房子里,在我们自己的城市里变成一个个的孤岛。我们每天心惊胆战地躲在黑暗的角落里,生怕它们会发现我们,把我们吃掉。"

"可笑!"张晓舟摇着头,"真是太可笑了！事情不应该是这样的！应该是它们被我们屠杀、被我们追击、被我们消灭!"

"别说这些了！快点回来!"钱伟这时候已经从卷闸门下面钻了出来,抓住他,用力地想要把他拖回去。

又有两个人被杀死,而一只恐龙已经注意到了他们,开始快速地向这边奔跑过来。

张晓舟终于和钱伟一起退了回来，梁宇伸手想要去放下卷闸门，张晓舟却拦住了他。

他放下背包，把手中的燃烧瓶放回里面，捡起被梁宇扔在地上的铁钎，大声地叫道："来啊！你这该死的畜生！"

那只恐龙猛地撞在卷闸门上，人们都惊恐地大叫了起来，张晓舟紧紧地握着铁钎，默默地站在那里等待着。

血腥味已经让恐龙彻底疯狂，它马上就发现了卷闸门与地面之间的那个缝隙，但高度不够使它没有办法直接从那里进来，于是它低下头，把脑袋从那条缝隙里伸了进来，试图攻击一直站在那里的张晓舟。

二十天来，它已经多少次杀死了这些用两足行走的猎物。

他们是最理想的猎物，行动迟缓，没有厚皮、鳞片、骨板或者是尖刺。有时候他们的前肢会拿着一些像是刺的东西，但每一次，只要它们发起攻击，他们就只会尖叫着四散逃开，把那些尖刺彻底抛弃。

如果恐龙有神灵存在，那这些猎物一定是神灵赐予它们的礼物。

它的头彻底伸了进来，尖尖的吻部几乎已经要碰到张晓舟的腿。

"张晓舟！"钱伟大声地叫道，捡起一根铁钎冲了过来。

张晓舟在这个时候突然动了！

他举起手中的铁钎，用尽全身力气，狠狠地向着它的脑袋扎了下去！

被砂轮磨得非常尖锐的铁钎没有在这个时候辜负张晓舟的期望，它没有能够刺穿恐龙的颅骨，却在它的头上滑动了一下，直接扎进了它的眼窝。

恐龙凄惨地尖叫了起来，但张晓舟已经把全身力气都压在了上面，铁钎刺穿了它的眼睛，沿着颅骨的空隙直接刺进大脑，然后才终于卡在颅骨的缝隙里！

它疯狂地扭动了起来，尖锐的脚爪拼命地挥舞着，一次次地踢在卷闸门上。那可怕的巨大钩爪甚至从缝隙里伸了进来，差一点就扎伤了一名站在旁边的队员。

钱伟急忙用自己手中的铁钎扎入它的小腿，用全身的力气死死地把它压在地上，把那致命的危险控制了起来。

它已经彻底倒在地上，身体还在不时地抽动，但任谁也能看出来，那只是身体的条件反射。

张晓舟一直死死地用铁钎把它的脑袋压在地上，它的动作越来越慢，最后终于停了下来。

大厅里一片寂静，就连那些受伤的人也忘记了呻吟和尖叫。

“拿把斧头过来。”张晓舟终于放开了手，铁钎深深地插进恐龙的脑袋，就这样竖在那个地方，“把它的脑袋砍下来。”

“张晓舟？”钱伟终于说道。

张晓舟回头看着钱伟。

“我们现在？”钱伟问道。

“暴龙很快就要过来了。”张晓舟说道，“这么浓的血腥味一定会让它疯狂的！把那些燃烧瓶拿到楼上去，我们得要准备好好地和它干一场了！”

钱伟拿着那些东西匆匆上楼的时候，迎面遇上了听到消息慌慌张张从楼上下来的王牧林等人。

之前的会议上，管理团队并没有能够拿出一个完美的方案。

张晓舟一直沉默不语，这让人们一下子变得无所适从。也正是在这样的背景下，唯一一个站出来告诉大家应该要怎么办的梁宇主导了会议，并且做出了将这些人挡在外面的决定。

这样的选择不能说对，但也不能说错。

这是他们能够做出的不多的选择之一。

和接纳这些人并且迎来更多的难民相比，这看起来已经是他们能够做出的最好的选择了。

在资源匮乏的大环境之下，安澜大厦看起来很好，但其实有着许多隐忧。如果它真的是一个远离尘世的孤岛，那他们也许能够按照张晓舟的规划慢慢地发展起来。

但发生的事情却狠狠地打醒了他们，让他们知道，这个世界永远也不会像他们所期望的那样。

难民的问题一直是人们心里的一个坎，大家其实都知道将会发生什么，只是大多数人都选择性地无视它，一厢情愿地希望那些人要么饿死在家里，要么就先去抢劫那些更小的地方。这样的想法被梁宇直接在会上说出来之后，甚至成了人们美好的梦想。

也许张晓舟之前就是这样考虑的，不然的话，去副食品批发市场的那一次，他有什么必要非要拉上那些与安澜大厦非亲非故的人？也许他本来就是想要用那些人作为缓冲？

按照梁宇的理论，当人们最终因为饥饿和绝望而自发地汇集在一起，他们首要的目标肯定会是那些更容易得手的小团队。

但那些人会甘愿把自己生存的希望拱手让出吗？

不会的，他们之间必然会一次次地爆发冲突。

死人在所难免。但正是因为这个过程，人与人之间的冲突、恐龙的袭击、饥饿和随之而来的疾病将会不断出现，把他们所有的能量都渐渐消耗掉。

这座城市将会以这样的方式把超出它承受能力之外的人口消耗掉。那些老弱病残，那些思想僵化的人，那些运气不好的人将会首先被淘汰掉。

按照他的理论，只有到了那个时候，剩下来的人才真正有了在这个世界求生的资格。

而安澜大厦的人将会活下来，他们将会迎来玉米丰收的那一天。

很残酷，但在梁宇看来，这是物竞天择这个自然规律在他们这些被迫来到这个世界的人必然要做出的选择。

无关乎道德，更没有对错。

有的只是生存的本能。

你不能适应这个世界，那你就必然会被这个世界抛弃。

新世界的规则，就是这么残酷而又简单。

没有人尝试反驳他的理论，虽然有些人对他所揭露的事实感到反感，但每个人都觉得他的话是对的。

还有什么办法呢？

……

但现实却与他们开了一个玩笑。

当人们开始面临饥饿和绝望时，他们的第一选择并不是抢劫，而是试着向那些明显还有余力的团队求助。

谁会想要加入一个虽然还有粮食吃，却看不到希望的小团队？如果有机会，人们的第一选择当然是有可能给予他们安定生活的地方。

在这样的前提下，明显有着更多的人口，有着更好未来，而且也没有像康华医院那样展现出赤裸裸暴力的地方显然成了他们最好的选择，也是唯一的选择。

始料未及。

如果他们是直接过来抢劫的，那安澜大厦的人也绝对不会心软，一场血腥的战斗也许在所难免。但那些人的行动却没有办法让他们感觉到这是敌人。

面对正在向你苦苦哀求的人，他们没有办法像梁宇主张的那样，毫不犹豫地举起手中的棍棒。

他们的态度反过来给了这些人希望，并且最终僵持到了恐龙出现的那一刻。

……

张晓舟把人放进来了！

这样的消息让正在楼上安抚其他人的王牧林等人大吃一惊。

外面发生这样的事情，没有人能够继续若无其事地工作，而按照会议的决议，他们即将对这些人所做的事情也许会违背很多人的良知。出于这样的考虑，刘玉成、王牧林等人把除了安保队员和少量民兵之外的人都带到了六楼，努力向他们解释管理团队不得不这样做的原因。

人们叹息着，但很容易就接受了这样的现实。

一对可怜的母女很容易激发人们内心深处的同情，甚至让他们试图去干扰管理团队的决策。

但四十个同样的难民呢？

你开什么玩笑！

尤其是在这样的黑锅已经被管理团队主动承担的情况下，人们接受这个现实的速度甚至超出了王牧林的预期。

刘佳嘉抱着自己的女儿躲在人群的最后面，紧紧地咬着嘴唇，一点声音也不敢出，生怕人们会把注意力转移到她们身上。

有人已经开始讨论这些人是不是因为昨天接纳了新人而来的，刘佳嘉虽然说不上聪明，但她马上就意识到，这样的话题很容易就会让她们母女成为众人泄愤的靶子。

她开始后悔为什么要跟着房间里的其他人到这里来，为什么不干脆躲在其他地方。

刘雪梅和李雨欢看出了她的紧张，她们用身体把母女俩挡在身后，低声地安慰着她们。

周围的人还在低声而又激烈地进行着讨论，为团队的行为寻找着道德上的依据。

刘佳嘉突然糊涂了起来，她不知道自己的想法是对还是错。站在父母的角度，她当然希望安澜团队能够继续接纳难民，但成为安澜团队的一员之后，为了女儿的生存和未来，她又觉得还是不要再吸收新人了。

最好的结果当然是吸收了自己的父母之后再停止接纳任何新人，但身处在这样的环境之下，听着那些人越来越激烈的讨论，她心里越来越清楚，那绝不可能。

安澜大厦在这一天之后无论在什么样的情况下都不会再接纳新人了。

被迫与父母分离而进入了这个地方，是一件极度悲惨的事情，但如果这里能够一直安定下去，也将是她们的幸运。

第5章 危急时刻

“张晓舟!”

王牧林大声地叫道。

即便他早就已经看清了安澜大厦的权力结构,决定在任何事情上都无条件地支持张晓舟,但今天所发生的事情却已经完全突破了他的底线。

这已经不能用善良或者是迂腐来形容了,在他看来,张晓舟的所作所为已经算得上是愚蠢了。

哪怕他内心深处一直都抗拒着这样做,但在会议上没有站出来否定梁宇的提案,并且在之后的工作分配中没有进一步表示反对,那就意味着一切都必须也只能按照梁宇的方案来走。

否则的话,他们所做的一切算是什么呢?

这些死在他们门口的人又算是什么?

身为一个领导者,最怕的就是举棋不定,临时改变主意。

应该一开始就一力推动接纳更多的难民,总比他们死在门口之后突然良心发现,把剩下的人再接进来好!

前者必定会有巨大的阻力,甚至是面临团队中大多数人的反对和质疑,但至少还有可能拉到新人的支持票。这些人都是没有负累的优质人口资源,虽然他们必定会有各种各样的问题，可只要他们能够进来，四十个人也会成为一股强大的力量，甚至有可能在原有成员的冷遇和敌视下不自觉地抱团在张晓舟身边，成为更加值得信赖的力量。

但现在算什么？

安澜大厦原有的成员会因为他的所作所为而放弃对他的支持，新人在目睹了这样的屠杀之后，也绝对不可能会感激或者是支持他！

这样做究竟是为了什么？

良心？

几个陌生人的死，哪怕他们就死在安澜大厦门前，哪怕安澜团队的做法有见死不救、故意害死他们的嫌疑，哪怕他们的确有拯救他们、让他们躲过死亡的能力，可这在自己人的生存面前，又算得了什么？

他们的死将会换来安澜团队内部的觉醒，换来安澜大厦外部那些还对它抱有希望的人的期望的彻底破灭，对于现在的安澜大厦来说，这是最重要的东西，也是他们急需的东西！

良心当然会不安，可如果连活下去都成了一种奢望，那再多的良心上的成全又有什么意义？

“张晓舟！”他再一次大声地叫道。

但那个挤满幸存者的大厅映入了他的眼帘。当卷闸门外那浓重得像是要流淌进来的血腥味挤进他的鼻子，当恐龙的惨叫声撕破他的耳膜，有那么一阵，他突然变得茫然了起来。

他没有想到情况会是这样。

一具没有头的恐龙尸体躺在卷闸门与地面之间的缝隙里，让那个空间更加狭窄。

而另外一只恐龙却正在那个地方拼命地挣扎着，张晓舟和另外一名队员正一起用长矛把它的脑袋死死地钉在地上。显而易见，它弯下身体想要从那个狭窄的缝隙里冲进来攻击里面的人，但它的身体结构却让它最引以为傲的敏捷和强大的力量失去了作用。

张晓舟手中的长矛刺中了它的下颚，而那名队员的长矛则狠狠地扎在了它的脖子上，双方都在用最大的声音怒吼着，满地的鲜血让这一幕看上去极其恐怖。

那只恐龙突然猛烈地甩动着头颅，张晓舟手中长矛的矛尖在巨大的力量下突然被折断，他全身的力气都压在上面，所以便一下子失去了平衡。站在旁边的那名队员急忙放开手中的长矛抓住了他，就是这么一瞬间，那只恐龙猛地把自己的身体从那条缝隙中挣脱了出去。

扎在它脖颈上的长矛撞在卷闸门上，直接甩到地上，断裂的矛尖却牢牢地插在它的嘴里。它痛苦地嘶叫着，拼命地想要把这东西从自己的身体里甩出去，但它已经直接刺透了它的下颚，牢牢地卡在了那里面。

另外两只恐龙开始变得迟疑起来。

继续攻击?

同伴的惨状它们都看在眼里，地上还躺着它们之中最为强大的成员。

但它们的本能却让它们不甘心放弃这样的几乎已经到手的猎物。

它们越发大声地嘶叫了起来，希望眼前这些东西像之前那样四散逃走。但它们却失望了，站在这古怪山洞中的那两个猎物很快又抓起了那足以给它们造成伤害的尖刺，大声地对着它们叫喊了起来。

隔着这奇怪的东西无法攻击到他们，但从那下面钻进去呢?

同伴痛苦的叫声让它们打消了这样的念头。

但它们并没有机会继续迟疑下去，巨大的咆哮声从不远的地方传来，随后暴龙巨大的身体从一幢建筑物后面转了过来。

浓烈的血腥味马上就让它空前兴奋起来，它毫不犹豫地开始向这个地方加速奔跑，沉重的躯体落在柏油路面上，发出低沉的嘭嘭的响声，整个区域似乎都随着它的脚步震动了起来。

恐龙们马上把注意力转向暴龙，它们对着它大声地咆哮起来，试图保卫自己的成果，但显然没有任何效果。

它们的同伴当中，一只已经死亡，而另外一只还在痛苦地与扎入它下颚的那个东西搏斗着，简单地对比了实力强弱之后，它们马上就做出了选择。

它们抢在暴龙到达之前，各自低头从那些尸体上扯下一大块血淋淋的肉，随后快速地从这个地方逃了出去。

暴龙的脚步终于停了下来。

它感到饥肠辘辘，最近许多天来它一直在挨饿。那些笨拙的猎物突然之间就消失了。它虽然能够在这个古怪的地方嗅到他们的气味，无处不在，但它却没有办法捕捉到哪怕是一个。

而现在，终于有一顿丰盛的大餐放在了它的面前。

它对着那三只恐龙满意地咆哮了一声，慢慢地走到一具倒在路中间的尸体前，轻轻地嗅了它一下，随后张开那布满利齿的大嘴，猛地咬住它，将它整个地衔在了口中。

这样的肉体对于暴龙强大的咬力来说简直就是一整块不需要怎么咀嚼的净肉，它很快就把它吞了下去。

随后，它注意到了那个血腥味最浓的地方。

所有人的心都沉了下去。

没有亲眼见过这样的巨兽，就不会明白所有必须直面这种怪物的人心里的恐惧。

即使它距离安澜大厦还有四五十米的距离，对于安澜大厦的人来说，也已经有了足够的压迫力。

之前他们并不是没有见过它在周围行动，安澜大厦也不是没有被它攻击过，但问题是，那时候它只是从旁边路过，并且只是漫不经心地试着对安澜大厦发动了一次几乎不能说是进攻的攻击。

那次攻击的结果是整面窗户的破损，甚至连窗户周边的墙壁也一起遭到了损坏，到现在他们也只是用一些金属条把它重新封起来，然后在上面覆盖了一层塑料布，以此来挡住可能从这里进入的蚊虫。

那一次，他们用一个燃烧瓶吓走了它，但这一次，它显然不会那么轻易就离开了。

张晓舟突然跑向卷扬机的位置，快速地把卷闸门拉起来。

“你疯了吗？”如果不是因为暴龙已经近在咫尺，王牧林和梁宇几乎要同时尖叫出来。

“不！”张晓舟指着卷闸门上的血对他们说道，“你们觉得这道门能够挡住它的攻击？如果暴龙被那些血吸引，哪怕只是轻微地尝试着撞击它一下，这道门就毁了。我们现在没有能力修复，也没有能力重新做一道新的门出来。那样的话，等它离开之后用什么来抵挡之前那些恐龙？必须先把它升上去，等它离开以后再放下来！它的个子太高，这道门它进不来！”

这样的话当然没错。

按照常理来推测，暴龙试着撞击一下满是鲜血的卷闸门，从而让它彻底损坏的概率很大。但问题是，即使知道这薄薄的一层卷闸门对于暴龙来说毫无意义，还是没有人能够承受这样的压力。

一个封闭的空间给予人们的安全感，比所谓的理智不知道强到哪里去。当挡在他们和暴龙之间的那一道薄薄的卷闸门升起来，人们一下子被吓住了，所有人都没命般地往楼上逃去。

路中间又有一具尸体，暴龙的行动因此而暂停了下来，张晓舟趁着这个机会把卷闸门彻底升到了顶部，然后用力地把那只被他杀死的恐龙拖到了走廊里，手因为太过用力而抽搐。

“帮我去找钱伟……”他大声地叫道，但这时候他才发现，整个一楼已经空荡荡的，看不到一个人。

他深深地吸了一口气，丢下那只恐龙，快速地从侧面的楼梯上了楼。

一楼、二楼和三楼都已经没有一个人了，他跑到四楼的时候才看到了一名安保队员，他正小心地站在窗边，看着那快步靠近安澜大厦主入口的那头巨兽。

“张队长。”看到张晓舟上来，他低声地叫道。

“钱伟他们呢？”

“钱副队长他们都在楼上！”

张晓舟快步地向楼上跑去。

“张晓舟他简直疯了！”一个熟悉的声音这样说道，“他把这里当成什么地方了？他口口声声说要遵守规则，要按大家的决定来办事，结果呢？他根本就没有考虑过我们！他倒好了，痛快了！我们该怎么办？”

说话的人丝毫也不顾忌那些刚刚从外面逃进来的人，他们木然地看着他，就像是不知道他在说什么，不知道这和自己有什么关系。

张晓舟的脚步略微迟疑了一下，但马上就再一次加快了速度。

说话的声音骤然停止，梁宇和王牧林等人正站在五楼喘着粗气，那些和他们一起逃上来的人分散在他们周围，更远的地方则是那些在这里躲避的人。

他们看到张晓舟之后，表情有些尴尬，一些人的脸一下子涨红了，但很快就变得愤怒了起来，他们用不解和恼怒的表情看着张晓舟，走过来想要质问他。但张晓舟丝毫没有停顿，看到钱伟不在这里后，他继续向上跑去，直接上了楼顶。

“张队长！”人们轻声地和他打着招呼，在这里的多半是钱伟一手带出来的骨干，他们正在这里准备用燃烧瓶对暴龙展开攻击。

看到张晓舟，这里的大多数人都是一脸崇敬。

他们已经知道张晓舟仅仅用一根铁钎就杀死了一只恐龙，对于绝大多数人来说，这简直就是一个奇迹。这让他们中的很多人不由得想起之前张晓舟带领人们设下陷阱，烧死七只速龙的事情，再加上之前被抓住的那一只，直接或者是间接死在张晓舟手上的恐龙已经多达九只。

这简直就是不可思议的事情。

但人们却不知道，其实在来到这个地方之前，张晓舟就已经杀死了两只恐爪龙。

“这燃烧瓶我要拿五个到楼下去！”张晓舟直接对钱伟说道。

按照高辉这个网络宅男的记忆，他们用少量宝贵的汽油尝试着调配所谓的莫洛托夫鸡尾酒，并且找到了一些可以使用的配方。但汽油对于他们来说太过于珍贵，他们并没有准备太多这种东西，全部加在一起也不过十瓶而已。

钱伟点点头，把放在脚边准备投出去的燃烧瓶抓了几个塞在之前的那个袋子里，快速地递给了张晓舟。

张晓舟迟疑了一下。五楼那些人他可以完全不放在心上，但他很清楚，自己所做的一切需要对人们，尤其是那些一直信任和支持自己的人解释清楚，但时间紧急，现在没有时间说这些。

“稍后我会向大家说明一切！”他低声地对钱伟说道，“不到万不得已不要攻击它，等我的信号！”

钱伟点点头，于是张晓舟提起背包，马不停蹄地向楼下赶。

“张哥，我跟你下去！”李彦成大声地说道。

两人一路小跑着到了二楼，张晓舟示意李彦成停下，随后小心翼翼地透过楼梯间的缝隙向下望去。

暴龙正在门口大吃特吃，它的吻部已经沾满了血和碎肉块，它口中所有的利齿都变得血红，骨头在它口中断裂的声音不断地传来，令人惊惧。

张晓舟靠着墙坐了下来。

之前与那两只恐龙搏斗消耗了他太多的体力，而在这么短的时间里从一楼跑到楼顶，然后又快速地跑下来，几乎把他残存的力气都消耗一空。

他必须抓紧时间为接下来有可能发生的战斗做准备。

“张哥……”李彦成低声地说道。

他听到了一些让他血脉偾张的事情，但同时，他也听到了一些对张晓舟非常不利的说法。张晓舟救过王蓁蓁的命，也救过他，他一直都很佩服张晓舟，这让他觉得自己有必要让张晓舟提前知道人们在说什么，以做好准备。

“嘘。”张晓舟却竖起一根手指，轻轻地摇了摇头。

他很清楚李彦成要说什么，但就在目睹那些人的惨状、做出打开卷闸门的决定时，他已经下了决心。

一切都豁然开朗。

除了少数的几个人，其他人怎么说、怎么想，对他来说其实已经不重要了。

……

这么短的时间内，暴龙已经把所有的尸体都吞了下去，它的饥饿已经完全缓解，但它却并不满足。

巨大的蜥脚类恐龙占据优势的时代已经过去，在这片广袤的丛林当中，暴龙高居于食物链的最顶端。除了同类，像它们这样的猎食者很少有对手存在，但它们巨大的体形除了给它们带来了对其他生物来说压倒性的优势，也给它们带来了巨大的生存压力。过于巨大的身躯让它们难以在密林中灵巧地进行跑动，如果说青年期的暴龙还经常通过追逐来捕捉猎物，那壮年期的暴龙就完完全全转化为了机会主义者。

它们绝大多数时候都在等待伏击，而另外一些时间则在准备进行抢夺。凭借敏锐的嗅觉，它们能够轻松地嗅到几公里外正在进行的杀戮，也能轻松地找到那些受伤的、生病的、垂死的或者是已经死去的动物。

偶尔有一些暴龙家庭会幸运地找到一大群鸭嘴龙或者是角龙，它们便会尾随猎物，不时地吃掉那些衰老、病弱、掉队，或者是在求偶过程中受伤的对象。

这座城市对它来说是全新的体验。

这里有太多容易捕食的猎物，而且他们会络绎不绝地主动跑到它的面前，让它轻轻松松就能享用美食。这让它提前储备了足够的脂肪，并且进入了发情期。

信号已经发出，附近的雄性暴龙将会很快察觉到空气中弥漫的母暴龙发情的气息，向这里聚集，争夺交配的权力。

但出乎它意料的是，接下来的几天里，它竟然面临了饥饿，将好不容易积攒起来的脂肪消耗了不少。

为了确保接下来漫长的产卵和孵化期，它必须尽快获取更多的食物。

前面这个古怪的山洞里充满了食物的气息，它俯下身体向里面窥视着，除了一个个密集排列的洞口和空旷的山洞，什么都没有看到。

但那里面明明充满了他们的气味！

他们躲在什么地方？

它愤怒地咆哮起来，随后用自己巨大而又坚硬的头颅重重地向其中一个洞口撞去。

那扇窗户直接飞了出去，巨大的撞击力让它在短暂的变形之后，整个从窗框上脱落了出来，重重地砸在门边，玻璃的碎屑和塑钢的碎片满地都是。

“张哥……”李彦成开始紧张起来。

暴龙整个脑袋都伸了进来，这里是一个用来摆放家具的仓库，人们经常要到这里来把整件的木头家具劈成碎片当柴烧，房间里到处都是他们留下的气味。

这让暴龙越发地兴奋起来，它左右晃动着脑袋，免烧空心砖砌成的墙体在这巨大的力量冲击下纷纷脱落，一整面墙很快就彻底垮了下去。

但暴龙的身体过于巨大，层高不过两米八的空间无法容纳它硕大的身体，它努力地想要钻进来，甚至把整个身体都向前倾了下来。但它仅仅是头部就有将近两米高，这样的空间对于它来说太过狭窄。

就在张晓舟迟疑着是不是要趁这个机会用燃烧瓶攻击它时，它已经扭动着身体退了出去。

“它要走了吗？”人们松了一口气。

但下一个瞬间，暴龙却冲破了二楼的一扇窗户，把头再一次伸了进来。

“它会毁了安澜大厦的！”吴建伟的脸色彻底变了，虽然站在六楼，但从发出的声音、四下散落的碎块和暴龙的行动中，他完全明白它在做什么。

它无法理解楼房的结构，不知道这里面是连通的，正在挨个寻找躲藏在里面的人！

一扇窗户被它破坏可以想办法修复，一堵墙被它破坏也可以暂时用其他东西堵起来。但如果它把整个一楼和二楼的外墙全都破坏掉，那还有什么办法？那样的话，安澜大厦将没有任何安全可言了！

“必须阻止它！”他大声地叫了起来。

张晓舟同样意识到了这一点，他不再犹豫，将手中的燃烧瓶点燃，向着它正在破坏的房间冲了过去！

暴龙狂吼了起来。

它终于看到了自己想要寻找的东西，但一个细小的物体却从那个东西的手里飞出来，旋转着向它所在的方位飞了过来。

热浪扑面而来，燃烧瓶落在暴龙脑袋前方的地面上，一团火焰猛烈地燃烧了起来。

张晓舟希望这能让它知难而退，但它却只是往旁边让了一下，脑袋侧过来，猛地向前一扑，试图用舌头卷住他。

“钱伟！点火！”张晓舟大声地叫了起来，这样的声音在暴龙的咆哮声中根本就没有办法被楼上的人听到，李彦成马上以最快的速度向楼顶冲去：“钱副队长！快！动手啦！”

暴龙的身体几乎整个探了进来，张晓舟站在门口，距离它只有四五米，而且他也清楚地知道它没有办法更近一步，但身体却不受控制地颤抖了起来。

那些巨大的利齿在他面前不停地撞击着，它咆哮时口中喷出的气流和唾液几乎已经淋在了他的身上，那狰狞而又满是瘤状鳞片的头颅仿佛触手可及。

他就像是被蛇盯住的青蛙，害怕得已经根本没有办法做出任何动作。这时候，暴龙的舌头向他卷了过来，他狠狠地咬了自己一下，这才让自己僵硬的身体向后退了一步。

他感觉自己的心脏就要从胸口跳出来了，但他强迫自己站在那里，克制着恐惧和转身逃走的欲望。几秒钟之后，他弯腰拿出一个燃烧瓶，开始用打火机把上面的布条点燃。

手抖得厉害，几乎没有办法去打火，暴龙的咆哮声让他的脑子里一片空白，什么都想不出来。他用腿夹住燃烧瓶，然后两只手一起抓住打火机，连续打了几次之后，火焰终于亮了起来。

燃烧瓶被点燃了。

暴龙依然在咆哮着，它那残酷而又凶狠的目光一直盯着张晓舟，这时候，张晓舟猛地举起燃烧瓶，用尽全身力气，重重地向着近在咫尺的暴龙砸了过去！

添加了黏着物的汽油粘在暴龙的头上，火焰迅速在它的皮肤上蔓延，而加入的有机质则让燃烧的时间变长。一团火焰紧紧地贴在它的鼻孔上燃烧着，它脑袋上的短绒毛也被引燃，这让它马上痛苦地嘶叫了起来。

钱伟这时候也从楼顶把点燃的燃烧瓶向它扔了下来，两个燃烧瓶先后落在它的脚边，燃起熊熊大火，而另外一个则在它的尾巴根部碎裂，将它的整个后背点燃。

剧痛让暴龙的躯体突然猛地收缩了起来，它的头颅重重地撞在天花板上，几乎让整幢楼都随之抖动起来。

好在楼板都是现浇的混凝土，否则也许会在这样的撞击下直接倒下来。

它疯狂地扭动着身体，巨大的头颅就像是一个攻城锤，直接将旁边的那道隔墙撞得粉碎，房间里的东西漫天飞舞。就是这么一下，它便将自己的上半身从那个狭窄的地方挣脱了出来。

被火焰点燃的地方，皮肤很快就开始收缩、炸裂，露出血淋淋的肌肉。鲜血喷了出来，将那微不足道的火焰浇灭。暴龙的身体再一次向安澜大厦撞去，似乎只有这样才能平息它的愤怒和痛苦，但更多的燃烧瓶却在这个时候从楼上落了下来。

一团火焰裹住了它的右腿，这终于彻底瓦解了它的意志。它悲鸣了一声，带着还在燃烧的火焰，快步地向着南面逃走了。

人们沉默着，几秒钟后才终于欢呼了起来。

“我们赶走它了！”

张晓舟感觉自己全身的力气都用光了，他放下手中装着燃烧瓶的背包，一跤跌坐在已经被暴龙完全破坏的房间里，大口大口地喘息了起来。

“张晓舟！”钱伟的声音出现在楼道里，他一定是丢下手里的东西就直接冲了下来。

"我在这里。"他无力地答道。

钱伟快步走了过来，张晓舟身上有血，但并不是他的，手脚也好好的，这让他放心了。

但眼前被破坏得不成样子的房间却让他马上抱着头骂了起来。

手边已经没有什么材料可以使用了，这么大面积的损坏，究竟要靠什么来封堵？

他蹲下来抓起一块空心砖，看着眼前已经扭曲变形的窗框，心里突然一阵烦闷，于是重重地把它朝着那个巨大的空洞砸了出去。

"不管他们说什么，我一定会挺你的！"他对张晓舟说道。

"好！"张晓舟从地上爬起来，认真地对他点了点头。

第6章

决 心

有太多的事情急等着做。

李建业安排一批人从地下车库里运水出来，把门口那些血水和尸体的碎块冲走，以免有更多的猎食者被吸引到这个地方来。

而吴建伟则带着一群人蹚着水，抓紧时间拆地下车库里的电缆桥架，准备拿那些东西来堵住被破坏的四个房间。

剩下的人则显得有些茫然无措。

那些逃进来的人一直缩在五楼，因为张晓舟和其他负责人没有发话，谁也不知道该怎么应对。

接纳他们，把他们安置下来，还是依然不接纳他们，把他们赶出去？

有些人在低声地讨论着。

之前张晓舟的举动依然可以说是权宜之计。出于人道主义考虑，在那种时候让这些人暂时进来避难，这也是人之常情。但现在危险已经解除，是不是应该让他们离开了？

没有人表态。

所有人都知道这是当务之急，但安全问题却迫在眉睫。

威胁最大的暴龙已经负伤逃走，现在他们所担心的是那三只逃走的中型恐龙。

它们会带着更多的同类过来吗？如果它们出现，正在修补那几个缺口的人必定会遭遇一场新的屠杀。

“不行的话，我们只能暂时放弃一楼和二楼。”吴建伟说道。大厦的楼梯间都有厚厚的防火门，用钢材在后面简单地加固一下应该就能避免恐龙入侵。

但现在的问题是，为了运输方便，他们一直把一楼作为仓库，几乎所有的资源包括粮食都放在一楼。这么短的时间里，根本就不可能把它们全都运到楼上去。

如果他们撤离到楼上去，那根本没有办法防止周围的人来偷走他们的东西。

安澜大厦的人从来没有像今天这样缺乏安全感，而这一切很容易就会被归咎到昨天接纳的那对母女身上。

“如果不是因为她们，”终于有人直接把这话说了出来，“今天就不会出这些事情了！”

刘佳嘉紧紧地抱着自己的女儿，生怕他们会突然说出要把她们赶出去这样的话。

少数几个人附和着，发泄着心里的不满。

把任何问题都归咎到别人身上，这当然是一种寻找自我安慰的办法，但对解决问题毫无帮助。大多数人其实都明白，这一天迟早会来。

今天的事情不会是唯一的一次，也不会是最严重的一次。但第一次就造成了这么严重的后果，那以后究竟会是什么样子？

他们真的能撑得下去，真的能撑到玉米收获的那一天吗？

来到这个世界已经二十几天了，获得玉米种子也已经十几天了，但他们现在根本连一棵玉米都还没有种出来……这让很多人开始彷徨了起来。

张晓舟曾经画给他们的蓝图，真的有能够实现的那一天吗？

“真该死！”钱伟用一把老虎钳用力地拧着一楼那个房间里防盗栏上的一根扭曲变形的钢筋，准备把它归位之后再和其他的东西一起焊接起来，但它的硬度却远远超出了他的想象。

他简直没有办法相信，这是那些人凭借自己的双手掰断的。

张晓舟走了进来。

站在钱伟身边准备帮忙的队员明白他们有话要说，于是走了出去，把空间留给了他们。

“我准备离开。”张晓舟轻声地说道。

“嗯……”钱伟还在和那根钢筋较劲，一时没有反应过来，几秒钟后，他才意识到张晓舟说了什么，“什么？你再说一遍？”

“我准备离开安澜大厦，重新组建一支队伍。”张晓舟说道。

“张晓舟！”没等钱伟说什么，梁宇和王牧林快步从房间外面跑了进来，“你说什么？你不是那个意思吧？”他们都觉得应该尽快找张晓舟谈谈今天的事情，但没有想到，刚刚走到门口就听到了这么劲爆的内容。

张晓舟却认真地点了点头。

“这件事情……没有必要闹成这样！”王牧林马上说道，“之前是有一些人在嚼舌头，但你知道他们那些人的脾气就是那个样子，没别的什么意思。那时候我们并不是支持他们的说法，只是刚刚到楼上去，没来得及制止他们！但这些人不会是什么大问题！我会一个个找他们谈话，让他们接受……”

“不是因为这个。”张晓舟笑了起来，“你们认识我这么久了，我是会因为这种事情而冲动的人吗？”他轻轻地摇了摇头，“我这样做是为了彻底解决问题。”

“什么问题？”钱伟问道。

“人的问题。”张晓舟说道，“你们都清楚，在安澜大厦这个团队刚刚建立起来的时候，我就已经想到会有这么一天了。但这十几天来，我每天都在考虑这个问题应该怎么解决，却一直都找不到一个妥善的办法。”

“这和你要离开有什么关系？”

“有关系。”张晓舟说道，“从这些恐龙出现在外面之后，我们的思路一直都是龟缩种田，似乎把我们这个地方建设好了，就能应对所有的困难了。但我们真的能建设好吗？从获得种子到现在，已经很多天了，可我们做了什么？”他摇摇头，“我们什么都没有做。你们真的相信我们从今天开始一切就能变得顺畅起来，我们可以势如破竹地解决所有的问题，快马加鞭地把一切都按计划弄好？”

“不会的。”张晓舟摇着头说道，“从今天的事情中我终于知道，这根本就不可能。按照现在这样的做法，三个月后我们根本种不出足够所有人吃的玉米！那些恐龙不会让我们如愿，周围这些挣扎求生的人不会让我们如愿，我们自己内部也在不断地出现新的问题！”

“我们之前并不是停滞不前，”梁宇说道，“我们是耗费了一些时间来建立规章制度，来磨合队伍，但这是磨刀不误砍柴工，接下来一定会顺畅的！”

“你真的相信这一点吗？”张晓舟说道，“梁宇，你这么理智的人，会把所有希望都寄托在一个持续时间长达三个月，中间存在无数的变数，却不能有任何错误，否则就有可能走不下去的计划吗？”

“就算有什么问题，我们也能解决的！”钱伟说道。

“不，钱伟。就这样下去，我们永远也解决不了问题。”张晓舟说道，“我们龟缩在这个地方，资源有限，空间有限，人口有限，一切都只会变少不会增加，简直就没有半点容错能力。我们也许能够解决一些并不触及根本的问题，但一旦触及根本，那就超出了我们的能力范围。相信我，这样的问题会越积越多，最终超出我们这个团队的承受能力。困守在这里是不会有任何前途的。”

“还记得安澜大厦的团队刚刚成立起来的时候吗？那时候我们烧死了七只速龙，气势如虹。我们联合了周边的团队，做了我们能力之外的事情，而且成功了。我们尝试着联合更多的人来解决问题。”他深深地叹了一口气，“但现在呢？我们什么都不敢做了。因为那些恐龙开始在外面活动，我们改变了策略，开始求稳，然后，我们的勇气一点点地都被消磨掉了。我们和那些团队建立起来的信任和联系完全中断了，甚至于我们把他们视为竞争对手，希望他们在求生的路上先被干掉，以此来让我们活下来。”

这句话让梁宇的脸色有些难看。

“我不是针对你，梁宇。”张晓舟说道，“这不是你一个人的想法，而是很多人的想法，你只是勇敢地把别人不愿说的事情说了出来。”

“说出来不怕你们笑话，刚才在面对暴龙的时候，我差一点就吓尿了。要不是我今天早上没喝多少水，否则你看到我的时候，我的裤子会是湿的。但我已经不是第一次看到它，更不是第一次面对它。为什么之前我们有勇气把它赶走，而现在，我们却只能躲着它？在它到来的时候躲在阴暗的地方瑟瑟发抖，希望它能够无害地离开？到底发生了什么？是不是因为安逸的生活让我们变得患得患失，让我们失去了勇气？”

“你到底想说什么？”钱伟说道。他不善言辞，不知道应该怎么去反驳张晓舟的话，但他知道，张晓舟要做的事情并不简单，而且肯定很危险。他必须要阻止张晓舟做出这样不理智的事情。

“我要改变这样的现状。”张晓舟说道，“即使我们对这个世界毫无准备，即使我们没有经受过任何训练，我们也不会突然就从食物链的顶端一下子坠入谷底。我相信，只要唤起人们的勇气，选择适当的地点和适当的工具，恐龙永远都不会是我们的对手。”

“我要去带领那些陷入绝望的人。”他对站在自己面前的人说道，“安澜大厦这样的地方，人们有退路，所以就不会拼命了。但那些人没有退路，他们不拼命就会死。如果有勇气拼死一搏，为什么要针对人类而不是那些怪物？难道我们这些人永远都是勇于内斗而怯于外战？永远都只会自相残杀而不会一致对外？”

“不，我不相信。我相信人们只是还在茫然，只是因为恐惧而不知道该怎么办，只是因为恐惧而看轻了自己，不知道自己其实很强大！”张晓舟继续说道。

“你真的这么认为？”王牧林从开始就没有开口，“你认为有人会追随你？谁？”

“也许会有人追随我，也许没有。”张晓舟答道，“这对我来说并不重要。重要的是，我们必须要打破正在禁锢我们思维、让我们束手束脚的东西。我们必须克服正在支配我们、让我们走向失败和灭亡的恐惧，把信心和勇气找回来，这才是我们之前一直成功的原因，并不是龟缩种田！困守在这里没有任何前途，只有冲出去，把那些盘踞在外面的东西消灭掉，我们所有人才能活下来！”

对面的三个人都沉默了。

“没有人会追随你，你会死的。”梁宇说道，“醒醒吧！那些人更多、力量更大的团队都还没有出来冒险做这些事情，我们这么个小小的团队……凭什么？你这样的想法是很好，但是，你一个人或者是少数的几个人能做什么？只是白白送死而已！”

“真的是送死吗？”张晓舟说道，“今天我杀死那只恐龙的时候，有几个人动手？只有我和钱伟而已，后来面对那只恐龙的时候也只有小赵一个人来帮我，但我们并没有落入下风。赶走暴龙呢？钱伟在上面动用了多少人？四个？五个？人手真的不是问题，四五个人足矣！只要有勇气，选对方法，它们不是我们的对手！”

“人们根本就不会感谢你，你冒这样的风险究竟有什么意义？”

“我做这个决定并不是为了别人。”张晓舟说道，“别人怎么想我不能控制，也没有办法强迫和干涉。他们感谢我当然好，但他们如果不知道我做了什么，那也无所谓。

我决定这样做是因为我认为这是对的，而且认为这是唯一的出路。”

他说这些话的时候非常平静，事实上，在强迫自己近距离面对暴龙，并且把它赶走之后，他觉得勇气又回到了他的身上。

在安澜大厦的这许多天里，他一直在努力地按照自己所能想到的最好的做法去行动。但他所面对的却是无休无止的扯皮，和层出不穷却都是鸡毛蒜皮的小事。

人们总是很自私，满满的都是劣根性。

有无数次，他真的很想大声地骂那些人一顿：“外面都已经是这个样子了，吃一点亏，受一点苦，多付出一点真的有这么难吗？”

但站在安澜团队负责人这个位置上，他却无法这么说。

他只能一次次地去调解，一次次地去平衡，一次次地去妥协。

这让他感到极度憋屈，却无力去改变。

我每天尽自己最大的努力做这些事情，到底是为了什么？究竟有什么意义？

这些人真的值得我这样去做吗？

他不知道自己的路在哪里，不知道自己应该做什么。

他看着梁宇主导了会议，人们面色难看地认同了他的观点，同意采取强硬措施。他知道这完全违背了他的想法，但他却找不出更好的办法。

只能保持沉默。

对于他来说，让自己变成自己曾经唾弃的人，让自己开始做着和他们一样的事情，这简直难以忍受。

他努力让自己远离那个地方，努力让自己不去看即将发生的人与人之间的自相残杀。

然后，一切有了变化。

当他看着恐龙突然从房屋背后冲出来；当他看到那些人拼命地挣扎，被近在咫尺的人抛弃，眼睁睁地看着他们死掉；当他看着鲜血就这样流进安澜大厦的大厅，他终于明白了自己想要什么。

如果他只是想要活下去，那他从一开始就完全没有必要留在这里。他这样的人在更好的团队永远有一席之地。

如果他只是想让自己关心、重视的人活下去，那他根本就没有必要带那么多人一起。这些人和他认识不过十几天，他有什么理由去容忍他们的自私、他们的愚蠢、他们的自以为是？

如果他只想救自己关心的人，那原先那个小团队加上李雨欢足矣！

但他不是这样想的。

一直以来，他想要拯救的不仅仅是这一百五十个人。

当他与那只恐龙仅有一栅栏之隔时，当肾上腺素飙升时，他兴奋；当他用手中的铁钎准确地插进它的脑袋时，当他又一次把人们从危难当中拯救出来时，他终于明白他想要的是什么。

也许他没有能力拯救所有人，也许所有人都觉得他是傻瓜，但他想要做的就是这样的事情，成为一个英雄或者烈士，而不是把自己在无穷无尽的内耗中变成一个政客。

这个世界永远都不缺政客，缺的是烈士。

“如果这是你的最终决定，那我会跟你一起走。”钱伟说道。

梁宇和王牧林大惊失色，正副队长突然全都离开，这怎么行?!

“这一次我只想要认同我、愿意和我一起去冒险的人。”张晓舟却摇了摇头，“我知道你并不理解，更不支持我。钱伟，你的责任在这里。我请求你，继续带领这些人活下去。你们可以完全按照你们的想法去做，不用再考虑我这个迂腐之人的想法。我会把安澜大厦作为我的补给基地，会带着猎物回来，和你们换取我所需要的东西。你愿意支持我吗？”

钱伟不知该说什么，他一直在摇头。

“你会一直一个人。”梁宇说道，“有谁会认同你这疯狂的理念？你这样走出去，用不了半天时间就会被躲藏在暗处的恐龙冲出来杀掉！你这是去白白送死！”

“谁知道呢？我已经杀掉了那么多恐龙，也许我还能继续杀下去。”张晓舟却这样说道，“这个世界上总会有聪明人存在，但也一定不会缺乏傻瓜。如果人人都是聪明人，没有人愿意付出，没有人愿意牺牲，没有人愿意做傻瓜，那我们这个世界也许早就已经灭亡了。我觉得我不会一直孤独下去，但如果真的没有人认同我，那我就一个人去面对这个世界。今天我已经杀掉一只恐龙，明天我还将继续这样做下去。直到它们从这座城市被驱逐、被消灭，或者是把我杀掉。”

对面的三个人都沉默着。

梁宇和王牧林都早已经过了会被别人几句话就打动的年纪，张晓舟所说的这些话听上去热血沸腾，却和他们的人生观背道而驰，激不起半点波澜。

钱伟却深深地被张晓舟的话打动了，他内心深处其实也有着强烈的英雄情结，否则当初也不会选择留在这个地方，承担起带领这些老弱病残的重任。

但他依然觉得张晓舟的话在什么地方存在着极大的问题。

“其实你不用离开啊！”他突然说道，“你说要走出去，要跳出安澜大厦这个小圈子，要杀恐龙，我完全支持！但这和离开安澜大厦有什么关系？难道这些事情在安澜大厦不能做？你以前能带着我们对付它们，现在就突然不行了？你有什么必要到外面去从零开始？难道你不相信我们这些人？”

张晓舟沉默了，几秒钟后，他轻轻地点了点头：“我相信你，但我真的没有办法相信其他人。”

梁宇和王牧林的表情有些尴尬。

“你错了！”钱伟说道，“我会证明给你看的！”

他们现在急需开一个全体大会来决定一些事情，但问题是，现在偏偏没有时间。

钱伟开始拉着吴建伟拼命地干活，希望能够以最快的速度把那几个缺口堵起来。梁宇和王牧林又单独和张晓舟谈了一下，但知道他决心已定，他们便也没有再坚持继续劝说下去。

王牧林微微感到有些失望，安澜大厦在失去张晓舟这个主心骨之后，还能正常地运行下去吗？

他开始有些怀疑了。

但他不得不承认，张晓舟的话里面有些东西的确偏颇，可有些东西的确是实际摆在他们面前的无法逾越的高山。

现在维系这个团队很重要的一个精神支柱就是“三个月之后一定能种出足够安澜大厦所有人吃的玉米”这个前提，但他们真的能够做到吗？

按照吴工的测算，仅仅是挖土他们就至少需要十个人满打满算再干上十天，而且这是在没有任何外力干扰、一切顺顺当当的情况下。如果有恐龙在外面，即使有那个铁笼保护，又有几个人能够承受着这样的压力继续全力地干下去？那要花费多久？

二十天？三十天？光照不足的问题呢？如果玉米种出来得了病虫害呢？只要其中有一个问题发生，这个精神支柱就有可能崩塌。

还有这些难民。

处于一盘散沙状态下的他们的确不会是安澜大厦团队的对手，但他们只要在外面待着就是一个威胁，就必须分出一部分人力去监视甚至是对付他们。如果他们在这个过程中慢慢形成了一个哪怕只是临时性的团队……依照他们之前为了求生的疯狂表现，王牧林真的不知道安澜大厦的人是否能够应对这样的局面。

从这个角度来看，张晓舟的选择其实是正确的，如果他真的能凭借之前杀死速龙和带队去副食品批发市场抢食物而获得的名声和威望来把这些人的目光引到其他方向，那对于安澜大厦来说，无疑是一个非常有力的帮助。安澜大厦也许能够趁此机会把早就该完成的事情做完。

但他真的能够做到吗？

王牧林一点儿也不看好他。

要实现这一点，需要心机、手腕、口才和能够真真切切给别人带去的好处，而这些东西，在他看来，张晓舟一样也没有。杀死所有的恐龙，当然对所有人都有好处，最起码断粮了之后能够在外面挖到树皮草根，也许就能多撑几天。

但为什么不是别人来做这个事情？为什么不是别人来承担这个风险？凭什么要我来？王牧林相信，张晓舟没有能力去回答这些问题。没有人会因为他一番热血沸腾的话就和他一起去做这样明显对自己来说风险比收益大得多的事情。

时间很快就到了中午，地下车库里拆得一片混乱，但看上去已经有了足够的材料，下午就能把它们固定在一起，用来挡住那几个洞口。

人们很快就变得饥肠辘辘，午餐时间一到，他们便丢下手里的活计，三五成群地向六楼的食堂走去。

“那些人怎么办？”董丽娟悄悄地找到了张晓舟和钱伟。她说的是那些逃进来的难民，他们加起来有十四个人，除了一个婴儿之外，全都是精壮的成年人。

他们中的一些人依然沉浸在恐惧当中，而少数的几个人则想要帮着做点什么事，以争取能够融入这个集体，但他们却插不上手，也没有人愿意让他们帮忙。

“给他们最低生活保障分量的粥，一会儿我们来决定怎么处理这个事情。”

人们很快就注意到，张晓舟和钱伟站在了前面的讲台前，依照惯例，这是要召开全体会议来表决一些事情了。这也是人们意料中的事情，毕竟一次性进来十几个人，接纳与否、怎么处理和安置他们，对于安澜大厦来说都是一件很重要的事情。因为这件事情还会不会引来更多的难民、未来要怎么处理，这都是他们必须正视的问题。

江晓华快速地吃完了本就不多的稀粥，开始等待张晓舟和钱伟说话。

他已经做好了准备，要站出来指明管理团队在这件事情上所犯的错误。

之前他就已经当众抨击过张晓舟，但他问心无愧。

明明已经说好了要把这些人挡在外面，大家也都艰难地接受了这个决定，并且好不容易下了决心，但就因为张晓舟个人的一时冲动，便推翻了之前的一切准备，把这些人放了进来。在他看来，这简直就是对安澜大厦公约的践踏。

张晓舟把他从副食品批发市场那个铺面里救了出来，对他有救命之恩，而他也完全认同张晓舟建立的这个规则，所以他更加没有办法忍受，是张晓舟本人亲自把这个规则践踏在脚下。

这个团队的确是他们主导建立起来的，但并不是他们几个人的私产，而是所有人共同努力的结果。江晓华并不否认管理团队的人在这个过程中发挥的作用，但这并不意味着他们就能因此而凌驾在其他人之上。

人们之间当然有职务和不同隶属的差别，但在人格上，所有人都应该是平等的。

如果他们今天可以因为一时的冲动而肆意改变已经通过的决议，那明天他们是不是就能把这里变成他们少数几个人的一言堂？那后天他们是不是就能把其他人变成他们的奴隶？

江晓华当然相信这样的事情不太可能发生，但任何可能性都不能排除。他可以感觉到，管理团队中的一些人对于张晓舟所创立的这个规章制度已经有了无视，甚至有想要把它彻底边缘化的倾向。

这绝不能容忍！

钱伟终于开口了，江晓华坐直了身体，准备听一听他要说什么，但从他口中说出的内容却让他大吃一惊。

房间里像是投进了一颗炸弹，大家一下子沸腾了起来。

但没有人直接对钱伟发问，大家都在相互打听着，想知道钱伟的这个提案究竟是怎么回事。

现在安澜团队的大多数决议其实都是提前由管理团队的成员分别找自己手下的骨干进行沟通，把理由说通说透，等到有了大多数人的认可和支持，才真正拿到会上来表决的。但因为一直在忙着准备修复那几个缺口的材料，钱伟并没有时间去专门找人谈话。

他只是对吴建伟等一起和他干活的人提了一下这个事情，但他们却面露难色，没有一个人对他表示支持。

“钱副队长，好好的为什么要这么做？根本就没有必要啊！”一名和钱伟比较熟悉的队员直接说道，“我们要面对的是整个世界的恐龙，根本就没有可能把它们杀光，出去和它们拼命根本就没有任何意义啊！”

“外面的恐龙的确是无穷无尽的，可进入我们这座城市的肯定是有限的，把它们杀掉，我们就能有一个安全的外部环境……”

“钱副队长，说句不中听的话，这样的事情由我们来做是不是有点太不自量力了？”另外一名队员说道，“我们总共就这么一百多人，大多数还都拖家带口，拿什么出去拼？有什么资格出去拼？这种事情应该是何家营和地质学院来负责吧？”

“可他们的生存环境是安全的，而我们的不是！”钱伟渐渐急躁了起来，他本身就不是个很擅长说服别人的人，“他们的生存环境自成体系，不像我们只有小小的一幢楼……”

“我们现在这样没什么不好啊。”之前的那名队员说道，“除了暴龙，其他恐龙又伤害不了我们。而且暴龙现在已经受伤了，应该没有胆子再到我们这里来了。钱副队长，你别怪我话糙，这些恐龙在外面活动对我们来说可能还更好一些，有它们在那活动，那些难民就没那么容易到我们这里来闹事。说实话，我觉得留着它们对我们更有利！偶尔抓一只改善一下伙食可以，真的把它们杀光了，对我们反而没什么好处啊！”

“你们……”钱伟觉得心里憋得厉害，难道张晓舟真是对的？难道这些人在这件事情上真的不可依仗？“你们真的觉得我们就一定能把玉米种出来？”

“所以我们才没有精力去干你说的那种事情啊！集中精力把土挖了运进来，开始种玉米，才是当前最重要的事情，不是吗？”这名队员觉得自己已经说服了钱伟，笑着说道。

“我们现在所面临的外部环境……”钱伟在讲台上继续说着。但下面那些人的议论却不断地飘进他的耳朵，让他的心情变得憋闷起来。

有些人习惯性地看着管理团队的其他人，但他们的脸上却是极度复杂的表情，让人感觉这件事情没有那么简单。

“钱副队长，这是你个人的提案，还是管理团队的提案?”江晓华终于想清楚了他这样做的理由，于是站起来问道。

他们故意推出这样一个丝毫没有道理，但能够吸引所有人的注意力，让他们感到惊恐的提案，以此来转移人们的注意力，让他们忘记张晓舟的肆意妄为！

真是阴险！

江晓华忍不住看了看梁宇，张晓舟和钱伟都不是这样的人，肯定是他的主意！

“算是我个人的提案吧！”钱伟已经完全放弃了，其实之前他就已经知道，没有人会支持他。他没有精力也没有时间去一个个和人们谈话，找出愿意支持张晓舟的人。但不尝试一下，他又实在是不甘心。

管理团队的其他人显然并不同意出去冒险，他们也不愿意帮助他去说服人们，而他们的理由，他已经不想再听下去了。

“那我认为根本就没有表决的必要！”江晓华说道，“连管理团队内部都不能达成共识，有什么必要来浪费大家的时间！”

他已经做好了被钱伟呵斥甚至是记恨的准备，但在他看来，这是他必须要去做的事情。一个团队中，必须要有人敢于站出来发出不同的声音，这样的团队才是有活力的，他们的规定才是有意义的。如果每个人都只是唯唯诺诺，变成管理团队，甚至是某些人的傀儡，那这个团队也就失去了存在的价值。

但让他意外的是，钱伟什么都没有说，只是低声地对张晓舟说了一句什么，随后便直接走了出去。

所有人都感到有些不对劲了，然后张晓舟终于站到了台前。

人们议论的声音慢慢地安静了下来。

“大家都知道今天发生了什么。”张晓舟平静地开了口。

张晓舟阐述的内容和钱伟的很相似，事实上，钱伟的论点和论据中，有很多本身就来自他之前所说的话。人们开始疑惑起来，这样一遍遍地重复相同的内容，究竟有什么意义呢？

但最后，他们终于听到了不一样的东西。

“……所以我决定，辞去安澜团队负责人的职务，到外面去，为了在座的各位，也为了更多的人，去猎杀那些恐龙！”

如果说之前钱伟的提议就像是投入了一枚炸弹，那他的这句话就像是在房间里投入了一枚核弹。很多人直接抱着头站了起来，不停地摇着头，认定自己一定是耳鸣听错了。

他们相互之间确认着张晓舟最后一句话的内容，然后彻底地陷入了混乱。

“张队长，你这是什么意思？！”江晓华的脸色一下子变得苍白。他的确是想就今天的事情向管理团队提出质疑，但这并不意味着他希望看到这么极端的结果。

在他的计划里，张晓舟代表管理团队做出公开道歉，并且妥善地处理那些逃进来的人，这就足够了。

到外面去？这到底是什么意思？

“这是我们唯一的出路，也是所有穿越到这个世界的人的出路。也许你们无法理解，但我们在这幢大楼里并不安全。不杀死它们，不把它们的活动控制在我们生活的这个区域之外，我们就什么都做不到。种植粮食将会成为一句空话，原本可以成为同伴的人将会白白地死去，所有人最后都会变成输家。”张晓舟说道，“我决定承担起这个责任，我要唤起人们的勇气，我也希望有人能认同我的想法，和我一起去做这件事情。这不是强制任务，会很危险，很有可能会受伤，甚至是死亡。任何人，只要愿意，都可以单独来找我谈。我会在安澜大厦待到今天傍晚，然后离开。”

“就这样吧。”他最后点了点头，从讲台上走了下来。

第7章

分别

许多人找到张晓舟试图说服他，其中有些人甚至和他从来都没有过太密切的关系，但在这个时候，他们却好像是他相交多年的好友，处处为他考虑。

弄清楚他们并不支持自己之后，张晓舟便一个个请他们离开。他已经忍受了这些人太久，在离开之际，没有必要再惯着他们了。

他所做的最重要的一件事情就是请李学勤指导自己对那只恐龙进行了简单的处理，也许不可能在这么短的时间内就做到非常熟练，但最起码可以在不过于浪费材料的情况下对它进行一些处理。

如果未来一段时间内他都必须依靠自己独行，那这样的技能是必不可少的。

"张队长，你真的……"李学勤一边教他，一边诧异地问道。

站在他的角度，他真的没有办法理解张晓舟的决定，而张晓舟也只是笑了笑，没有试图向他进行解释。

直到一个小时之后，他才迎来了第一个表明愿意和他一起走的人——李彦成。

"蓁蓁怎么办？"张晓舟问道，"你和她说过这个决定了吗？"

李彦成一下子语塞了，但片刻之后，他便抛出了重重的一击："那你和李雨欢说过吗？"

张晓舟沉默了，片刻之后他才说道："我和她的情况，和你们俩不同。"

“我觉得没什么不同。”

“我说过要追求她，但还什么都没有做，事实上也没有任何关系。而你和蓁蓁已经是男女朋友了，你离开之后，她该怎么办？”张晓舟说道，“你是她在这个世界上唯一的依靠，你能够认同我，愿意站出来支持我，我当然很高兴。但这并不仅仅是你一个人的问题，我希望你和她谈谈，你们达成共识之后再来找我也不迟。”

第二批来找他的却是梁宇等人。

“进来的这十四个人，你觉得应该怎么处理？”梁宇问道。

“你们的想法呢？”

梁宇看了看其他人：“我们的想法是，为了避免以后更多的麻烦，他们必须离开！”

张晓舟点了点头：“我没有意见，就这样处理吧。不过，我希望能由我来和他们谈，可以吗？”

梁宇有些意外。这绝对不是什么好事情，在他看来，要让这些人自愿从安澜大厦离开是绝对不可能的。对于他们来说，进入安澜大厦几乎已经意味着获得了安全活下去的保障，在这个时候突然将他们的希望摧垮，很有可能带来强烈的反弹，甚至有可能带来激烈的暴力抵抗。管理团队之前已经做好了抽调三十个民兵，以二对一以上的比例制服他们，将他们强行驱赶出去的准备。

张晓舟想要自己和他们谈？

难道他以为凭借自己的几句话就能够打动他们，让他们放弃求生的希望？

“这只恐龙算是我杀死的，由我来决定怎么处理可以吗？”张晓舟继续说道。

这样的要求在这种时刻似乎有些过分，这只恐龙身上可以吃的肉至少也有四五十公斤，对于任何团队来说都是不能忽视的财富，难道张晓舟还想把它带走？

但作为在团队中有着很高威望的刚刚主动辞职的前负责人，而且也确实是亲手杀死了这头猛兽的人，这样的要求似乎又不算过分。

没有人站出来反对。

于是张晓舟用刀切出了大约三十条半斤左右的肉块，分别用塑料袋装了起来，带着其中的一半走向了那些人聚集的地方。

“张晓舟！”梁宇说道。

“什么?”

“要不要安排些人?”

张晓舟摇了摇头:“不用了,我一个人就行了。”

那些人还是聚集在五楼的楼梯口,安澜大厦的人选择了从其他几个地方上下,还特意安排了几个人盯着他们,这让他们感到很心虚。即便是中午吃到了一点点稀粥,这样的心虚感还是丝毫都没有减弱。

他们究竟准备怎么办?

如果是准备接收他们,为什么还没有人来找他们讲话,或者是给他们立规矩之类的?

难道他们还是想要把他们都赶出去?

安澜大厦的人开会的时候,他们中最大胆的那几个人努力地向六楼靠近,想要听听是不是在说关于自己的事情,但他们听到的却只是断断续续的声音和两次强烈的喧哗声,似乎发生了什么不得了的事情。

看到张晓舟过来,他们都紧张了起来。

“张队长……”其中一些人讨好地说道。

虽然进来的时间不长,但他们还是抓紧一切机会去弄清楚这个地方的权力架构。对于这个下令把他们放进来、救了他们一命的人,他们当然是第一时间就弄清楚了他的身份。

“我已经不是队长了。”张晓舟却摇了摇头。

这让他们都惊讶了起来,之前的喧哗声就是因为这个?

联想到之前正是张晓舟下令把他们放了进来,再联想到之前有人因为这个事情而当众抨击张晓舟,他们的脸色马上就变得难看了起来。

如果张晓舟是因为把他们放进来而遭到了罢免,那……他们还有可能留下来吗?

有几个男人的眼睛一下子就红了,他们握紧了拳头,全身的肌肉也都绷紧了。

抛弃了家人、目睹自己的孩子被恐龙吃掉,最终的结果却是这样?

那好,你们如果不让我活,那你们也别想活了!

张晓舟把那些肉一袋袋地拿出来,慢慢地在自己面前码得整整齐齐的。

等到那些人的怒火被他故意放慢的动作消磨得差不多了,张晓舟才再一次开了口:“我想问你们一个问题。”

人们的目光很自然地集中在了他的身上。

“这是那只被我杀死的恐龙的肉。”他用平缓的语气说道,“你们觉得,它很难被杀掉吗?”

没有人回答,谁也不知道张晓舟葫芦里卖的是什么药。

“我觉得不难。”张晓舟也没有等待他们的回答,而是自顾自地说道,“这不是我杀掉的第一只恐龙,当然也绝对不会是最后一只,直接或者是间接死在我手上的恐龙,到现在为止,一共有十一只。”

他慢慢地、一点点地把自己曾经经历的那些事情告诉他们,同时仔细地观察着他们的反应。

“它们厉害吗?”他对人们问道,“当然厉害！如果是在开阔地带碰上它们,十个像我这样的人也干不掉它们当中的一只。但换个地方,换个环境,它们十只也比不上我一个!”

“张队长,你到底要说什么?”其中一个人不耐烦地说道。

“你觉得我在吹牛吗?”张晓舟问道。

对方摇了摇头。张晓舟的讲述很细致,也很合理,换成是他们,在那样的情况下杀死一只恐龙也没有什么难的。

“你们觉得我很强壮,或者是很凶悍?”张晓舟继续问道。

当然还是摇头。

张晓舟的身材最多说得上是匀称,在到了这个世界之后,因为每天都吃不饱还瘦了一些,和强壮简直有十万八千里的距离。

“那我就不明白了,为什么你们宁愿抛弃家人、放弃尊严,宁愿把自己的生命和未来寄托在别人的同情心上,也不愿意试着去对付那些并不难杀的恐龙呢?”

好几个人一下子站了起来。

张晓舟的这番话深深地刺痛了他们,让他们一下子愤怒了起来。

“你们当中的任何一个人都比我强,任何一个人都能把我打个半死,但那些恐龙扑上来袭击你们的家人和朋友的时候,你们为什么没有这样的勇气?你们为什么不会愤怒?为什么不敢和它们拼命?”

其中一个人冲过来抓住了他的衣襟，高高地举起了拳头，张晓舟丝毫没有反抗，而是一脸怜悯地看着他。

他的拳头终于没有挥过来，好几个人醒悟过来，把他们分开，但张晓舟的话并没有停止。

“你们宁愿用后背对着那些东西，宁愿把自己生存的希望寄托在别人的良心和同情心上，却没有勇气去尝试着和它们拼一下。为什么？因为人类比较好对付？因为你们已经放弃了抗争，还是因为你们其实就是一群孬种？”

“你再说一遍试试?!”之前的那个人又暴怒了起来。

这时候梁宇等人也急忙从楼上冲了下来，把他们和张晓舟拉开了。

“你为什么这么生气？因为你亲近的人死了吗?”张晓舟继续无情地问道。

那个男人仇恨地盯着他，眼泪却不由自主地流了下来。

“你们呢？你们当中有多少人的亲人也在之前的那场混乱中死了?”张晓舟却继续大声地问道。

“张晓舟!”梁宇急忙低声地制止他。拿这个事情来刺激这些人，究竟有什么意义?

“你们觉得应该怪谁呢?”张晓舟的声音却越发高亢了起来，“怪别人为了自己活命而没有同情心？你们问问自己，如果换成是你们自己，会不会打开门迎接陌生人来分走你们一家老小的粮食?”

“我打死你这个狗日的!”有人向他扑了过来，幸亏被人拦住了。

张晓舟悲哀地摇着头：“永远都是这样，你们总是敢于对人挥拳动手，面对恐龙却变成孬种。如果你面对那些东西时有这样的勇气，你的亲人还会这么容易死掉吗?会吗？你问问自己的良心！会吗?”

“你说得倒是容易!”

“当然不容易！但你尝试过吗？你哪怕这样想过一次吗?”

“张晓舟!”梁宇再一次劝阻道。

但这一次张晓舟却直接大步走向了那个人，把挡住他的人拉开。

“来吧，打死我吧!”他毫不畏惧地看着那个人说道，“证明你的勇气，证明你的强大，证明你不是孬种!”

那个人被他瞪得一下子失去了动手的勇气，僵在那里，却不知道应该说什么、做什么。

“我只想告诉你们，”张晓舟对他们说道，“这些恐龙并不像你们想象中那么厉害，任何人，只要有足够的勇气，找到合适的地方，用对办法，都能杀死它们。一只这样的恐龙身上有将近五十公斤肉，正确保存，这些肉足够你和你的家人吃上很长一段时间。现在这个世界，只有这才是你们能够走，也是唯一应该走的路，而不是想着去求别人，把自己都不愿意做的事情强加在别人头上。”

“你们应该都还有家人留在你们原先待的地方，想想看，他们现在有多惶恐，有多绝望！趁现在还来得及，回去吧。你们已经失去了很多，不要连这最后的一点东西也失去。”

“回去？回去等死吗？”

“回去什么都不做当然是等死，但你已经见过我怎么杀掉一只恐龙，难道你就不会尝试一下？如果你连这点勇气和决心都没有，对不起，你根本就不配在这个世界活下去，在什么地方都只是浪费粮食，还是早点死了的好！”

张晓舟的话让这个人又愤怒了起来，但看了看站在张晓舟身边的安澜大厦的人，他没有勇气上来动手。

“我不指望你们能够因为我的几句话就变得勇敢，变得敢于去和恐龙战斗。但我希望，你们能够静下心来想想我说的这些话。这个世界已经和之前完全不同，不要把生存的希望寄托在别人的同情心上，要靠你们自己。有勇气去仇恨其他人，有勇气对人类动手，为什么不尝试杀死那些吃掉你们亲人的恐龙？你们可以用自己的双手为他们报仇，你们可以用自己的双手获得生存下去的希望！”

他的话讲完了，而周围却变得一片寂静。

“每人来我这里拿一份恐龙肉，然后回去吧。我将会成立一支队伍，专门到外面去猎杀那些恐龙，为这个区域所有的人谋求一个安全的生存空间。如果你们愿意，欢迎加入。”

他走回了自己最初时的位置，那些人站在原地迟疑了很久，最后，一开始试图上来打他的那个男人第一个走了过来。

“你说的是真的？”

“对。”张晓舟点点头,“全部都是真的。”

“我是说,你要去猎杀那些恐龙?”

“对。”

那个人站在他面前,犹豫了许久。

“算我一个!”他说道。

“为什么?”

“我老婆和我儿子……”他咬着牙说道。

张晓舟点了点头:“先回去吧,我们一定还会见面的,等到那个时候,你真正考虑清楚了,我很欢迎你加入。”

他点点头,拿着一袋肉,头也不回地走了。

有了他的示范,几个有些血性的男人也都拿了自己的那份肉走了。

剩下的人并不想就这么离开,但他们这个临时组成的小团队里,真正有反抗能力的人都已经做出了选择,也由不得他们了。

人们一个个地离开,最后只剩下了一个年轻的男人。

他怀抱着一个婴儿。

“我老婆死了……”他流着泪说道,“我该怎么办?”他看着张晓舟,问道,“你告诉我,我该怎么办?”

“孩子几个月大了?”董丽娟的眼泪早已经悄悄地流了下来。

“七个半月。”

“如果你相信我们,就把孩子留下吧。”张晓舟说道,“我相信大家会照顾好他的。等到外面安全了,你可以定期过来看他。”

没有人反对。

七个半月的婴儿勉强可以开始吃奶粉之外的食物了,他的食量应该不大,不用花费很多粮食去喂养。最关键的是,他们可以无情地驱逐成年人,却真的没有办法驱逐这样的孩子。

董丽娟找到了一点存着的奶粉,泡水给他喝,年轻的父亲终于下了决心,快步跑下了楼。

婴儿大概是被饿了很久,大口大口地喝着牛奶,一点儿也没有发现自己已经到了一个完全陌生的地方，身边已经一个亲人都没有了。

“多亏了你。”梁宇悄悄地对张晓舟说道。

他原以为驱离行动将会成为一场暴力冲突，但没想到，却被张晓舟用这样的方法不流血地解决了。

也许他真的能做到他所说的那些事情？

“剩下的肉就交给刘姐她们处理吧。”张晓舟的精神其实一直高度紧张，这时候才终于放松了下来，“不过我还需要一些东西，希望能够用这些肉和我以前的工分来交换。”

“你说这个就太见外了。”梁宇和刘玉成都马上说道。

张晓舟需要的是一根材质最好的撬棍、一把多功能军刀、一件防刺背心、一双防割手套、一个战术手电筒，还有一药箱用于治疗外伤和感染的药物。这些东西大多数都是从各处找来的，除了药物有点紧缺，其他东西都不成问题。

但在钱伟的一力支持下，最终所有东西都完全按照张晓舟的要求进行了配置。

一切都准备就绪了。

“其实你没有必要非得今天离开。”钱伟说道。

忙碌了整整一天之后，那四个被暴龙损坏的房间终于被抢修好了，他也终于有时间来和张晓舟说一说话。

“如果今天没有必要，那明天也没有必要，后天也没有必要。”张晓舟笑着摇了摇头，“这一步总要走出去。别担心，我已经想好了去什么地方，不会有危险的。”

两人说话的时候，突然有人敲了敲门。

张晓舟以为是李彦成，但进来的却是高辉。

“我跟你一起去！”他简单地说道。

张晓舟有些惊讶。

他算得上是最初那个集体当中最没有存在感的人之一，什么都不擅长，也没有什么特别的技能。

张晓舟甚至都没有什么机会和他进行深入的交流和沟通，在安澜团队成立之后，他就像消失了一样。

张晓舟真的想不到，最终响应自己的人会是他。

“为什么?”

“因为你说的那些话啊!”高辉答道,“总要有人来做这些事情不是吗? 我这个人没什么本事,以前是这样,现在也是这样。但最起码在我们离开安澜大厦的时候,你不会是一个人。”

张晓舟的鼻子突然一酸,眼泪一下子就涌了出来。

“谢谢。”他转过头去,快速地把眼泪抹掉,然后用力地握住了高辉的手,“谢谢!”

新加入,但也是唯一的队员确定后,张晓舟不得不再一次向管理团队开口,索要给高辉的装备。

不过这并没有什么波折,任谁也不会在这种事情上设置障碍。

“你们仍然是安澜大厦重要的成员。”王牧林郑重其事地对张晓舟和高辉说道,“一定要经常回来! 张晓舟,别忘了,你永远都是我们的队长!”

这样的话有多少诚意姑且不说,但在这种情况下,无疑让所有人的心里都觉得好受了很多。

两人一一向人们告别,李彦成这时候才终于出现,但他不知道自己该说什么,张晓舟笑着对他摆了摆手,示意他不要把这件事情放在心上。

“我们会一直在周围活动,以后见面的机会多的是,大家不用送我们了。”张晓舟说道。

但人们还是一直坚持把他们送到一楼,这时候,张晓舟最担心,也最怕看到的那个身影出现了。

人们马上就聪明地躲到了一边。

“为什么? 你为什么要这么对我?”李雨欢本来是准备狠狠骂张晓舟一顿然后就转身上楼的,但一看到他,眼泪就忍不住地往下落。

“对不起。”张晓舟低声地说道。

如果说在离开安澜大厦这件事情上他觉得对谁有亏欠,那无疑就是李雨欢。

当众表明了要追求她,却一直因为各种各样的事情耽误了,甚至没有什么机会单独和她好好地聊一聊。从某种意义上来说,虽然在所有人的意识当中,李雨欢都已经是张晓舟的女朋友了,但两人之间的了解却并不比他们做邻居的时候多多少。

一个女孩在这种时候无疑很需要一个可以依靠的肩膀,张晓舟觉得自己可以做一个合格的依靠，但问题是他却一直都没有去做。

现在，他要离开了。

“对不起。”他再一次说道，“如果顺利的话，也许只要几个月……”

李雨欢突然狠狠地咬着牙在他胸口上重重地砸了一拳：“几个月？你明天也许就死了！你想过我吗？你就算从来都不会害怕，从来都不考虑自己，那你有没有为我想过？如果你死了，我该怎么办？”

她的手不停地捶着，隔着防刺背心，伤害到的只是她娇嫩的双手，张晓舟急忙攥住她的手。

“对不起！”他急切地说道，“请你相信我，我并不是去送死，我也不会白白地拿自己或者是别人的生命去开玩笑！哪怕不是为了我，我也一定会想尽一切办法活下来！相信我！我会用最快的速度完成我必须要做的事，然后回来！相信我！相信我好吗？”

李雨欢一直在拼命地挣扎着，但她的动作越来越无力，越来越软弱。

她很清楚，自己没有能力改变张晓舟的决定。

“不要死……”她终于哭着说道，“千万不要死，好不好？千万不要死！”

“相信我……”张晓舟紧紧地抱着她，一遍遍地在她耳边说道，终于让她平静了下来。

“这并不是诀别。”张晓舟用手轻轻捧着她的头，看着她的眼睛说道，“你每天都能看到我，我每天也都会来看你。为了你，我一定会加倍努力！相信我，好吗？”

两人的脸还是第一次离得这么近，李雨欢突然不知怎么就涌出了一股冲动，猛地踮起脚尖，在张晓舟的嘴上轻轻触碰了一下。她马上就被自己的胆大妄为吓住了，但张晓舟这时候却反过来拥住她，重重地吻了她。

不知道过了多久，旁边终于响起了咳嗽声。

两人像是被猎人的枪声吓住的兔子，惊慌地分开了。

“我真的不想打扰你们，但天真的要黑了，张晓舟，要不要明天再走？”高辉无奈地问道。

李雨欢用羞涩而又期待的目光看着张晓舟，但他还是摇了摇头。

他从来没有把一件已经完全做好各项准备的事情因为私人理由半途而废的

习惯。

“明天中午……”他低声对李雨欢说道，随后指了指那道卷闸门。

她失望而又满怀期望地点了点头。

楼上的岗哨没有发现任何危险，也许那些猎食者已经被彻底吓破了胆？又或者，它们找到了别的食物来源？

原因不得而知，但对于即将离开的张晓舟和高辉来说，这无疑是个好消息。

他们一前一后地背着背包走了出去，当脚踏上毫无遮拦的裸露在外的土地时，高辉这个宅男无法遏制地打了一个冷战。“我们往哪边走？”他急忙问张晓舟道，以此来分散和克服自己内心的恐惧。

“新洲酒店。”张晓舟答道，“我计划把那个地方作为我们今后一个主要的活动据点。你觉得呢？”

“好啊。”高辉答道。

两人最后一次向安澜大厦挥了挥手，随后便向着那幢附近的制高点走了过去。

李雨欢的眼泪又一次流了出来，她拼命地跑到楼上，一直看着他们的身影。

但两人行动得并不快，每经过一个井口，他们都会把下水道的井盖用撬棍打开，然后把井盖搬到一边。

“吴工，他们这是在干什么？”有人在她旁边问道。

在这里目送他们离开的并不仅仅是她一个人。

“应该是在给自己找避难所。”吴建伟在旁边答道，“下面应该有积水，而且下了这么久的雨，积水又排不出去，绝对不会浅！但如果在那个地方突然遇上恐龙，及时跳进去总能捡一条命回来！这样我就放心了，张晓舟离开之前肯定是想过自己要做什么事情的，不是一时冲动。”

听到他这么说，李雨欢的心也终于放了一半下来。

“张晓舟，真的有必要每一个井盖都打开吗？”高辉有些气喘吁吁地问道。来到这个世界之后，被逼着干了不少体力活儿，身上的赘肉也被饿得去了不少，不然的话，以之前那个电脑宅男来说，这样的事情恐怕已经把他累垮了。

“绝对有必要。”张晓舟一边用撬棍后面的钩子把井盖提起来，一边答道，“那些东西的速度你应该很清楚，如果它们突然出现，现在看着是三五米的距离，那时候也许真的就决定我们的生死了。现在累一点,总比被吃掉强。”

“我还以为你不怕它们。”高辉半开玩笑地说道。

“我当然不怕它们,但我不会在这种地方和它们硬来。”张晓舟说道,“快！帮我一下,没有多远了!”

第8章
尝 试

“他们过来了!”王哲一脸紧张地对严烨说道,“怎么办?”

严烨把一块湿毛巾压在额头上降温,一边努力地思考着。

事实上,王哲今天原本是想要带着东西去这幢楼尝试交易药品的,但那些难民却抢先一步,而且很快就引来了大大小小的恐龙。

这让他直接打消了外出的念头。

安澜大厦对于难民的态度也让他们开始有些迟疑。

这个地方一开始对于外来者的态度显然是恶劣的,但不知道是什么原因,在那些恐龙开始进行疯狂的杀戮时,他们却又良心发现,或者说是动了恻隐之心?

而随后的一幕则让他们大开眼界。

张晓舟杀死一只恐龙的事情在他们这个地方看不见,但他们却看到了那只暴龙在燃烧瓶的袭击下狼狈逃跑的场景。

“这是怎么回事?”两人都想不通。事实上,这只暴龙不止一次地在何家营附近游荡过,何家营也曾经用大量的燃烧瓶来攻击和驱赶它。但即便是燃烧瓶直接在它身上碎裂,火焰也只是一闪而过。对于暴龙这样没有密集羽毛的恐龙来说,燃烧瓶似乎并不能给它带来致命的伤害,只是把它吓跑而已。

“那一定不是普通的燃烧瓶,里面应该是加了别的东西。”严烨只能这样下定论。

终日忙于读书的他并不像高辉那样每天可以花费大量的时间泡在网络上，研究一些普通人根本就用不到的东西。而王哲也从来没有对燃烧瓶这种东西感兴趣过，自然不可能知道莫洛托夫鸡尾酒这种东西。

这个团队的表现让严烨和王哲矛盾不已，对方到底值不值得信任？会不会觊觎两人所带去的货物？甚至威胁到自己的安全？

他们俩讨论了几乎一整个下午，眼睁睁地看着安澜大厦又在分割另外一只恐龙，但还是没有做出决定。

毕竟，他们一个只是十八岁的大一新生，而另外一个则是没什么见识的药店职员。至于十二岁的严淇，他们从来就没指望她能给出什么好的建议来。

到后来，两人也累了，干脆开始在附近寻找可以填肚子的草根、树叶、虫子之类的东西，放弃了对安澜大厦的监视。

没想到的是，从那边竟然来了两个明显不是警察但却一身警用装备的人，而且目的地明显就是他们这里。

“先躲起来！”严烨说道。

他们一直住在酒店的十楼，这个高度视线足够开阔，能够看到很远的地方，但冒险出去寻找可以吃的东西时，又不用爬很多层楼梯。

为了安全，他们带上严淇，开始往楼上移动。

张晓舟和高辉这时候终于进了酒店的大堂。

“唉，”高辉也不嫌沙发上满是灰尘，直接就坐了上去，“从大学军训之后，真是没这么累过了。”他摇着头说道。

“现在反悔还来得及。”张晓舟一边小心地检查周边的情况，一边说道。他当然看得出高辉只是在发泄之前一直暴露在开阔地带的巨大压力。但在他看来，即便是到了这里，也不代表就已经安全了。

事故很少会在人们精神高度紧张和集中的时候发生，绝大多数都发生在那些看似没有任何问题、人们习以为常，甚至已经开始麻木的情况之下。

高辉正想反驳他几句，却听到他说道：“小心，这里说不定有其他人！”

“什么？”高辉惊讶地从沙发上弹了起来。

“你看地上的灰尘。”张晓舟说道。

夕阳正向这个世界挥洒着今天最后的一点余晖，在斜射的阳光下，很容易就能看出花岗岩地砖的表面，那厚厚的积灰上来来回回的脚印。

脚印明显只有两种，但个数却很多。

如果是附近的居民到这里搬东西，那他们来得也未免太过于频繁。更何况，酒店周围根本就没有什么居民区。

“那我们？”高辉马上紧张了起来。

如果安澜团队中有什么人自认对于现在他们所处的环境最熟悉，那也许还算不上张晓舟，而应该是高辉这个看了无数网络小说的宅男。

有一些小说充满赤裸裸的弱肉强食、恃强凌弱、冷酷残忍、尔虞我诈。

在那些小说中，人与人之间几乎不存在平等、信任与合作，有的只是力量的对比，以及在力量法则之下，一个个完全以最强者为中心的聚落。

带入强大的主角之后，这样的世界似乎可以快意恩仇、为所欲为，但如果你没有那些主角的金手指和超能力，早早地确定自己并非主角，那这样的世界就绝对不会令人愉快了。

高辉因此很庆幸自己能够加入安澜大厦这样的地方，他不知道其他地方是什么样子，但他觉得安澜大厦简直就是乱世中的一朵奇葩，一朵对于更强者来说未必很美，但对于生活在其中的人来说一定很美的奇葩。但当他对其他人说起这个事情时，理解并且支持他这种看法的人却寥寥无几。

一些人甚至依然对自己没能够加入更好更大的团队而耿耿于怀。

安澜大厦并非一个坚不可摧的堡垒，生存空间太过于狭窄，而且所有的希望都寄托在那些玉米种子上，没有人说，但人们心里都在担心着，如果一切没有那么顺利该怎么办？

“要是有更大的团队来和我们合并就好了！”有人这样期许着，似乎这是他能够想出来的最好的出路。这样的说法很搞笑，如果有，那也只能是吞并而不可能是合并。

但让高辉郁闷的是，竟然还有不少人深以为然，认为这是安澜大厦唯一的出路。

高辉真的很想告诉他们，在这里你们至少能够有尊严地活着，而不是某个人的狗，也还能保持自己的独立性，而不是像物品一样被人肆意玩弄。如果真的有强大的团队过来，人家也看不上你们几个歪瓜裂枣，只会抢走你们的东西。

但他却无法说服那些人，他们只是嘲笑他，说他看小说看成了一个呆子，根本分不清现实和小说的差别。“难道别的地方都是炼狱？你又没去看过！哈哈！真是太搞笑了！”

高辉觉得自己越来越无法忍受这些自以为是的人，他最终选择站出来和张晓舟一起冒险，除了被他的话打动，想要成为英雄，未必没有这方面的原因。

“小心一点，他们应该也只有两个人，我们先找到他们，试着和他们谈谈。”张晓舟说道。

他把战术手电筒拿了出来，小心翼翼地拉开通往楼梯的消防门。

这个地方他来过几次，对酒店里面的环境勉强说得上熟悉，但如果里面已经有人定居，那就必须要小心有可能存在的机关和陷阱。

别的不说，即便对方只是占据了楼梯的高处，用重物投掷也是他们无法承受的攻击。

但他不想更换其他地方。

新洲酒店对于他下一步的计划来说非常重要，难以替代。

这里的视线良好，几乎可以鸟瞰周围的整个区域，能够让他足不出户就掌握很多情况，甚至可以及时对一些战略和战术进行调整。

这里有着足够多的房间，可以容纳很多人。他从来都不相信自己会一直是孤家寡人，但也没有太高的期望，这个地方足以容纳他预期会加入的所有人。

这里还是连接城南和城北的通道。在所有的隧洞都被积水淹没之后，张晓舟相信这里是目前城南和城北之间唯一的连接点。那些因为遭到恐龙袭击而被抛弃的车子里还有大量的食物，油箱里还有汽油。无论他能不能组织起队伍，这些物资都将是非常重要的资源，不能让它们白白在那里烂掉。

在取得那些物资之后，他会尽快摧毁那条通道，把城北和城南隔绝开来。而掌控了新洲酒店，就能及时地观察是否有新的恐龙侵入城北，对于所有在城北居住的人来说，这里将是第一道防线，也是最重要的预警塔。

“你好？”他大声地对着里面叫道，“我们没有恶意！谈谈好吗？”

声音在楼梯间里回荡着，带来隐隐约约的回声，却没有任何回应。

张晓舟回头对高辉点点头，示意他跟上自己，随后小心地走了进去。

天色迅速地暗了下来，这让搜索变成了一件困难而又费时的事情。对方显然拒绝和他们接触，这在高辉的眼中，无疑是心怀叵测的表现。

他们现在已经无法离开了，如果他们躲在某个角落，我们就等他们睡着之后偷偷摸进来……不！我的英雄之路绝对不能这样收场！

“别过于紧张，你这样太消耗体力了。”张晓舟无奈地说道。

他们在搜索的过程中发现了更多有人居住的迹象：走廊里的花盆被人移到了房间里能够晒到太阳的地方，里面的植物明显被人采摘过；破碎的玻璃被人用宽胶带简单地修补了起来；所有的房间里，被褥、毛巾、计生用品和洗漱用具都被人收走了。然后他们在十楼发现了一个明显有人居住的房间，旁边的房间里放满了那些消失的物品。

“应该是三个人，两个男人，一个女人。”张晓舟对高辉说道。

“神探，你怎么知道？”

“这么长的头发总不会是男人的吧？”张晓舟从严淇睡的那张床的枕头上捡起了一根长发，“还有汗渍的印记……不过有点怪啊，他们出的汗也太多了。”

“天这么热还盖这么厚，不出汗才怪！”高辉说道。

张晓舟在另外一个房间发现了他们用来煮东西的锅和烧火的架子，应该都是从楼下的餐厅拿上来的，东西本身没什么稀奇，但张晓舟却闻了闻里面的气味。

“怎么？”

“我还不确定。”张晓舟摇了摇头，放下锅站了起来，“这些东西算是现在安身立命的本钱了，高辉，你觉得，他们什么都不拿就这么跑了，可能性有多大？”

“绝不可能！”高辉答道，“他们肯定是想躲起来偷袭我们！要不然……”他突然把声音压低，“我们别浪费体力找他们了，就在这层楼躲起来，等他们自投罗网？”

他的被害妄想症让张晓舟摇了摇头。

高辉在过来的路上一直向他灌输这些东西，唯恐他一个大意中了某个面慈心黑的家伙的圈套。

张晓舟当然认同可能有一些地方变成了他所担忧的样子，但他相信至少周边的区域还没有变得这么恶劣。

当然，随着粮食渐渐耗尽，人们很快就会被逼着走上绝路，这里真的会很快变成高辉所担忧的样子，正是因为如此，他们现在所要做的事情才更有意义。

“我们到顶楼去吧。”他于是对高辉说道，“如果他们不在，那我们就回这里等他们。”

两人于是打着手电筒继续向楼上走去，但这一次，他们路过每个楼层都只是停下来拉开防火门，对着里面大叫两声。

“我们是安澜大厦的人，我们没有恶意！”

“这根本就没用。”高辉说道。

张晓舟却继续叫道：“如果你们有什么需要，也许我们可以帮到你们！”

依然是没有回答。

两人就这样一路向上，就在他们准备从十七楼离开的时候，高辉突然听到了什么。

“等一下！”

“什么？”

“刚才好像有个女的在咳嗽？”

张晓舟马上打着手电筒走了进去，但他并没有贸然上前，而是继续对似乎并不存在的人说着话：“你们不必担心我们，我们没有恶意。”

依然没有回答，但就在他们继续向前走的时候，背后走廊尽头的房间里突然传来了一声非常轻微的显然是拼命压抑着的咳嗽声。

两人马上向那里走了过去。

“我们要进来了。”张晓舟说道。

里面没有任何回答。

张晓舟对着高辉点点头，他便向后退了一步，一脚狠狠地踢在了门上。

房门应声被踹开，但就在他们准备走进去时，背后的房门却突然打开了，一个人猛地扑了出来。

张晓舟感到自己的腰上有个点猛地被压迫了一下，他知道那肯定是刀，幸亏被防刺背心挡住了，这让他惊出了一身冷汗。但就在他反手抓住握刀的手，准备将他先制服时，这个人却自己先晕了过去。

“啊——”这时候一个人突然从被高辉踢开的门里冲了出来。

他们原本的计划是两次偷袭，力争把这两个不明意图却一直在一层层楼追踪他们的人干掉。

但让他没有想到的是，他看到倒在地上的却是严烨，似乎已经完全失去了知觉，而两人中比较壮的那个手拿铁钎，正愣愣地看着他。

这……

手中拿着刀的王哲显然不是身穿防刺服、手中拿着撬棍的高辉的对手，两人的营养状况也马上就让他认清了形势，他迟疑了一下，把手里的刀扔在了地上。

“别杀我们……我是医生！我很有用的！真的!!”

“你是医生?”张晓舟无奈地摇了摇头，“那这个病人怎么会是现在这个样子?”

他放下背包，把医疗箱取了出来。

“我们真的没有恶意，为什么你们就是不肯相信?”

王哲一脸的尴尬，他当然看得出来，仅仅是使用体温表和听诊器的手法，张晓舟就比他专业了不知道多少倍。

想到自己在这样一个人面前自称医生，他不禁羞愧了起来。不过他可不知道，张晓舟也不过是临时转行的，动作稍微熟练一些，只是因为这些天来替人们检查的次数多了一些而已。

不过这样的判断让王哲心里的担忧彻底消失了。在他看来，一个救死扶伤的医生，而且还愿意给严烨做检查，应该不是那种马上会把他们杀掉的嗜血屠夫。

“我们觉得他们俩是肺炎……”他讪讪地站在一边说着。

高辉一直用尖锐的撬棍对着他，让他感觉越发尴尬。

“我们也是被吓怕了。”他于是喋喋不休地向张晓舟他们解释起来，“我的意思本来是和你们接触一下，看看你们到底是干什么的，但是严烨他觉得，如果你们真的没有恶意，大不了随便找两层楼就会停手了，不可能一直这么一层层地搜上来……”

这样的理由让张晓舟有些哭笑不得。

不过想想也是，如果真的只是路过或者是准备临时在这里住一晚的过客，的确不太可能像自己这样锲而不舍地非要把原主人找出来。

如果害怕晚上被偷袭，大可以搬出房间里的家具，把通往走廊两端的两道门都堵死，然后站在楼道里大声说明大家井水不犯河水。

这样一层层楼地找上来，的确有种想要鸠占鹊巢、永绝后患的感觉。

他只能苦笑着摇了摇头：“这小子叫严烨？他还真狠！”如果不是穿着防刺背心，如果他不是因为持续发烧而失去了后续的攻击能力，这条命说不定还真就交待在这里了。

明明是为了所有人的福祉出来冒险，却在第一个晚上就这么不明不白地死掉……这样的可能性让张晓舟不禁后怕了起来。

王哲又紧张了起来：“他只是有点冲动，但人真的不坏！”

“你叫什么？”张晓舟问道，“以前是干什么的？说实际的，别说没边际的东西。”

王哲的脸红了一下：“我叫王哲，以前是何家营那边一家药店的店员……”

“你为什么判断他们是肺炎？”张晓舟问道。

“寒战、持续的高热、全身酸痛、咳嗽、多痰，这些都是典型的肺炎的症状，而且严淇还有胸痛的情况……”

“我在下面看到了你们锅里的汤药，你给他们喝了什么？”

“蒲公英。”王哲答道，“周围也只能找到这个了。”

张晓舟点了点头。

其实他这个医生是非常不够格的，虽然从各家各户收集来作为燃料的书籍当中挑选出了一些工具书作为宝贵的档案保存，其中就有关于常见病治疗的知识，但在这么短的时间里，要把那些书全都读通，还要和实际结合起来，根本是不可能的。

医兽比医人可简单多了，动物的耐受性强，大不了就是多上抗生素，而现在，他就算是想这么干，也没有这么多药可以浪费。

他真正擅长的还真只能说是外科，而且这也是因为解剖的动物多，对哺乳动物的身体结构比较了解。

突然在这个地方遇到了一个虽然不是很专业，但对常见病和内科显然比他强得多的人，对他来说简直就是一个巨大的惊喜！

“那要怎么治呢？”他继续强压着心头的兴奋，用平静的口吻问道。

王哲抖擞了一下精神，不用说，这肯定是在考验自己了。“当然是上抗生素！有条件的话，第一天先打吊针，然后看情况转口服药，运气好的话，五六天应该就能好。”

“现在哪有条件打吊针?”张晓舟摇了摇头。

他对怎么治疗肺炎其实一窍不通,不过他的药箱里倒是有不少抗生素药,都是从人家家里搜集到的,还有最初那一次为了救王蓁蓁从药店里抢到的。

说起来也不得不感谢大部分人的用药习惯,虽然都在说滥用抗生素的问题,但每个家庭保有量最多的,除了咳嗽药,就是各种各样的抗生素药。

他干脆把药箱打开,让王哲自己来挑选用哪一种。

“这……”王哲一下子困惑了。

“我更擅长外科。”张晓舟解释道,“内科、呼吸科这些,我不太熟。”

对方虽然不是医生,但既能判断病情又能开方给药,还能分辨出一些简单的中草药,在他眼里已经是不可多得的人才了。这些药物虽然宝贵,但比起这个人,那还真不算什么!

他出来之前做的准备就是用医术来打消人们对自己的戒心和防备,但苦于不懂内科,如果能让这个人来帮自己……他努力让自己平静下来,不要变得太刻意。

“要什么明天再说吧。”他见王哲小心翼翼地挑选了两盒药,便把药箱重新关了起来,“体温表你先用着,过几天他们好了之后还给我就行了。”

他这么好说话,让王哲都有点弄不明白了。世界上还真有做好事不求回报的人?

可看看分别躺在床上昏睡不醒的兄妹,再看看自己,他真不知道有什么能够交换的。

“他们这个样子……还是别移动了,我们现在去十楼帮你把你们那些东西拿上来,你看着他们就行了。”

高辉大概猜到了张晓舟的想法,早已经把撬棍收了起来。

两人一前一后地从房间里出去,王哲的心这才彻底放了下来,他这时候才感觉到,自己的后背湿漉漉的,早已经被汗水浸透了。

严烨突然呻吟了一下,然后像是做了噩梦一样,猛地弹了起来。

“是我!”王哲急忙说道。

“那些人呢?”严烨不顾自己的脑袋昏昏沉沉的,马上挣扎着从床上爬了下来。

“去帮我们拿东西了。”王哲说道,“你别反应过激了,差一点就错杀好人了!”

“他们是干什么的?”

“安澜大厦的啊!”

“他们来这里干什么?”

王哲愣了一下:“这我没来得及问。”

严烨深深地叹了一口气。

“问这个有什么意义? 要是他们对我们有想法,在你昏过去的时候早就动手了!”王哲感觉自己的智商受到了严重的侮辱,急忙说道,“人家没有恶意! 你看,他们还给了我们这么多药! 等他们把锅拿上来,我烧开水之后就给你们吃! 你们肯定会很快就好起来的!”

“他们看到严淇了?!”严烨突然本能地想到了这一点,“你让他们看到严淇了?!”

“拜托!”王哲简直无法理解他的思维模式,“这么黑他们肯定没看到她的脸。而且,也不是每个人都是变态色情狂,会对小女孩下手的!”

“你怎么知道?”严烨却摇着头说道。

无事献殷勤,非奸即盗,他和王哲一个病一个弱,放在什么地方都是累赘,如果没有别的理由,对方为什么要对他们这么好? 看病、给药,还主动去帮他们拿东西?

“你别……”

突然有脚步声响起来了。

严烨犹豫了一下,重新爬回了床上:“别说我醒了,看他们怎么说。”

王哲看着他,无奈地摇了摇头。

张晓舟和高辉把东西放在门口,转身就准备离开。

这让积了一肚子话准备说的王哲颇有一种一拳挥空的感觉,郁闷得怪想吐血的。

张晓舟走到自己的背包前,突然停了一下。

王哲的心里咯噔了一下,这是终于准备提要求了?

但他却看到张晓舟弯腰从包里取出一包东西,向他这边轻轻抛了过来。

黑暗中丢的人没有准头,接的人就更没有了,那包东西在空中划出一条长长的弧线,一下子砸在严烨的身上,他闷哼了一声,终于忍住了。

“不好意思!”张晓舟却吓了一跳,“打到他了?”

“没、没事!”王哲的脸都拧了起来,虽然看不到严烨的脸,但他突然就有种想要放声狂笑的冲动，花了很大的力气才克制住。

“你们应该很久都没好好吃点东西了，所以抵抗力弱。”张晓舟说道，“这是我们今天杀的恐龙肉，熬点汤给他们喝，也许能好得快一点。”他想了想，补充道，“这肉很老，切的时候一定要横着切，尽量切薄。”

王哲和严烨都彻底愣住了。

他们完全无法理解张晓舟的做法，等他们清醒过来，张晓舟和高辉已经走出这层楼了。

严烨突然把压在自己胸口上的那包东西拿了起来，沉甸甸的，但软软的，的确是肉的感觉。

至少有半斤。

这在以前大概不算什么，但现在……

“你还觉得他们是坏人？”王哲问道。

“当然！”严烨答道。非但如此，他还更肯定了。

“那这肉你别吃了。”

“你休想！”

……

“追嫂子的时候都没见你花这么多的心思。”高辉摇着头说道。

“别乱说话！”张晓舟下意识地回头照了照楼道，确认没有人跟上来之后才低声地说道，“别说你不知道这个王哲的用处！你自己应该也有这样的经历，很多时候，小病小痛我们都是在药店里把症状和店员说了，由他们推荐几种药，自己吃了就好了。”

“但大病他肯定没办法。”高辉说道。

“大病现在谁都没办法，康华医院也许能治，但谁敢去？”张晓舟说道，“他有基础，再看看那几本《家庭常见病防治手册》，当个赤脚医生绝对足够了。现在这个情况，他就是最好的医生了。”

“夸张了。”高辉说道。不过他也不得不承认，就附近这个区域，也许他真的是最好的人选了，“希望他们会感恩然后加入我们吧！”

“应该会的。”张晓舟说道。人类终归是群体性的动物，没有理由非要当独行侠。尤其是他们还带着一个女孩，应该更渴望安定的环境。

但他并不准备把他们送去安澜大厦。那个少年太过于狠辣，这样的个性到了安澜大厦，简直就是一颗定时炸弹。

如果他们愿意，可以留在这里，张晓舟相信自己有能力让这里成为一个不错的聚居点。

那个少年的手段……如果能用在对付恐龙上，那绝对是一件非常锋利的武器。

一边闲聊一边找，他们终于找到了一间看上去还算是干净的房间。把东西放下之后，张晓舟拉着一心只想先躺一躺的高辉到其他房间去，把里面大大小小的柜子抬了好几个过来。

"大哥，你这是准备玩积木还是准备烧房子？"高辉痛苦不堪地说道。他早想过英雄的背后会有很多伤痛、很多努力、很多不为人知的付出，但他现在觉得，跟着张晓舟出来当英雄更多的简直是在当劳工。

"那些肉明天就全坏了，今晚必须全部处理掉。"张晓舟说道。

堵门当然也是这些家具的作用之一，他不会因为那三个人的病弱就完全放松警惕。没有进行过任何沟通交流，彼此不知道对方的经历和目的，因此而怀有恐惧、疑惑，甚至是因为贪婪而想要抢夺他们手里的药物和食物，这都有可能成为杀人的理由。

信任不可能一蹴而就，需要时间和过程。

他把两侧的防火门用大柜子顶死。想了想，然后干脆把两道电梯门也用床板和床架堵了起来。

意外的是，在做这个事情的时候，他在一个角落里发现了一把消防斧，似乎是很久以前掉落在那里的，于是他提着它走了回来。

高辉已经把火生了起来。

他终究还是做不到自己睡着，让张晓舟来完成所有的事情。

"怎么弄？"

"先煮一点我们自己吃的肉，其他的用油煎，反正本来也费牙，不如让它再脆一点！"

温度是这些肉的大敌，事实上，从上午被杀到现在，这些肉已经开始有些不妙的迹象，用油炸也许是唯一的办法了。

他把铁饭盒洗干净，放在火上把水汽烧干，然后小心翼翼地把一片切得薄薄的肉片放了上去。

高温迅速让它开始收缩，油脂开始往外冒了出来。

恐龙的肉吃起来其实与鸡肉非常相似，几乎没有肥肉，脂肪都是一团团地储存在身体的特定位置，这也是它肉质比较老的一个原因。

不过对于他们这些在以前的世界几乎都是无肉不欢的人来说，经历了那么长的饥饿期之后，这样的香气真的有些无法抵挡了。

“可以吃了吧？”高辉眼巴巴地问道。

张晓舟可不想让自己唯一的认同者因为吃了半生不熟的有寄生虫的肉而半路夭折，他一直小心地控制着温度，直到这块肉已经彻底不冒油，变得像是一片肉干，这才把它递到高辉面前。

“这也太……”高辉嘟囔了一句，用手撕了一半，把另外一半递给了他。

干的确是干了一点，但就像张晓舟估计的那样，彻底酥脆了之后，嚼起来反而没有之前那么费劲了。

这种做法对于营养物质的破坏肯定很大，但现在，谁还会管这些？

“也许稍稍过头了一点。”张晓舟总结着经验。

没有盐，也没有花椒、胡椒、辣椒，吃起来其实口感没有想象中那么好，但他们身上所带的那一小袋盐根本就不够加工这么多肉块，只能这么干。

“我们来分工吧，你负责切，还是负责煎？”他问高辉道。

闪烁的火光下，那十几个袋子的影子突然让高辉打了个寒战。“随便，反正都不轻松。”

张晓舟笑了笑，把军刀递给了他：“轮换吧，快点弄完了好睡觉。”

两人就这样一边加工，一边填肚子，但到后来，房间里满是油烟的味道，已经无法让他们觉得这是什么美味了。

“我想吐。”高辉突然说道。

“忍忍，还有三袋就好了。”

“为什么还有这么多？”

“我们要拜访很多地方，这点肉干根本就不算多。我还嫌带少了。”

“我真的受不了了。”

“忍住！别浪费。”张晓舟说道，“你想想，在这个世界闻煎肉的味道闻吐了，这样的话简直就是犯罪！你会因为过于装酷而被人活活打死的，你知道吗？”

天蒙蒙亮，他们就被敲门的声音惊醒了。

高辉迷迷糊糊地以为自己还在安澜大厦的单身宿舍里，但张晓舟马上惊醒了。

声音来源于楼梯一侧的那道门。他摇醒高辉，抓起防刺背心套上，然后才走了过去。

“还没起？”王哲隔着门问道。

“昨天睡晚了一点儿。”张晓舟答道。

这时候高辉才抓着撬棍慌慌张张地跑了过来。

张晓舟把堵住门的柜子移开，王哲和严烨便走了进来。

“我们是专门来道谢和致歉的。”王哲说道。

这是他和严烨反复商量的结果，让人们把严烨视作一个什么都不懂的年轻人对于他们来说会更有利。

严烨这时候把他们今天一早从库存中挑出来的用两个枕套装起来的计生用品和洗漱用具放在了张晓舟面前。

“这是？”

“我们知道那些药一定很珍贵，还有那块恐龙肉……但我们实在是没有什么可以回报的。”王哲说这些话的时候，严烨一直在小心地观察着张晓舟的表情。对方的两人当中以张晓舟为尊，这一点很明显，另外一个人的态度根本就不重要，“想来想去，也只有这些东西是安澜大厦的人有可能派得上用场的了。”

张晓舟微微愣了一下，随后点了点头。

果然谁也不是傻瓜，示恩太明显，反而让人怀疑了。

“这些东西差不多了，但我还有一个事情想和两位商量一下。”

“什么？”王哲马上问道。他随即发现自己的态度过于生硬，于是说道，“只要是我们能办到的，你尽管开口。”

这句话显然言不由衷，而且带着强烈的抗拒，但张晓舟也不说破。

“你们吃早饭了吗？”他问道。

这么奢侈的东西当然不可能有，于是张晓舟让高辉把严烨提来的东西带进去，顺便弄点吃的东西。

当然不可能让他们去自己睡觉的那个房间，里面的那些桌子上到处都铺满了炸好的肉片干，还没有来得及分装。这简直就是取祸之源。

“我们到那个房间去谈吧。”他指了指正对着这里的房间，房间里的柜子被搬走了，不过床和椅子还没动，有坐的地方。

王哲和严烨坐在靠门口的床上，而张晓舟则主动坐到了靠窗的椅子上。

这个房间正对着城北方向，清晨的朝阳下，整座城市似乎都在闪闪发光，但并没有多少地方有炊烟升起。

“先来自我介绍一下吧。”张晓舟说道，“我叫张晓舟，之前是安澜大厦团队的队长，兼任医生。另外那位叫高辉，是我的好兄弟。”

“我叫王哲。”

“严烨。”

他们短暂地交流了一下目光：什么叫“之前是”？

张晓舟也没有指望他们一开始就竹筒倒豆子一样地把自己的底细全都说出来，他于是开始告诉他们自己从安澜大厦出来的理由。

当然，他的话和对安澜大厦的人所说的不完全相同，毕竟，人们只会从自己的角度去理解和接收信息。和这些游荡在外面的人说玉米的问题或者是安澜大厦内部的问题根本毫无意义，他只是一句话带过，而他分析的主要内容则集中在了散居在城市中的人们将要面临的困境上。

“你们的环境算是不错的，周围视线比较开阔，绿地也多，勉强可以找到糊口的东西。”他对王哲和严烨说道，“但再往北去，情况就没有这么好了。绿地里的植物和昆虫相对于人口来说太少，但更大的威胁却是那些神出鬼没的恐龙。你们在这里应该经常能看到它们？”

王哲和严烨都点了点头。

“它们在居民区活动更方便、更隐蔽。有时候，它们可以沿着围墙移动到人们活动的区域，然后突然越过围墙发起攻击，或者是躲在一些人们视线观察不到的地方，在人们路过的时候发起突袭。”

这都是安澜大厦的哨兵观察到的情况，事实上，一直以来，死于中型恐龙的人远远超过死于暴龙。

“这样下去，我们所有人都将面临灭顶之灾。”张晓舟说道，“原本人们每天多多少少能够在自己的房子周围找到一些可以吃的东西，但现在，他们因为恐惧而只能困守在房子里。存粮会以更快的速度被消耗一空，人们将不得不在饥饿和冒险当中做出选择。而这一步踏出得越晚，人们的体力和勇气就会越少，胜利的机会也越渺茫。要活命，就必须有人站出来，承担起这样的责任。在一切还来得及的时候，带领大家走出这一步。”

“所以你和团队的其他人发生了分歧？”王哲问道。

张晓舟突然有些尴尬，但这是他想要说服任何人都无法回避的问题。

“安澜大厦的情况有些特殊，我们并不是个人说了算，而是集体决策。”他对王哲和严烨说道，“有人支持我的想法，但大多数人并不赞同。他们认为凭借安澜大厦可以抵抗恐龙入侵，然后通过种植就能满足生存的需求，所以并不支持出来冒险。为了用实际行动改变他们的想法，我和高辉于是走了出来。”

王哲和严烨对视了一眼，不知道应该怎么回应这件事情，也不知道他所说的话里有多少是真，多少是假。

“我们……”王哲说道。

“我不要求你们加入，至少不是现在。未来如果你们认可我的想法，愿意加入，那我会很欢迎。”张晓舟说道，“但新洲酒店的地理位置太过于重要，如果我的计划想要成功，不能没有这个地方。”他坦诚地向他们说明了自己必须使用新洲酒店作为基地的理由，严烨的脸色渐渐变得难看了起来。

“这不是因为我个人的理由，请你们理解这一点。”张晓舟说道，“这是为了城北所有的人。”

“但这个地方是我们先来的！”严烨低声地说道。

“你们可以指定某些楼层为你们所用。”张晓舟说道，“我将会约束自己的队员，不会让他们侵入你们的领地。你放心，这个酒店很大，可以容纳很多人。我们未来主要的精力将是在外面对付那些恐龙，不会对你们的生活造成多大的困扰。”

话是这么说，但严烨就是放心不下，而且他也不相信张晓舟的话。

以何家营将近两万人的规模也从来没有人想过要走出村子去杀恐龙，眼前的这个男人，他凭什么？

就凭他的理想？凭他那并不强壮的双臂？凭那些可怜至极的装备？

如果人真的多起来，就算他个人愿意遵守现在的承诺，他的手下如果不愿意呢？

身为一个人数上百的大团队的领导，却无法说服队员，最终只能带着一个部下黯然离开。无论他怎么标榜自己，在严烨看来，这都只是失败者准备东山再起的说辞。

真正的理由也许和他所说的东西相差甚远。

高辉这时候捧着一饭盒的粥走了进来。

“你们有碗吗？”张晓舟问道。

王哲和严烨的口水一下子流了出来，米饭的香味对于他们来说已经是久违的东西，让他们简直没有半点抗拒的能力。

“房间里应该有杯子。”王哲马上跳了起来，跑到卫生间里去寻找，随后放水出来冲了冲。

酒店的水箱很大，虽然早已经没有人抽水，但因为没有人使用，水龙头里还是有水可用。但这显然不能满足更多的人，好在安澜大厦对于怎么改造水箱已经有了成功的经验，直接照搬过来使用就行。

四人简单地吃完了加了恐龙油熬的粥，严烨专门为妹妹留了一杯，心急着要送去给她。

“对不起，你说的话我们还得讨论一下。另外，真的非常感谢！”王哲说完这些话之后，跟在严烨后面走了。

“你说了这么一大通好像没什么用啊，”高辉说道，“连这样的散兵游勇都吸收不了……”

“你错了。”张晓舟说道，“散兵游勇才是最难吸收的，看不到希望，鬼才会理你。我压根就没有想过能在一开始就吸收多少人。跟他们说这些，只是希望大家的关系能够正常一点，别老是要花大量的精力来相互提防。即便有这些恐龙肉打底，不实打实地看到我们怎么杀恐龙，不认识到恐龙可以杀并且不难杀，根本就不会有人加入我们。高辉，最难的就是第一步，如果第一步走稳了，那后面就简单了。”

“但我并不觉得杀恐龙很简单而且很容易啊。”高辉说道。

“所以啊，在改变别人的思维之前，就让我先改变你的思维吧！”张晓舟说道，“改变了你，那改变别人也就简单了！”

安澜大厦那边的绿旗升了起来，张晓舟和高辉收拾了一下东西，带上除了那把消防斧之外的所有装备和物资离开了新洲酒店，向着北面走去。

“你相信他说的话吗？”王哲看着他们小心翼翼的背影问道。

“不相信。”严烨说道。

“你还真是捧碗吃饭，放碗骂娘……”王哲摇了摇头，“不过我倒希望他说的是真的。”

“我也希望……”严烨说道，“但可能性不大，先看看吧。”

第9章

步步为营

一路上所有的下水道井盖都已经在昨天被他们打开，这时候便轻松了许多。

安澜大厦楼顶上的哨兵对着他们挥了挥手，于是他们也回应了一下。

在这样的氛围下，他们很快就走到了安澜大厦前面。

“早饭吃了吗？”钱伟站在卷闸门那里等他们，“肉粥？”

“吃了。”张晓舟点点头，把手里的东西放了过去。

“别和我说肉的事情，我现在听见这个字就想吐。”高辉说道，“昨天晚上陪着张晓舟弄了一个晚上……”

钱伟哈哈大笑起来：“你会被打死的。”他示意让人去拉开卷闸门，然后问道：“这是什么？”

“你们用得上的东西。”张晓舟说道，“帮我记上账吧，下午我回来的时候也许要补充一些东西。”

“好。”钱伟点点头。

“我们先走了。”

“小心！”

两人继续一路沿着下水道的井盖慢慢往前走，很快就到了前面的那个小区。

这里有一个曾经和他们一起行动过的团队，张晓舟曾经想过把这里发展为安澜大厦的外围势力。但两幢房子之间的距离超过了七十米，中间也没有什么地洞连通，交通不便。在恐龙重新占据这块土地后，这样的心思就淡了。

而现在，张晓舟却要把他们之间的信任重新建立起来。

“张队长。”房子里的人早就已经注意到了他，他们其实一直都在观察安澜大厦的活动，但因为只能看到却听不到，所以很多事情只能靠猜测。

张晓舟昨天傍晚离开安澜大厦到新洲酒店去，然后今天又回来，这让他们有点搞不清楚发生了什么事情。

看张晓舟的表情，也不像是发生了内部的倾轧啊。

“能让我们进来吗？”张晓舟笑着问道。

“啊，稍等稍等！”对方忙着从楼上跑下来。

他们只有两个人，算不上什么威胁，而且之前张晓舟给大家留下的印象也还在。这个团队的人更少，相互之间的关系比较简单，内部问题也比较少，对于他们来说，在不敢外出的日子里，几乎没有什么事情可做。谈论和回味他们来到这个世界后几乎是最辉煌也最伟大的成就几乎成了他们一天中至少会发生一次的事情，而在这个过程中，张晓舟的形象无形中又被巩固了一次。

“真是不好意思。”这个团队的队长是个戴眼镜的中年人，因为太热，他们大多数都只穿着短裤，或者是干脆把普通外裤的裤腿给剪了。

“好久不见，彭哥。”张晓舟和他拥抱了一下，两人的关系当然没有什么特别的，但在这样的世界，十天没见，彼此都感觉就像是已经好几个月没见过了，“最近怎么样？”

“还能怎么样？”彭哥摇了摇头，“熬呗！”

他把张晓舟和高辉引进三楼的一个房间里，这里大概是他们环境最好的房间了。“喝点什么？”

“开水吧，谢谢！”张晓舟答道。

别的东西他还真的不太放心，当初一起行动的时候他曾经对他们说过这些，但不知道他们有没有坚持下来。这个世界的雨水应该不会有那么多空气污染物附着，但却有了更多的花粉、种子和虫卵，不煮开喝的话，真不知道会出什么问题。

对方对着楼上叫了一声，随后拘谨地坐了下来。

团队中的几个男人这时候都陆陆续续过来了，他们过来和张晓舟打招呼，张晓舟只记得他们当中的少数人,但他还是挨个儿和他们拥抱了一下。

“张队长,这次过来,是又有什么行动了吗?”他们当中有人迫不及待地问道。

他们这里当初自己也弄了一辆车子,满载而归之后,东西当然足够他们吃一段时间。但周边几幢房子里当初没有参与行动的人已经断粮了,整个小区的人都在看着他们,有人开始向他们乞讨。这让他们压力很大。

他们陆陆续续给出了一些食物,并且尽可能地指引他们去找安澜大厦。

大家都知道安澜大厦地盘大、粮食多,他们这也不算瞎指点。但昨天早上出去的几家人,最后却只有一半人回来,而且当晚都是一片哭声,这让他们心里很不好受。

站在他们这里没法看到事情发生的整个过程,但那些恐龙开始乱杀人,暴龙攻击安澜大厦然后被赶走这些情况他们都看到了。从那些人的哭声里,他们也能猜到一些。应该是安澜大厦心硬,没有接纳他们,甚至也没有给他们一些吃的东西,然后他们遇上恐龙了。

这让他们面对安澜大厦时多多少少有些心理上的优势。当初张晓舟可是提议大家都尽可能吸收难民的,但现在,安澜大厦却自己第一个不这么干了。

“算是有,但也算是没有。”张晓舟说道。

这样的话有点故弄玄虚的感觉,但就在人们发问之前,张晓舟从背包里拿出一个塑料袋,把它放在了桌上。

香气一下子让人们垂涎了起来。

“这是……?”

“我们昨天杀掉的恐龙的肉,许久没来拜访,这算是一点小小的礼物吧。”张晓舟说道。

“这怎么好意思。”

话虽然这么说,但马上有人过来把它收走了。

气氛一下子活跃了起来。

“还是张队长你们有本事啊!”

“其实很简单的。”张晓舟说道,“你们要是有兴趣,也可以试试。”

“我们?”对方愣了一下。

“一楼不是都有防盗笼吗?你们可以试试把其中一个地方截断,让那些恐龙可以把脑袋伸进来……”

“这个我们可……”对方马上就面露难色。

“这个东西我们想了很久。”张晓舟像是没有看到他们的表情，兴致勃勃地继续说着，“家里要是有钢丝绳，或者是把自行车、电动车的刹车线拆出来，那就是很好用的陷阱了。你们想象一下，在故意留出的那个空处安一个活绳结，上面绕一下……”他干脆站起来拿对面的窗户比画给他们看，“这边弄个重物，要是有恐龙敢真的把头伸进来，一触发机关，啪的一下，它就会直接被勒死在这里了。就算不死，头也会被死死地卡在这里，任你们处理。直接隔着窗户把它弄死，确认了安全之后出去搬进来就行。”

他很清楚，这些人外出冒险战斗的欲望也许比安澜大厦的人还要弱，对于他们来说，唯一可行的陷阱只能是如此。

“有这么容易？”

“当然容易，就是它们上当的可能性也小。”张晓舟说道，“不过闲着也是闲着，又没任何危险，试试看总没有什么坏处。万一它们真的把头伸进你们这里，那你们不是就赚大了？五十公斤肉呢！”

这个数字让对方的眼睛一亮。

“不过只能白天弄，晚上要是那儿留着一个洞，让那些大虫子进来就麻烦了。”

“那也没什么麻烦的，多少也是肉啊！”其中一个年轻人开玩笑地说道，“张队长，你说的那个触发机关……”张晓舟不动声色地看了高辉一眼，他们明显是心动了。

就像张晓舟说的，这个机关成功的可能性很小。尤其是在经历过陷阱之后，恐龙们不太可能再肆无忌惮地把脑袋伸进这样的缝隙里去任人宰割。但他本身想要改变的就是人们和恐龙之间的心态对比。当人们不再把恐龙视为捕杀者而是食物，当恐龙不再把人类看作可以随意猎杀的猎物而是充满危险的古怪动物，那对于所有人来说，生存环境一定会好转很多很多。

他向他们要来纸笔，开始把详细的图纸画给他们看，同时还画了几种设置在外面的绳套陷阱给他们看，这都是他向安澜大厦那些在村子里下过套、抓过野鸡和兔子的老人学来的东西。

这些东西的原理都相同，唯一不同的是对材料的要求。

要抓住恐龙，所需要的必然是更牢固、更坚韧的绳索。

专程送肉上门，还给他们指出一个可能获得食物的方法，这让对方都觉得有点诧异了，张晓舟这才说出了自己真正的目的：“我还有一个想法，希望你们这里能设一个长期岗哨。”

“长期岗哨？安澜大厦那边不是已经有一个了吗？”

“整片区域只有安澜大厦那边一个岗哨，预警能力太弱了。”张晓舟说道，“大家现在都会看安澜大厦的旗号，知道绿色是安全，黄色是注意，红色是危险。但绿色的安全范围是多大？黄色代表在什么方向、多远的地方有危险？这些东西你们能看出来吗？不行吧。但如果每幢楼都有这样的岗哨，对于我们所有人来说就会好得多。必须冒险外出的人，只要抬头看一看每幢大厦顶上的旗色，就能准确地知道恐龙的方位在哪里，知道它们在往什么方向移动，甚至可以通过旗色变化的速度知道它们移动的速度。这样一来，人们就再也不用被关在屋子里了，大可以到外面去寻找一些植物或者是昆虫作为食物的补充，甚至可以到外面去开垦一些土地！”

“如果有哪幢房子里的哨兵玩忽职守呢？”有人问道，“如果有恐龙但是他们没看到呢？”

“那周边的岗哨总会看到吧？不会所有哨兵同时玩忽职守吧？”张晓舟问道，“这个计划的关键是大家都不用投入太多人力，几个肯负责的老弱者就能做得很好，但对我们所有人的益处却很大。我们这个区域将会变得更安全。你们觉得如何？”

花费了整整两天时间，张晓舟和高辉才把之前和安澜大厦一起合作过的二十二个团队跑完，这还是因为吴工他们几个团队加入了安澜大厦，减少了三个团队的结果。让张晓舟感到欣喜的是，自己之前带领他们成功弄到粮食、主导审判所建立起来的信心和信任依然存在，人们几乎没有抗拒或者是怀疑他的话，也没有向他隐瞒自己团队的情况。

大多数地方的情况比张晓舟想象的要好得多，他们的存粮能够坚持的时间也许会比安澜大厦长得多。在安澜大厦，节约粮食是依靠规章制度；而在他们这里，因为成员关系的简单化，这几乎是一种生活习惯。这越发让张晓舟感觉到，人们是自发地还是被动地去做一件事情，最终的效果简直有天壤之别。

在恐龙没有出现的那段时间，他们像其他团队一样小心翼翼地在自己的居住地附近寻找可以吃的东西，因此减少了不少粮食的消耗，也让他们弄到了不少土。

有一个团队已经用花盆和各式各样的容器在天台上种了将近一百棵玉米，正准备想办法种更多。他们专门请张晓舟他们俩去看自己的玉米田，全都已经发芽了，小苗看上去长势不错。

“你们安澜大厦那边长势怎么样？”这个团队的负责人问道，“我有点担心，雨水会不会太多了？还有，土是不是太少了一点？你们那边用的是什么土？加草木灰还是粪便？有几厘米厚？”

张晓舟和高辉都有些尴尬。

人们或许不会相信，当初极力推动大家种植玉米的安澜团队，到现在为止连一棵玉米都没有种下去。

从某种意义上来说，安澜大厦的行动力还真的比不上这些完全为了自己和家人而努力劳作的人，而他们的人均空间也远远小于这些团队的。

大多数地方还没有真正开始经历饥荒，他们都知道一些邻居已经开始挨饿，并且为此而感到担忧。

大多数人都小心地与周边的邻居保持着一种若即若离的关系。人们知道他们这里有粮食，他们没有办法遮掩这一点，但他们希望人们能够理解，他们的粮食其实并不多。

像安澜大厦门口那样的事情还没有开始发生，人们还没有开始自发地组团抢劫，更多的是在乞讨。毕竟，那些曾经靠抢劫发展起来的团队，那些敢于抢劫的人，几乎都已经在跟随络腮胡南去的那次冒险中销声匿迹，再也没有回来，只剩下他们的老弱者。

“大家知道就算进了我们这里也解决不了问题，他们知道，要加入的话，还是得找你们这样的大团队。”

有了这样的认知，难民的问题就永远也不可能简单地用暴力解决。哪怕是有人在安澜团队碰了钉子，甚至是被恐龙吃掉。但在这样的环境和通信条件下，却不可能广而告之。也许周围建筑里的人会看到，但更远的人不会知道这里发生了什么。他们依然会一批批、一群群、一队队地来安澜大厦寻找他们梦想中的机会。

如果梁宇在的话，也许会因为自己的判断严重出错而感到很不舒服。他的设想也许没错，也许有可能发生，但他却忽略了一个事实，那就是，人们不会一开始就尝试暴力。而在他们进行乞讨的这个过程中，安澜大厦简直就是黑夜中唯一的那盏明灯。

“你们那边现在有多少人了？”很多人这样问道。按照他们的了解，因为加入学校和医院无望，安澜大厦已经成了很多人心中的首选。

这样的问题总是让张晓舟感到难以回答，只能回避。

预警体系的建立非常顺利，这也在张晓舟的意料之中。

人们对于这样不用耗费自己多少人力却明显能够改善整体安全的建议都很支持。甚至有人提议是不是搞一个旗语系统，方便大家进行交流，传递一些简单的信息，这当然是后一步才需要考虑的事情。

随着张晓舟一家家拜访、一家家离开，越来越多的建筑物顶上出现了太阳伞下的岗哨，以及绿色、黄色和红色的信号旗。

效果立竿见影。

虽然现在总共只有二十三幢建筑上出现了信号旗，覆盖范围也存在一定的问题，但对于像张晓舟和高辉这样必须在毫无遮蔽的情况下长时间待在外面的人来说，安全系数已经上了不止一个级别。

他们有将近十次因为及时看到信号的变化而及时撤退到最近的团队，人们也没有把他们俩拒之门外。最危险的一次，两人不得不就近跳进了下水道里。恐龙在井口咆哮了半天，但最终只能离开。

“基础工作已经完成了。”张晓舟对高辉说道，“接下来，我们需要寻找一个合适的猎场，把猎杀恐龙的方法演示给他们看！”

人们对于张晓舟带去的肉干感到非常兴奋，大部分人早就听说过之前他们烧死速龙的事情，他们对于安澜大厦用什么样的手段杀死这只恐龙非常感兴趣。

张晓舟按照自己的节奏向他们灌输恐龙并不难杀，是值得考虑的食物来源这样的观念。对于那些人数较多而且看上去比较有战斗力的团队，他推荐更主动、更有攻击性的方式；而对于那些人数比较少，看上去对于外出冒险兴趣不大的团队，他推荐守株待兔的陷阱模式。

他不知道效果会有多大，但哪怕五个团队中只有一个愿意试着按照他的建议去制作一个陷阱，他觉得这也很不错了。

关键还是要让他们看得到自己的成功，而这就是他和高辉现在所要做的事情。

只要看到他们的成功，所有团队就会马上跟进。

正是因为如此，他们需要物色一幢和周边没有多大区别的房子。

“那幢看起来好像没人。”高辉说道。

这是一幢大致位于他们预定活动区东侧的居民楼。

看上去有些年份了，建筑物外面的红色墙砖都已经开始一层层地剥落。建筑物上笼罩着一层常年被雨水淋出来的灰黑色水迹。房子背面爬满了青苔。

从防御暴龙的角度来说，这样的房子简直不合格。它唯一的好处是足够普通。如果他们能够在这样的房子里取得成功，对于周边居民的鼓舞作用应该是立竿见影的。

房子周围有好几幢居民楼，其中有两幢是他们曾经拜访过的团队的所在地，他们在这里的行动很容易被周围的人看到。

“防盗栏的情况看上去还不错。”张晓舟点点头，“就它吧！”

防盗门轻轻一拉就开了，高辉于是忍不住回头看了看张晓舟。

“先进去看看。”张晓舟说道。

他身上带着细铁丝，于是先小心地用细铁丝把防盗门拧了起来，然后两人才一层层地进去检查。

这里明显已经被人搜索过两三次，只要稍微能用的东西都已经被拿走了。不过高辉还是在三楼一户人家的大床底下翻出来一个大工具箱，里面满满的，是各式各样的锤子、小钢锯、钳子、扳手、起子、刀具、烙铁，甚至比钱伟之前的那套工具还要齐全。角落里用罐头盒子整整齐齐地收着各种尺寸的钉子、螺丝螺帽、膨胀螺钉、线圈，几种不同型号的铁丝，黑白胶布、相色带、锡条和焊锡膏等东西，甚至还有自行车的车轴、气门芯线、刹车线，简直可以说是琳琅满目。

“发财了！”高辉说道，“这家的主人到底是干什么的？”

“也许他只是喜欢自己动手。”张晓舟说道。他一个伯伯家里的工具甚至比这里的还要多，他们那个年代的人，很多东西都是自己修，甚至是自己做。

当然，某些零件是没有办法自制的，但可以从别的东西上拆下来，或者是设法找到替代品。

张晓舟摇了摇头，论动手能力，他们这代人和之前的那代人相差真不是一点半点。

“钱伟该乐死了。”高辉说道。

张晓舟把铁丝、刹车线、自行车车轴和几件要用到的工具拿了出来，顺便还补充了自己身上用掉的细铁丝。

“我们怎么干？”高辉兴致勃勃地问道。

劳累了几天之后，终于迎来了他所渴望的时刻。

“我们先来计划一下。”张晓舟说道。

安全逃生通道永远是第一位的。

整幢房子都没有人，这就意味着，他们可以通过天台跑到隔壁单元去。但到更远就会存在问题，距离这幢房子最近的一幢高层建筑物的间距有将近二十米，距离最近的下水道也有将近六七米的距离。

房屋如果失守，他们就会陷入困境。

“最好还是不要把它们放进来。”张晓舟说道。楼道狭窄而且又陡又滑，不利于快速转移。而且防盗门的门锁是坏的，安全没有保障，这让他原本借助防盗门进行猎杀的计划变得不切实际。

“我同意。”

“那么，能做的陷阱就不多了。”张晓舟说道。

最终他们决定以单元防盗门和 102 室作为两个主要的陷阱设置点，甚至一大一小两种陷阱。

在单元防盗门那里，他们首先用自行车车轴、钉子、铁丝、绳子和一个装满了重物的大桶做成一个简单的自动关门装置，以便平时能够确保门一直关闭，但有特殊情况的时候又能及时打开门离开。

张晓舟随后锯断了单元门下半段的两根铁条，留出一个足够秀颌龙进出的通道。然后在上面用绳子拴了一块大木板，木板凭借自重刚好可以挡住那个洞的绝大部分。他用手试了试，从外面可以很容易挤开一条缝进来，但要从里面把这么大的木板拉开，秀颌龙应该做不到。

“这就行了？也太简陋了吧？”高辉说道。

“那你准备怎么弄？加个弹簧，再喷点漆美化一下？”张晓舟摇摇头说道，“这就行了。能让它方便地进来，却没有办法方便地离开，功能很完善了，就是难看了一点儿。”

高辉继续摇头。

“聊胜于无吧，反正也没指望这边，主要还是看房间里的陷阱。”张晓舟说道。

102 室的陷阱则完全照搬张晓舟向其他团队推广的那种简易陷阱。用小钢锯锯断防盗栏上的一个位置之后，形成一个足够恐龙把头伸进来的孔，然后在那个地方设置用自行车刹车线做成的绳套，绳套、绳索和重物组合成一个触发式的机关。恐龙把头探进来活动的时候，因为剧烈活动很容易碰到安在旁边的机关，这时候由两台老式四十二寸大彩电套在被单里做成的配重物就会马上失去平衡而下落，迅速收紧自行车刹车线，把它的脑袋死死地勒在那里，任他们处置。

最麻烦的地方在于机关的设置，整整忙了一个早上，他们才完成第一个陷阱。

“试验一下？”高辉对张晓舟说道。

张晓舟点了点头，于是高辉便小心翼翼地捡起一根拖把，把它往绳套里一塞。

金属线被触动，那个好不容易才平衡过来的木块突然倾倒，两人只听得嗡的一声，就像是琴弦被人用极大的力气拨动，所有的绳索都突然收紧，随后一声巨响，那两台电视机突然急速运动了起来。

那根拖把直接飞了出去，重重地撞在玻璃窗上，碎玻璃到处飞溅。

两人都被吓了一跳，抱着头躲了起来。

只听得头顶上一阵乱响，最后以电视机摔在地上告终。

等到一切都安静下来，他们才小心翼翼地探出头来。

电视机摔在地上，已经彻底碎了。窗户玻璃直接碎了一大块。那根拖把从中间折断了，高高地挂在他们用来悬挂电视机的那个架子上，那根刹车线直接勒进了木质的拖把棍里，看上去触目惊心。

“好厉害！”高辉心惊胆战地说道。

“好在没断。”张晓舟小心地检查着整根刹车线，有个地方稍稍折了一下，但是应该没有太严重的问题，“怎么样？对这机关的威力还有怀疑？”

高辉摇了摇头：“我现在有点担心，这他妈一不小心就会弄伤自己啊！”

他帮着张晓舟把机关重新恢复到原状，并且把碎掉的玻璃窗用胶带纸先暂时封堵起来。

第10章 无法松懈

张晓舟等人在里面忙着，外面的人也没有闲着。有了相对完整的预警系统之后，敢于出门的人一下子多了起来，许多人都在抓紧时间寻找着可以用来充饥的东西。

草根、树叶、花朵，甚至是树皮。昆虫自然不用多说，但也许是食谱的问题，从外面的丛林里飞进城市的昆虫种类其实并不多，来来去去只是那些吸血的虫子，白天几乎不会出现。

一些团队在自己的房子附近挖土，一桶一桶地运到房子里，这让张晓舟和高辉不由得叹了一口气。

安澜大厦那边现在不知道是什么情况。

"我们该拿什么来当诱饵？"高辉问道。

干肉还有一些，但拿这个东西来做诱饵，似乎诱惑力不足。

最好的当然是新鲜的血肉或者是内脏，但这些东西，他们现在没法找到。

"不行的话，看看能不能抓住一只秀颌龙……"张晓舟说道。

两人正说话间，外面突然一阵骚乱，人们疯狂地奔跑起来。

"恐龙来了！"有人大声地叫道。

人们很快就逃回了各自的房子，所有的门一下子都关了起来。

本来生机勃勃、人来人往的街道，突然就寂静了下来。

甚至听不到半点声音。

人们都在房间里小心翼翼地躲在窗帘和家具后面，等待着这些该死的东西过去。

这是一种新的恐龙。

它们的体形要略小于之前张晓舟在安澜大厦诱杀的那种恐龙，看上去更瘦，但脖子更长，尾巴也更长，看上去反而更高大。它们身上的羽毛颜色非常鲜艳，看上去就像是鹦鹉那样，有着美丽而炫目的色彩，而且覆盖了身体的绝大部分，只有脖颈、腿和尾巴露在外面。前肢的羽毛甚至遮蔽了尖锐的爪子，在张晓舟看来，它们的前肢也许比后肢还要危险。

它的食性绝对不会被人们认错。巨大而又扁平的嘴里满是锋利的牙齿。它们此时正在不停地鸣叫着，发出一种奇怪的无法形容的叫声。

张晓舟觉得这应该是似鸡龙的某个变种，未来人们所获得的恐龙化石本来就少得可怜，根本就没有办法知道这个世界上所有恐龙的类别。

一大群这样的动物马上出现在周围，有十来只。其中大多数的颜色都没有之前的那几只那么艳丽，而是以单一的墨绿色为主。其中有将近一半看上去还没有成年，毛色有些黯淡，它们相互之间不断地追打着，在周边跑来跑去，看上去十分轻松。

它们单个看上去并不十分强，也许不会比鸵鸟更强大。虽然理论上，一个人想要单独放倒一只鸵鸟也非常不容易，但起码比杀恐龙要容易些。

“要试试吗？”高辉突然问道。

张晓舟犹豫了一下，随即点了点头。

不知道这些动物是刚刚出现在城里，还是从别的某个地方偶然迁移到这里？但对于他们来说，这的确是个很好的目标。首先，它们看上去对于周围的环境好像并没有什么戒心；其次，它们的个子和瘦弱的脖颈对于他们的陷阱来说简直就是绝配。它们显然没有能力破坏这幢老房子的外墙，是一种相对安全的猎物；最后，是它们出现的时机。它们的出现引起了人们的注意，而在这种时候成功，再怎么说总比深更半夜成功要有意义得多。

“干吧！”张晓舟再一次说道。

成功了会有很多人看到，而失败了大不了重新再来，这没有什么。

两人最后一次检查了机关，随后，一起大声地敲着窗户对着它们叫了起来。

“这边！嘿！这边！”

这样的叫喊声在这种环境中显得非常突兀，它们的注意力马上被吸引，随后快速地聚了过来。

“你去看着楼梯口的门。”张晓舟对高辉说道。

走近之后，发现这些美丽的生物看上去非常聪明，它们大大的眼睛就像是有着丰富的表情，这让张晓舟不由得紧张了起来。别是他们在这边拼命叫，最后对方直接从门口钻进来，那就太失败了。

“来啊！把脖子伸进来！”他大声地叫着。这些恐龙看着他在房间里的动作，咕咕叫着，似乎是在相互交换意见，却没有任何尝试攻击的意思。

“来啊！”张晓舟小心翼翼地用手中的棍子敲打着陷阱附近，希望能够让它们注意到这一点。

但它们却一直兴致勃勃地隔着玻璃观察着他的行动，丝毫没有要把脑袋伸进去试一试的念头。

这让张晓舟有些挫败感。

它们有这么聪明吗？

事实上，有些科学家认为，像伤齿龙这样的恐龙，其脑化商数①也许可能高达五点三，甚至超过了大象、黑猩猩和海豚，非常接近人类。

张晓舟个人对这样的猜测本身是持怀疑态度的，他当然认同统治地球上亿年的恐龙中会有一些种群非常聪明，但他一直认为，受到体形和生活环境的限制，它们的智慧应当会受到限制，不可能超越大猩猩、黑猩猩这些类人猿。要知道，某些受过训练的黑猩猩的智力已经超过了人类的婴儿。如果说伤齿龙的脑化商数远远超过它们，那岂不是快要赶上人类了？

仅凭一些化石碎片，没有更多的化石支持就过于大胆地进行这样的猜测，他认为并不妥当，至少是并不严谨的。

但现在，他却有一种感觉，这样的说法也许并不是完全没有道理。

眼前的这种恐龙显然已经有了复杂的沟通方式，它们在观察他的同时，相互之间

---

①脑化商数，即脑形成商数，指大脑实际大小和根据其身体大小推算出的理论大小的比例。在心理学上一般以此来判断动物的聪明程度。

也在进行着堪称小合唱的复杂的声音交流，这让张晓舟有一种感觉，自己就像是动物园里被关在笼子里的动物。而现在，一位恐龙老师带着它的学生过来参观了。

非但如此，它还在向学生们介绍眼前的这种动物：人类，脊索动物门，脊椎动物亚门，哺乳纲，真兽亚纲，灵长目，简鼻亚目(类人猿亚目)，人科，人亚科，人属，智人种……

张晓舟把这样荒诞的画面从自己眼前赶走，把一片肉干放到那个地方，尝试用这种办法来吸引它们。

炸肉的香味显然引起了其中一些年轻个体的兴趣，它们开始兴奋起来，但这时候，整个群体却突然慌乱了起来，随后，它们便以极快的速度消失在了房子背后。

一阵腐臭伴随着沉重的呼吸声从侧面传来，张晓舟急忙俯下身体，悄悄地潜到高辉身边，拉着他一起上了楼。

留在这里非常危险，因为来的是那只受伤的暴龙。

而受伤的动物往往有可能做出无法预估的事情来。

经过改良的燃烧瓶虽然没有能够烧死它，但对它已经造成了很严重的伤害，它的口鼻部位已经开始溃烂，一直在不停地往外流脓。而它尾部被烧伤的地方也是如此，黄色的液体一直在往下滴落，看上去非常恐怖。

那些黏着在皮肤上的汽油烧伤的地方还没有愈合，而现在，炎热潮湿的气候开始残酷地对待这曾经的万兽之王。

大量的细菌开始在那些裸露在外的毫无保护的肉体上生长，然后继续侵入它的身体内部。

很多人也许无法理解，但表皮的确是高等生物免疫系统中极其重要的组成部分。它们隔绝了绝大多数病原体、微生物和异物对身体的入侵，是身体最重要的防线之一。

许多人被严重烧伤后并不是死于烧伤本身，而是死于失去体表皮肤后的各种感染引发的并发症。

暴龙喘息的声音非常响，甚至远远超出了那天与张晓舟在安澜大厦对峙的时候的声响。张晓舟能够猜测和感觉到它此刻正在承受的痛苦。

口鼻受创，这让它也许连一口水都没有喝过。

它的死期就在眼前了。

所有人都怀着复杂的心情看着它行动。

虽然已经受伤,但它那巨大的体形依然对周边的一切生物有着天然的威慑。因为它的受伤,这种威慑甚至比之前更大了。

人们可以明显感觉到它的愤怒和暴躁,那种愤怒的情绪在它的身体里孕育、蔓延着,随着它的每一次痛苦的嘶吼而变得越发强烈,它变得就像是一个移动的火药桶,随时随地都有可能因为任何原因而爆炸。

它突然向着这幢房子走了过来。

张晓舟和高辉紧张了起来。它开始久久地停留在房子周边,不停地用受伤的鼻子嗅着,随后愤怒而又疯狂地咆哮了起来。

它已经不敢再到那幢让它受伤的房子周边去活动,但那个制造了它的伤口、让它变成现在这个样子的怪物却显然出现在了这里。至少,他的气味出现在了这里!

张晓舟和它在那个时候的距离不到三米,他牢牢地记着它咆哮时的样子,记得它张开大嘴的样子有多恐怖、多么震撼人心,以此来磨炼自己,让自己不再恐惧任何这样的生物。

而它却牢牢地记住了他的气味。

这个气味是如此让它感到厌恶和愤怒,仅仅几秒钟之后,它就彻底疯狂,开始向着这幢房子猛烈地撞击起来。

年久失修的老房子马上就出了问题,它在暴龙的撞击下就像是用玩具拼凑起来的一样。二楼的房间马上就垮塌了一大块,红砖的碎片在空中到处飞舞,细细的梁柱被它直接从侧面撞倒,房子的一个角就这样迅速而又彻底地垮了下来。

唯一保持原状的只有又厚又重的钢窗,但周围所有的东西都已经成了碎片,它也无法独立支撑起来了。

这幢房子与之前的安澜大厦没有办法相提并论,它应该是在 20 世纪 90 年代初期建成的,只有几个主要的位置采用了混凝土,其他地方都是承重砖墙,地板和天花板所用的甚至都不是现浇混凝土而是预制板,这样的设计十几年前就已经停止使用了,而现在,暴龙的力量进一步证明了它的脆弱。

高辉忍不住叫了出来。

好在他的声音被淹没在房屋垮塌的巨响当中，并没有被暴龙听到。

张晓舟好不容易才让他安静了下来。

“房子要塌了！”他惊慌地对张晓舟说道。

“不会！”张晓舟说道，“挖掘机拆这样的房子也要花费一整天的时间，你觉得它会比挖掘机更厉害？这房子是砖混结构，里面同样是有混凝土梁的，没那么容易倒！跟我来！”他对高辉说道。

两人提着背包通过天台，向另外一个单元跑去，这时候，一声巨响，脚下突然抖动了起来。周围变得灰蒙蒙的，什么都看不清楚。暴龙大声地咆哮着，似乎是受了伤。张晓舟大着胆子探头出去看，发现是之前那个单元房里被暴龙破坏的那个地方，因为一堵承重墙被暴龙破坏，整体受力失去平衡，塌了下去。

可惜的是，它们并不是倒下去，而是逐层地塌下去，除了一些预制板重重地砸在暴龙头上之外，并没有对暴龙造成实质性的伤害。

“可惜了。”张晓舟忍不住这样想。

灰尘蔓延开来，周边的能见度变得很差。张晓舟干脆和高辉一起趴在天台上，等待着这一切过去。

“这是为什么？”高辉说道，“它不可能看见我们啊。”

“我不知道。”张晓舟摇了摇头，“也许是气味……”

张晓舟和高辉苦心制作的陷阱已经在这样天翻地覆的破坏中完全被毁，这让他们的心情十分郁闷。

“真希望房子干脆整个倒下去砸死它！”高辉气愤地说道。

“不要管它。”张晓舟说道，“它的消耗越大，死得越快。这些灰尘和粉末进入伤口，只会让它承受更多的痛苦。”

它身体上的伤口显然已经在这样的泄愤活动中绽开，鲜血和组织液开始不停地往外流，看上去十分恐怖。

它的口鼻部位也在撞击中受了伤，一条细钢筋插进了它的鼻孔，让它尖厉地吼叫了起来。但在这种情况下，没有任何东西能够帮到它。它痛苦地呜咽着，拼命地甩动着脑袋，希望能够把它从伤口里甩出来，但那条钢筋却深深插入了它的伤口，而且还在它莽撞的行为中越插越深。

这样的痛苦终于让暴龙从愤怒中清醒了过来，它不停地摇晃着脑袋，往城南的方向走去。

“终于肯走了吗？”高辉松了一口气，但这时，他们却看到一群大约七八只中型恐龙小心翼翼地跟在它身后，保持着将近五十米的距离，缓缓地向它消失的地方去了。

“这是怎么回事？”高辉惊讶地问道。

“它们已经知道它命不久矣。”张晓舟答道。不知道因为什么，他的心里却微微地有些失落，“暴龙这样的动物消耗很大，但刚才这一头明显已经受伤，无法正常捕食。它的身体很快就会垮掉，这些动物已经知道这一点，它们正在等待。”

“等待？”

“等它虚弱，等它没有能力反击时，它们就会蜂拥而至，把它活生生地吃掉。”

这样的说法让高辉哆嗦了一下，不过他很快就说道：“活该！不过，就让它这么死掉真的有点让人不甘心哪！”他心不甘情不愿地说道，“它这么死掉，根本没有人知道是我们安澜大厦把它干掉的吧？而且，那么多的肉……得有好多吨肉吧？就这么眼睁睁地看着……”

他深深地叹了一口气。

张晓舟摇着头笑了起来。

的确如此，但又有什么办法？

这样强大的动物因为这种看上去微不足道的伤势而面临死亡，这让张晓舟有些伤感。

这样的动物，应该是在攻击人类的时候以极其惨烈的方式被杀死，而不是像这样一天又一天、一个小时又一个小时地衰弱下去，然后在某个僻静的角落被一群比它小得多的生物分吃掉。

但生命就是这样，强大而又脆弱，卑微而又伟大。

能够停留在这个舞台上的将不是你们，而是我们。

“干活吧。”他对高辉说道。

“干活？”

周围代表安全区的绿旗又立了起来，最胆大的那些人已经再一次从家里出来，开始为了今天的晚餐而努力了。

“今天说什么也要找个地方把陷阱设置好。”

“唉,都已经到了这个世界了,还是要天天加班?我这个程序员也太苦了吧……”

“看样子今天他们不会来了。”王哲对严烨说道。

严烨默默地点了点头。

说起来也怪,当张晓舟和高辉在眼前晃悠,王哲和严烨怀疑是居心不良,惶惶不可终日;但他俩就这样干脆地走了,而且始终没有把自己当一回事,又让两人感觉有些失落。

人就是这么矛盾的生物。

他们靠着张晓舟给的那块肉,加上这些天来收集的树叶和草根,倒也吃了几顿算得上不错的饭。吃饱是绝对不可能的事情,但味道和营养都很不错。加上那些抗生素的作用,严烨的高烧明显好了很多,而严淇也终于不再一天到晚昏昏沉沉了。

这让三个人对从安澜大厦来的这两个人充满了感激之情。但两天时间里,张晓舟和高辉只回来了一次,而且他们回来的时候天已经黑了。他们第二天离开的时候,天刚刚亮。王哲和严烨想要和他们套一套近乎、表达一下谢意都做不到。

城北的房子一幢幢地出现了三种颜色的旗子,他们很快就理解了其中的意义,并且马上就猜到,这应该与那两个人这些天来的活动有关。

但他们商量了一下,却没有马上打出这样的旗子。

新洲酒店这个地方与城北的那些居民区有一定的距离,即便他们在这里打出旗子,对于那边的示警作用也不大。而且严烨也在担心,城北的那些房子打出旗子来其实除了周边区域的人们之外,几乎没有什么人能看到。但如果是在新洲酒店这里,就会非常醒目。

如果何家营那边因为看到新洲酒店的旗子而派一支队伍过来看看是怎么回事,那他们就完了。

“如果有需要,他们应该会和我们讲的。他们没讲,那就说明,在他们的这个预警体系里,并不需要新洲酒店这一环。”他这样对王哲说道,“最起码现在还不需要。”

严烨的情况好起来之后,寻找食物稍稍变得简单了一些。

炎热而又潮湿的气候让周边的绿化带中很多植物都在疯长,他们只选择其中一些知道无毒或者是能吃的植物，采摘它们的嫩叶子和花朵，掰下鲜嫩的枝条，要么就是把那些知道名字的野草一丛丛地连根挖出来。

很多东西的味道其实都说不上好，只是能吃而已。过去吃野菜或许是一种健康且时尚的事情，但如果你真的以这些东西为食，而且没有任何油盐和烹饪手段可用，你就会知道，什么叫作越吃越饿。

绝大多数采摘来的东西如果不用开水焯一下或者是长时间用水泡的话，简直就没有办法入口，而且这些东西大多数都是纤维素，他们最需要的淀粉、糖分、蛋白质和脂肪几乎完全没有。

光是用水煮一大锅或者是做成丸子吃下去，感觉已经吃了不少东西，但没有油水的时候，吃这样的东西只会感到饿得更厉害。

连续好多天来，只有抓到老鼠的那一天和这两天让他们感觉肚子里是有东西的。

"这样下去不行。"严烨对王哲说道。

单靠吃这些东西肯定活不下去，有了对比之后，他们知道，他们的食谱当中必须增加更多的东西。

"设个陷阱抓虫子?"王哲说道。

严烨在闲着没事的时候曾经和他说起过在何家营时所发生的那些事情，那时候有人饿得受不了了，故意光着身体跑到外面去吸引那些吸血的虫子来叮自己，然后反过来把它们吃掉。

"我们这里距离城边太远了，根本就没有多少虫子飞到这里来。"严烨说道。

"其实我们可以用花盆养蚯蚓，它们不挑，纸也好，树叶也好，撕小了之后都会吃。只要能保持潮湿，它们应该会长得很快!"王哲说道，"几乎不费什么事情。"

"好吧。"严烨点点头，"这个可以试一下。"蚯蚓并不算什么很好的食物来源，事实上，它的味道简直可怕极了。但这是目前最好抓的东西，有时候他们甚至都能在挖草根的时候顺带抓到一些。有这点肉总比没有好。

如果真的能够不费什么力气就把它们养起来，对于他们来说绝对是值得一试的事情。

但是远水解不了近渴。

"还是要想办法抓动物。"严烨说道。

前几天他的脑袋实在是昏昏沉沉的什么都想不出来，只能把一切都交给王哲，但随着烧渐渐退下，他的思维能力也开始恢复了。

“我们要抓每天晚上在周围跑的这些东西。”他对王哲说道。

“没那么简单。”王哲说道，“你以为我没动过脑筋吗？”他把自己设置的陷阱给严烨看，“那些东西鬼得很，根本就不上钩。”

“是不是你的陷阱没用？”严烨说道。

但查看了之后他不得不承认，他也想不出比王哲更好的办法了。

两个人都没有打过猎，更没有上山抓过兔子和野鸡，凭借他们的想象和手边的材料能够做出来的陷阱，大概也就是现在这个样子了。

“也许他们会知道怎么设置陷阱？”王哲突然说道。那两个人给他的感觉无所不能，尤其是那个瘦一些的，总是一副淡定而又成竹在胸的样子，看上去很值得信任，“等他们回来的时候问问他们吧？”

两人就这样忙碌了一天，专门把一个大花盆清理出来，在里面倒入切碎的树叶和松散的泥土，然后把这一天挖到的蚯蚓都作为种子放了进去。

“这样就行了？”严淇在旁边看着，很惊讶地问道。

“应该可以了。”严烨没什么底气地答道，“不要太热，保持湿润，然后定期加入一些切碎的树叶，应该就是这样。”

“这么简单的话，我们可以养很多啊！”严淇兴奋地说道，“这种事情我就可以做啊！如果我们在整层楼都放上这样的花盆，那不是就可以养很多很多的蚯蚓了？”

严烨的脑海里不禁出现了他们周围全是花盆，蚯蚓到处爬，然后他们以此为主食的画面。

不知道为什么，他突然觉得有点心塞，甚至有点恶心。

“一定不会走到这一步的！”他大声地说道，“以后一定会好起来的！这些蚯蚓养来是做饲料！对，就是做饲料！”

他的话却突然让王哲兴奋了起来：“对啊！为什么我之前没有想到？”

“什么？”

“那些陷阱啊！”王哲抓住他的手激动地说道，“之前它们不上钩是因为没有东西吸引它们！但我们可以用蚯蚓啊！它们应该是杂食性的动物,应该没错吧?！那它们应该会吃虫子和蚯蚓吧?”

严烨愣了一下。

“走！趁着现在还早,快跟我挖蚯蚓去!”王哲兴奋地大声说道。

第11章
陷阱

新的陷阱设在距离那幢房子大概四十米的地方。

张晓舟和高辉费了不少力气才把那个大工具箱里的东西全都从废墟里翻出来，所幸的是，倒塌的只是楼房的一角，并没有殃及其余的部分。

新的地方同样是一幢六层高的居民楼，周围的视线有点差。

一单元里住着几个妇人，她们惊慌地看着张晓舟和高辉，不知道他们想要干什么，但在他们付出了一小袋肉干的代价后，她们便同意他们使用空无一人的二单元。本来她们也没有能力使用那边的空间，而且她们其实也没有能力赶走两个孔武有力的男人。

“你们可以带我们走吗？”其中一个年轻一些的妇女突然隔着防盗门问道。她整理了一下头发，努力想把自己最好的一面表现出来，她那殷切而又恳求的目光让张晓舟感觉微微有些心酸。

“现在不行。”张晓舟只能摇摇头，“未来会好起来的，请相信我。”

他们撬开了二单元的防盗门，然后同样把它改造成一个自动门，随后张晓舟带着高辉开始重新制作一个陷阱。这已经是他们第三次做同样的东西，动作已经变得很熟练。非但如此，张晓舟还稍稍改进了一下机关上的某个设置，以便让它更加稳固，复位起来也更方便。

“张晓舟，你说，她们的男人去什么地方了？”高辉突然说道，“那么多女人，竟然一个男人都没有，这很奇怪吧？”

张晓舟不由得摇了摇头。从一开始他就沉默寡言，没想到他竟然一直在想这些女人的事情。

“出去找东西吃被杀，或者是跟着络腮胡逃到了何家营，暂时回不来了，大概就是这两种可能吧？”张晓舟说道。看她们的样子，这里的男人应该是全都一起消失了，这让他觉得他们死了的可能性更大一些。

“这些女人会怎么样呢？”

“我不知道。”张晓舟摇了摇头，“如果她们足够聪明而又有韧性，大概能够在周围找到可以吃的东西活下去，或者是找到愿意接纳她们的团队和男人。如果只会哭或者是等着别人来拯救自己，那应该会死吧。”

高辉叹了一口气。

“怎么了？”

“知道我以前看末日小说时的理想是什么吗？”高辉突然说道。

“什么？”

“找块安全有保障的地方，带着女人，种种地，没事到周围已经没人的城市里去找点衣服、日用品什么的。就像是一头雄狮带着母狮子……很不靠谱的想法，是吧？”

张晓舟笑着摇了摇头：“我觉得没什么啊，很正常的想法。繁衍后代，这是人类的本能。拯救世界是一种梦想，平凡的生活也是一种梦想，没有高下之分。”

“别往我脸上贴金了，我自己清楚，我就是不擅长和其他人打交道，所以希望能够合理且合法地躲起来。世界如果毁灭了，我就不用再每天加班写代码，不用应对那些层出不穷的问题。但我又不甘心一个人……”高辉自己笑了起来，“现在想想，那样的日子我应该过不下去吧？以前害怕和人相处，但现在……真希望一切能够回到从前。哪怕是天天加班写代码，也比停水、停电，没网络、没外卖好……”

张晓舟被他的话彻底逗乐了。“一切都会好起来的。”他对高辉说道。

“能好到什么程度？”高辉却一边干活一边继续说道，“很多东西都恢复不了吧？别的不说，我觉得电力就会是一个大难题。以我们现有的这些人，很难建立起大规模的发电站吧？那工业能够恢复到什么水平？我们会倒退到什么时候？第一次工业革命,还是彻底回到古代?”

“不会的。”张晓舟说道,“有些东西光靠我们也许永远也重建不起来,但也有很多东西我们能够保存下去,也许我们还能创造出新的更适合这个世界的东西。我始终相信,现代文明留给我们的物资是一个方面,但它们最终会耗尽,更重要的永远是知识和思维方式。别想那么多了,只要有人,我们就一定能找到办法。”

他最后检查了一遍整个陷阱,确认每个部分都没有问题,于是便掏出一片肉干放在洞口附近,和高辉一起出了房间。

忙碌了一天之后,太阳已经开始西斜,那些外出寻找食物的人开始返回自己的房子。

“想到隔壁去吗?”张晓舟开玩笑地说道,“也许可以把你的处男问题解决了。”

高辉愣了一下,随即苦笑着说道:“别逗我了。这么过去,我会被吃得渣也不剩吧?第一次发生在这种情况下,那也太惊悚了!”

张晓舟开始在防盗门上做另外一个诱捕秀颌龙的陷阱,如果能够成功的话,那些女人也许就能凭借他们留下的这个陷阱活下去。

他们依然是依靠从安澜大厦带出来的干粮加水简单地解决了晚饭的问题。

肉干几乎已经用光了,那些油脂也作为宝贵的礼物送了出去,人们对于这些东西几乎没有什么抵抗力。

“如果我们抓不到恐龙怎么办?”高辉突然问道。

张晓舟愣了一下。

“不会的,我们一定会成功的!”

入夜以后,外面反而变得活跃了起来。

秀颌龙照例是在到处跑来跑去,这种体形比鸡大不了多少的恐龙也许是最适应城市环境的恐龙,除了那些牺牲者的残骸,人们也观察到它们吃虫子、吃植物的嫩叶和根茎,甚至吃那些大恐龙的粪便。它们食谱上的第一选择也许是肉食,但看上去只要是能吃的东西它们都不会拒绝。

曾经有哨兵在二楼见过它们捕捉老鼠。它们的动作甚至比猫还要敏捷,长长的脖子伸出去,只是轻轻地一啄,那只老鼠就彻底不动了,然后被两只秀颌龙分撕着吃掉了。

现代社会过来的昆虫它们也不拒绝，蟑螂、蟋蟀，甚至是蚂蚁。张晓舟见过它们在附近的花坛里用爪子翻找泥土中的蚁穴。那是臭名昭著的外来入侵物种火蚁的土巢，这种蚂蚁个头不大，却有着强大的生命力和攻击性，尾部的螯针中的毒素能够让人起泡，产生有如火烧一样的灼痛，甚至能够让人死亡。

但秀颌龙显然对这样的食物颇感兴趣，它们体表的鳞片让火蚁没有办法蜇到它们，而火蚁一遇到入侵者就会大举从洞中出来御敌的习性却让它们大快朵颐。

恐龙这种对陌生环境极强的适应能力让张晓舟微微地有些担忧，但换个角度思考，如果他们能够抓到秀颌龙并且养殖它们，这样的适应力也许将使它们变成可靠食物来源的保障。

两人把一个大沙发从房间里抬出来，放在楼梯的转角上，各自占据了其中的一半。

高辉累了一天，很快就睡着了，轻微的鼾声响了起来。

张晓舟却无法这么早入睡，心里的压力和太多的考虑让他的睡眠很浅，他看着楼下敞开的房间门，内心深处微微有些彷徨。

他坚信自己从安澜大厦走出来是正确的选择，两天来看到的东西也让他坚信这一点。他们这个区域还有大概四千人，其中大多数是老人、妇女和儿童，但成年男子至少还有一千五百人。

他们可以死于饥饿，死于食物中毒，死于营养不良，死于被恐龙袭击；也可以死于内斗，死于抢劫和被抢。

为什么不能让他们死在与恐龙战斗的过程中呢？

分散开来，他们什么都不是，只是一群带着一家老小的负累、什么都做不了的人。

但如果把这股力量聚合起来，那他们就能颠覆一切。

可我真的能做到吗？

就连安澜大厦那样的地方我都没有办法让他们完全联合起来，都还磕磕绊绊的，什么都做不好，这里有更多的人，没有食物，没有出路，我又怎么能把他们的注意力吸引到正确的方向？

高辉的话突然又出现在了他的脑海里。

“那么多的肉……得有好多吨肉吧？就这么眼睁睁地看着……”

一只成年暴龙的体重一般会有七八吨，已经受伤的这一只，它的体重估计有十一二吨。就算是其中有一半是骨头和不能吃的部分，那也有五六吨。

哪怕是每人分两公斤，那也足够三千人来分。作为油脂和蛋白质的来源，它将可以让很多人活下去。

它能成为一个把所有人都统合在一起的契机吗？

很有可能！

张晓舟心里突然前所未有地有一种冲动，想要把那只暴龙干掉。

楼下突然传来了一个奇怪而又轻微的声音，张晓舟愣了一下，随即意识到，那是有东西在防盗门那里活动。

秀颌龙？

他轻轻地拍了一下高辉，用双手按住他以免他突然惊醒而发出声音。

“嗯？怎么了？”

“我们可能要有收获了。”张晓舟轻声地说道。

那个声音变得更大了，很显然，有个什么东西正在小心翼翼地尝试着突破那块吊在空中的木板。

但它却不太确定。

“嘘——”张晓舟说道，同时一手握紧了撬棍，另一手握紧了手电筒。

炸肉的香味终于让它放弃了抵抗，它用脑袋轻轻地顶了一下那块木板，随后整个身体从那个洞口跨了进来。

就像是老鼠在黑暗中行动，但它显然比老鼠大得多。

张晓舟和高辉一直静静地等待着，直到听到木板重新轻轻地拍打在防盗门上，直到听到那东西因为没有办法逃出去而变得惊恐起来，他们才打开手电筒向楼下望去。

那的确是一只秀颌龙，手电筒的强光让它一下子惊慌了起来，只一瞬间就逃进了旁边故意开着门的那个房间。

张晓舟和高辉的脸色一下子都变了。

它可别乱闯乱撞，把他们好不容易设置好的陷阱给破坏了！

两人马上向房间里追了过去，张晓舟还小心地关上了门。

设置了陷阱的房间里没有动静，它应该没有逃到那边去，张晓舟晃动了一下手电筒,示意高辉到厨房去看看。他自己则小心翼翼地拿着手电筒和撬棍,向着另外一个卧室走去。

他站在门口安静地等待了一会儿,没有听到任何声音。

它躲起来了吗?

有些鸟类在被主要依靠视力追踪目标的天敌盯上时,会把整个身体都躲在不容易被发现的地方,秀颌龙也有这样的天性?

他开始敲打床和柜子,给它施加压力。

这时候,高辉突然惊叫了起来。

张晓舟马上向厨房跑去!只见那个小小的东西正和高辉纠缠在一起,它死死地咬着高辉的衣袖,被他甩来甩去,但却死不松口,它似乎是已经隔着衣服咬到了肉,让高辉大叫了起来。

张晓舟马上放下撬棍拿出了军刀,那小东西还死死地咬着高辉的手臂,张晓舟轻轻地把刀口对准它的脑袋,果断而又快速地一刀扎了下去。

高辉松了一口气。

张晓舟用刀切开了秀颌龙口部的肌腱,这让它的嘴彻底松开了,高辉急忙把衣服脱下来,他的手臂上已经被咬得血肉模糊。

“真该死!”

张晓舟马上把他们喝的冷开水拿来给他冲洗,伤口中应该没有毒素或者是其他东西,但有没有细菌这就不好说了。

等到伤口冲洗得差不多了,他拿出酒精,小心翼翼地倒了上去。

“啊!”高辉疼得叫了出来。

“怎么回事?”

“它突然跳上桌子向我扑过来,差一点就咬到我的脖子了!”高辉愤怒而又惊恐地答道,“还好被我用手挡住了!会有危险吗?”他不安地问道。

“最大的危险是破伤风和狂犬病,然后是细菌感染。”张晓舟一边用酒精帮他清洗伤口一边说道,“问题应该不大。”

高辉一下子紧张了:“恐龙也会有狂犬病?不可能吧?狂犬病是治不好的,对吧?”

“可能性不大。”张晓舟用手电筒照着他的伤口，仔细地检查了一下，“别担心，伤口不大，用酒精好好地浸泡一下，应该没问题。”

“我不会死吧？”高辉提心吊胆地问道。

“当然会死！”张晓舟答道。在高辉的表情僵硬起来之前，他笑着摇了摇头，“至少四五十年之后吧！”

“别吓唬我啊！”高辉说道。

“没事了，等着吃肉吧。”张晓舟说道。

他把这只秀颌龙的内脏掏出来放在那个陷阱前面，然后开始处理。

它身上都是细细的绒毛，不过很原始，并不像现代鸟类身上的羽毛那么难处理。用热水稍稍一烫，那些毛就很快地开始往下落。

之前没有机会细细地研究，现在反正也没事，他便用刀剖开秀颌龙的身体，仔细地研究起它的结构来。

越看越像是一只鸟。

某些细节当然和鸟类不同，但本质上有着很多相似的地方。

“怎么？”高辉看他一直在拿那只秀颌龙琢磨，不由得有些好奇。

“没什么。”张晓舟把毛煺干净，又弄了点水反复洗了一下，然后问道：“煮还是烤？”

“煮吧，炸肉干、烤肉干，这几天都吃怕了。”

“这话听着有点欠揍啊。”张晓舟笑着说道，“那你拿到楼上去煮。”

烹饪最好是在高处进行，这样气味不会马上把周围的猎食者吸引过来。即便过来了，它们也没有办法发现和影响人们的行动。

其实最好的处理方式还是烤或者是炸，如果有盐的话更好，最好是用盐腌制之后放在火塘上用烟熏干。在这样高温潮湿的环境里，只有这样做肉才能稍稍存放得久一些。但张晓舟本身就不想把这些肉带走，而是准备把多余的部分留给隔壁的女人们。这样的话，用什么方法烹饪就不是什么大问题了。

张晓舟留在楼下，继续监视陷阱。

有了新鲜的血肉，他有一种感觉，今天晚上也许会有收获。

但时间却在相对安静与和平的氛围中一点点地过去，高辉下来换他去喝了一碗汤，吃了几块肉，然后他就灭掉火先睡了，张晓舟还有些兴奋，干脆守上半夜。

外面秀颌龙的活动开始慢慢减少，张晓舟以为它们会再一次被血腥味吸引进来，但除了有一只秀颌龙试着探了个头进来之外，并没有更多的秀颌龙上当。

这样的陷阱还是太过于简单，对于他们这样的男人来说也许不是问题，但如果全是妇女、老人和孩子，这样的陷阱显然反而有可能对他们造成危险。毕竟，一只成年的秀颌龙有六公斤重，几乎相当于一只鹅或者是火鸡的重量。而且看高辉受伤的过程，它们的攻击性很强，甚至有可能置人于死地。

如果真的要养殖这种动物，那得考虑更多的安全措施才行。

就在他考虑这些问题的时候，一个声音突然出现在附近，就像是黑夜中有一只猫头鹰在附近的树上咕咕地叫。

外面突然就安静了下来。

张晓舟愣了一下，随即突然听到了一声巨响！

就像是有无数的动物在附近活动，惊叫、撞击，尖锐的爪子抓在铁栏杆上，但更多的还是某种动物受伤后绝望而又惊恐的嘶吼。

高辉再一次被惊醒。

"怎么了？"

"我们抓到东西了。"张晓舟对他说道。

声响不断地传来，显然被抓住的恐龙力气不小，而且正在疯狂地挣扎。

张晓舟看了高辉一眼，抓起撬棍和军刀匆匆跑了过去。

黑暗中，作为重物的电冰箱在空中晃荡着，随着那个东西的不断挣扎，它也在半空中不断地上下抖动。张晓舟用手轻轻扶了它一下，把手电筒照向了陷阱的位置。

一个黑影死死地卡在那里，它的脖子被刹车线紧紧地勒住，身体则因电视机的重量从那个孔里被拖了起来，卡在洞口动弹不得。刹车线应该是已经磨破了它脖子上的皮，张晓舟看到血正顺着它的脖子往下流，在它不时的抽搐和挣扎中甩得到处都是。

光线让它越发恐惧了起来，它拼命地在那个地方挣扎着，但却丝毫没有挣脱的办法。这台冰箱的重量应该超过了六十公斤，对于这只恐龙来说，已经是完全失去了对身体控制的它无法挣脱的重量了。

同样的叫声从外面传来，它应该是有同伴在外面活动，它们无法理解发生的事情，试图撞破、咬破防盗栏，把它从这个地方救出去。

但问题是，可能吗？

它们一次次徒劳地撞在防盗栏上，发出嘭嘭的声音；它们痛苦而又恼怒地尖叫着，却对这个东西、这个地方丝毫没有办法。

“要赶快杀掉它，免得夜长梦多！”高辉跟了进来，“要是什么地方的绳扣脱开，那我们就惨了！”

张晓舟用手电筒快速地在陷阱的几个关键部位检查了一下，没有发现什么问题，心情慢慢地平复了下来。

这只恐龙显然和之前他们用铁笼抓住的那只是同一个品种，也就是这样的恐龙，杀死了十几个到安澜大厦求援的人。

它们无疑是这个世界的霸主之一，但现在，它却被一个简单的陷阱困在这里，即将迎来它的末日。

强势和弱势，转变就是这么简单。

“你来。”他对高辉说道。

“我？”高辉愣了一下。

“你不是要杀恐龙吗？这是个好机会。”

手上沾没沾过血，对于普通人来说差别极大。一般人的心里对于杀生总有着一种无法形容的抗拒情绪，这是长期以来生活的环境、所受的教育和生活经历共同造就的对生命的一种态度。有很多人甚至连鸡和鱼都不会杀，只能花钱到菜市场去专门请人动手。

当刀子划破动物的身体，血涌出来，动物开始扑腾，开始抽搐，开始挣扎，当血开始飞溅出来，当粪便开始流出来，当它们开始为了生命的流逝而做最后的挣扎，很多人都会觉得于心不忍，甚至是开始感觉到不适。

这样的人，即使给了他们再好的武器，他们也没有办法面对恐龙。

张晓舟能够快速地转变自己的观念，与他常年在实验室解剖大白鼠和小白鼠，并且经常在养殖基地看人宰羊宰牛关系很大。

虽然依然必须强迫自己跨过一道坎，但他所需要做的，比起其他人来说无疑简单了很多。

“现在？”高辉有些迟疑。

那只恐龙似乎已经意识到了自己的命运，它的眼睛死死地瞪着高辉，口中不断地发出最后的嘶吼，甚至喷出血沫。它挣扎的力度是如此之大，以至于那根刹车线已经深深地勒进了它的脖子，但求生的本能却依然迫使它不断地动弹着，甚至努力地张开嘴，发出最后一声恐吓。

“从下颌没有骨头的地方直接一刀向上。如果你的手法正确，应当能直接穿透它的大脑。这是最简单、最快捷，出血也最少的办法了。”张晓舟说道，同时用手电筒给高辉指明位置。

高辉却重重地咽了一口唾沫，拿着匕首，有些举棋不定。

看张晓舟杀死这些东西感觉并不困难，但真的面对它们，才知道这绝对不简单。

恐龙的眼睛里透露出一种恐惧而又绝望的情绪，这让他想起了自己小时候曾经养过的狗，拿在手里的匕首便怎么也戳不下去了。

“不要看它的头，不要想太多！”张晓舟说道，“没有什么可犹豫的，它肯定已经杀死过不少人了，你在这里杀掉它，是在为那些人报仇！也是在从它口中拯救更多的人！别想了，马上动手！”

高辉终于把匕首举了起来，但他的动作却抖抖簌簌的，就像要杀的不是恐龙，而是人。

张晓舟站了上去，他抓住高辉的手，把匕首引到那个位置。

“捅下去！”

高辉迟疑了一下，终于咬着牙大力地推了出去。

并没有想象中那么顺畅，恐龙疯狂地扭动起来，差一点就让匕首从他的手里滑脱。血流出来，喷在他手上，又湿又黏。

高辉轻声地惊叫了起来，但还是迈出了那一步，他用力地再一次捅出去，这一次，匕首终于没有卡在什么地方，而是直接刺穿了恐龙的脑袋。

它的身体抽搐了几下，很快就彻底停止了动作。

“你干得很好！”张晓舟随手从旁边抓起一件衣服，递给他，让他把手上的血擦掉，“很不错。”

高辉的脸色有些苍白，但还好，没有出现更多不适应的症状。

“现在呢？”他勉强挤出一个笑容问道。

“等天亮吧。”张晓舟说道。

随着它的彻底死亡，外面那些恐龙似乎也意识到了这一点，它们渐渐放弃了把它从这里救出去的尝试，而是在外面呜咽了起来。

就像狗会因为同伴的死亡而哀号一样，它们似乎也在做着同样的事情。

张晓舟可以明显感觉到它们在外面轮流触碰着它的躯体，似乎在向它告别。

一些恐龙显然隔着防盗栏看到了张晓舟和高辉，它们尝试着攻击他们，似乎是想要为同伴复仇。

“它们很聪明。”高辉喃喃地说道。

“也许太聪明了。”张晓舟有些不安地说道。

白天的那种更类似于鸟类的恐龙显然比这种恐龙更聪明，张晓舟甚至有一种感觉，只要再给它们一些时间，它们很可能会进化出真正的智慧。

如果恐龙不毁灭，真的还会有人类什么事吗？

人类从智人到高度发达的现代社会只不过花费了二三十万年，人类的历史也不过一万年。如果那颗陨石再晚来一万年，或者是因为某种原因和地球擦肩而过……

“那颗陨石真的是帮了人类一个大忙啊。”他忍不住说道。

“什么？”高辉不明就里。

“没什么。”

经历了这样的事情，两人再也睡不着。高辉干脆在这里点燃了一堆火，和张晓舟一起等待天亮。

“这样的陷阱就是这点不好。”高辉说道，“就算抓住了它们也没有办法马上处理，只能看着。”

“等到天亮就可以了。”张晓舟说道，“高兴一点儿吧！再怎么说，这也是你杀死的第一只恐龙，怎么样，有什么感想？”

“好像也没有什么特别的。”高辉答道，“这是什么龙？”

“应该是驰龙的一种，但具体是什么，我也说不上来。”

“也许根本还没有人找到过它们的化石呢？”高辉突然说道，“既然是这样，为什么不由我们来给它们命名呢？干脆……张氏远山驰龙？”

“太难听了，而且我也不想和这种鬼东西扯上关系。”张晓舟摇了摇头。不过给它们命名这样的想法倒是让他有些兴趣。未来的那些科学家只能凭借一点点残缺不全的骨头来苦苦猜测恐龙的外形、生活习性，而他却可以看到这些活生生的鬼东西。既然是这样，为什么他不能给这些东西命名呢？

“远山盗龙？远山驰龙？远山猎龙？”他开始在脑海里筛选起名字来，不过早上的那种龙他倒是马上就给出了名字：远山羽龙。

雄性羽龙鲜艳的色彩给他留下了非常深刻的印象。

“猎龙，搞得我们很惨的感觉；盗龙，给人的感觉又太小。”高辉说道，“没有更好的名字了？”

“高氏猎手龙？”

“别，我也不想和这些鬼东西扯上关系……”

外面的驰龙群突然混乱了起来，它们开始尖叫起来，似乎有什么东西闯入了这个区域。

几秒钟之后，它们突然放弃了这个地方，快速地从这里逃走了。

“怎么了？”高辉想要用手电筒往那照一下，张晓舟却马上制止了他，非但如此，他还马上用水浇灭了火堆，拉着高辉离开了这个房间。

一股恶臭突然出现在附近，接着是沉重的脚步声，随后是令人惊恐而又绝望的嘶吼，有东西重重地撞了那个房间一下，随后那只驰龙被什么东西从外面拖走，消失在了黑暗里。

嚼碎骨头的声音响了起来，这样的声音在这样的黑夜里比任何梦魇都更让人感到绝望和恐惧。

“怎么可能？它不是已经……”高辉惊讶地说道。

张晓舟摇了摇头。

透过二楼的窗户，他们大致能够看到外面那个正在活动的影子。

那无疑是一只暴龙，但很显然，它并不是之前的那一只，而是另外一种稍稍小一些的个体。

另一只暴龙？

怎么会？

第12章
绝　境

天亮以后，张晓舟才和高辉重新到了楼下，用来作为陷阱的那扇窗户已经被彻底破坏，整个被扯了下来。

扭曲的防盗栏上是一个个硕大的牙印，旁边的绿化带被踩得稀烂，留下了许多巨大的爪印。

旁边单元的女人们后怕地大哭着，指责张晓舟他们不应该拿她们的房子来做这么危险的事情。张晓舟和高辉无心和她们争执，高辉把昨天晚上的那锅秀颌龙肉端去放在她们面前，她们便马上停止指责，开始争抢起来。

“我们得马上回去。”张晓舟说道。

这只新暴龙的出现已经严重地影响到了他的后续计划。

但这样的事情本不应该出现。

暴龙这样巨大的猎食者在同一个地方根本就不应该出现太多！不然的话，生态系统根本就没有办法维持它们的生存。

事实上，远山城这十几平方公里的面积内同时出现这么多种猎食动物本身就已经是一件很奇怪的事情了。就算是丛林中有充足的食物来源，也不可能养育得了这么多的肉食动物。张晓舟一直都认为，他们这座突然出现的城市已经把周围的猎食者都吸引到了这个地方。它们发现这里猎物众多，而且易于捕食，所以就留了下来。

但正是这个原因，一旦这批猎食动物被他们猎杀，在很长一段时间内应该都不会有新的猎食者出现。

这个世界上肉食恐龙的数量肯定是极多的，但张晓舟一直相信，它们在这个特定的时间点、特定的位置上的数量一定不会太多。

正是在这样的理念支持下，他出来猎杀恐龙的行动才有意义。

怎么可能？

他不停地摇着头，催促着高辉一起，抬着那个装满了工具的大木箱向安澜大厦走去。

“你们知道了吗？”钱伟他们一定是之前就在楼上看到他们过来，因此很快就打开门，推着一辆小车跑了过来，帮他们把东西放在车子上运过去。

“什么？”

“又有两只暴龙出现了！”钱伟焦急地说道，“它们是昨天晚上十点多以后从城南过来的！两只暴龙似乎并不是一群的，过来的时间间隔了将近一个小时。哨兵一开始的时候还以为是同一只，今天早上才发现是两只！”

张晓舟点了点头。

情况比他想象的还要糟糕。

“你们留在外面已经没有意义了。”钱伟说道，“有三只暴龙在外面活动，你就算是有上天的本事也杀不了它们！回来吧！”

“然后呢？”张晓舟问道，“大家一起等死吗？如果它们一直在周围活动，那安澜大厦这边根本就没有机会弄到足够多的泥土！那怎么办？等三个月之后把所有东西吃光然后等死吗？”他用力地摇着头，“越是这样就越只能和它们拼了！”

钱伟没有想到他会这么说。

但实情如此。

那个铁笼可以保护他们在有中小型恐龙活动的情况下强行外出取土，但三只暴龙在这个区域活动的话，那东西就成了一个笑话。

安澜大厦远远超过周围其他团队的人数在这种情况下却变成了一种劣势，别的地方人少，一幢房子里最多不过二三十人，有的地方一幢房子里只有七八个人，在有了新的预警体系之后，也许可以凭借房屋周围绿地里的植物、昆虫，再加上每家每户本来就有的绿色植物勉强活下来。但安澜大厦周围的绿地却没有办法给一百五十人提供足够糊口的东西。别说糊口,除非他们有勇气跑到很远的地方,否则的话,那些绿地里的东西根本就不够他们塞牙缝的。

如果一直都没有办法开始种植玉米,他们自己就会崩溃。

“把所有的汽油都用来做燃烧瓶。”张晓舟对钱伟说道,“这种时候,已经没有别的办法,只能拼了!我先到新洲酒店那边去看看情况,下午我尽量赶回来!”

“好!”钱伟用力地点了点头。

高辉有些犹豫,不知道是不是应该留在看起来更安全的安澜大厦,但他最后还是跟在张晓舟后面,匆匆向新洲酒店跑去。

幸运的是,路上并没有遇上什么麻烦。

张晓舟一进门就往楼上跑,却迎面撞上了从楼道里往下跑的王哲和严烨。

“你们干什么?”张晓舟心里有事,着急地说道。

“有更多的霸王龙过来了!”王哲顾不上被撞疼的地方,大声地对他说道。

几个人以最快的速度往楼上跑,张晓舟已经顾不上到楼顶了,到了九楼他就跑了出去。

“有一只在副食品批发市场那边!还有两只在何家营那边!”严烨急切地说道。

张晓舟拿出望远镜往他指的方向看过去,果然很快就发现了它们。

它们似乎还不太熟悉这里的环境,正在周围小心翼翼地寻找和探索着。何家营周围的那两只明显不是一起来的,它们分别站在村子的一个入口前,正在对着村子里的人们咆哮着。

它们就是昨天晚上到城北来的那两只暴龙吗?

张晓舟马上跑到身后的房间去,但他注定要失望了。在那些旗子的指引下,他很快就发现了那两只正在分别活动的暴龙,其中一只似乎受了伤,肩胛的位置血淋淋的,这让它看上去非常暴躁。

到底是怎么回事?

这些暴龙显然都是刚刚进入城市的……究竟是什么原因?

一只暴龙向康华医院的方向走去,而另外一只……张晓舟的心突然激烈地跳动起来。

要把那个土坡破坏掉吗？

这样一来，也许中小型恐龙依然能够沿着斜坡跑过来，但大型恐龙就再也没有过来的可能。

早就应该把它破坏掉的！

如果要干的话，现在就是最好的机会！所有的暴龙都远离城南连接城北的这个地方，而周边暂时也看不到那些驰龙和羽龙的踪迹。

但是，如果把那个坡毁掉的话，已经进入城北的两只暴龙相当于就被困在了这边，必须要想办法除掉它们；而留着那个坡，南边的暴龙有可能过来，但北边的暴龙也有可能回去……最糟糕的情况是，它们全都跑到城北这边来。这样的话，他们就必须要想办法解决六只暴龙，而这几乎是不可能的。

怎么办？

他来来回回地在南北两侧的房间走来走去。

什么都不做的话，责任算不到他的头上，但他却没有办法装作没有考虑过这个问题。

“张晓舟？”高辉诧异地问道。

他猛地抬起了头。

张晓舟在这一瞬间做出了决定。

已经到城北的三只暴龙当中，最开始的那一只已经濒临死亡，不足为虑。另外两只中，有一只已经受伤，原因不明。

最坏的结果就是保持现状，但却可以避免事情向着无法收拾的糟糕局面发展。

他不会把希望寄托在虚无缥缈的运气上，希望城南的暴龙不过来，而城北的暴龙自行离开。

这种最理想状况出现的可能性太小了。

“我需要你们帮忙。”他对其他几个人说道。

“帮忙？”

“看到那个地方了吗？”张晓舟用最快的速度告诉他们自己要做什么、为什么要这么做。

“为什么？”严烨问道。

在他看来，张晓舟所要做的事情或许对于城北的人们，包括对他自己来说意义非凡，但对于张晓舟自己来说，却是只有危险没有益处的事情。

他不知道张晓舟要怎么去捣毁那个坡，在他看来，高速公路的宽度有将近四十米，而它周围又都是没有任何遮蔽的开阔地带，也就是说，张晓舟要去做这件事情，必须要跨越将近一百米的开阔地，然后在那个地方冒险工作，之后再逃回来。

只要有任何一只恐龙在这个时候到那个地方去，他死在那里的概率就是百分之百。

“总有人要做这个事情。”张晓舟说道。

“我不要你们陪我到危险的地方去，只要你们在楼上帮我关注周边的情况，用不同颜色的衣服或者是旗子向我示警就行。”张晓舟说道。

高辉犹豫了一秒钟：“你一个人不行，我陪你去！”

“这种事情并不是人多好。”张晓舟说道，“反正是找一辆还能用的车子，把埋在那下面的车子用蛮力顶开，一个人还是两个人，区别不是很大。”

“至少有人能帮你看着周围。”

张晓舟看了看他：“我不放心他们，你在的话，我会比较放心。”

这样的理由终于让高辉同意留在酒店里，他们到处去寻找不同颜色的布块，最后终于找到了五种颜色鲜明的布。

“白色代表安全，黄色代表一公里内有危险，蓝布表示六百米，红布表示三百米，黑布表示危险已经近在眼前，清楚了吗？”张晓舟说道，“我要你们到楼顶去，那样才能确保我一直能看到你们。你们的判断都以我所在的地方为中心，什么方向有危险就向什么方向摇动旗子。如果几个方向都有危险，那就画圆。”

“没问题。”高辉点点头说道，“真的不要我帮忙？”

“不用。”张晓舟说道。

他们已经消耗了太多的时间。他把除了防刺服和防割手套之外的所有装备都留在酒店，最后一次确认了周边的安全，然后便以最快的速度冲了出去。

之前他们搭筑的那个坡因为十多天来一直下雨已经坍塌了很多，已经没有办法让车辆通过了，但人走并没有太大的问题。土坡表面有着两行巨大的脚印，这让他的行动稍稍迟缓了一下，但他马上就快速地行动了起来。

高速公路两侧，植物已经开始疯长，但还没有侵入道路的范围。他回头看了一下酒店的楼顶，白色旗帜一直在晃动，这让他稍稍安心了一些，他快速地穿过了毫无遮蔽的公路。

他马上就看到了那个已经垮掉几乎四分之一的坡。

络腮胡他们当时做这个事情的时候真的没有用什么心思，随着雨水的冲刷，里面那些胡乱堆积起来的填充物一一露了出来，让它看上去根本没有办法与另外一侧的那个坡相比。

他们当时真的想过自己必须从这里回去吗?

张晓舟摇摇头，回头看了一下旗子的颜色，从高速公路的路肩跳了下去。

好几辆车子翻倒在坡脚，装米的袋子和罐头盒子胡乱地散落在地上，还有被啃得白森森的大腿骨被丢弃在一边。

张晓舟的注意力根本就没有放在那儿，他快速地向那些四轮着地的车子跑去。

它们显然都被攻击过，玻璃碎裂，座位上还有斑斑血迹。一具被啃过的尸体依然坐在驾驶座上，被安全带绑着，看不出来当时他是因为什么而死的。张晓舟直接把他从座位上拖下来，试着发动车子。

没有反应。

这是他最担心的事情。

当时如果车子是因为操作不当而熄火抛锚在这里，那或许是最好的结果。电瓶有可能还有电，车子里也可能还有油，他只要能够发动车子，就能很快完成自己的任务。

但如果当时车子是被暴龙破坏掉的，如果当时车子没有熄火，一直处于发动状态，或者是当时车子一直开着灯没有关，那经过了十几天之后，车子就发动不了了。

他必须想办法打开引擎盖，找出那些本身没有问题的车子和还有电的电瓶，设法把一辆车子发动起来。

没有工具，只靠自己一个人，这几乎是不可能完成的事情。

即便高辉在一旁也没用，这种时候，或许最能帮得上忙的是张孝泉这个修理工。

但他现在不在旁边。

张晓舟努力把这些没用的念头从脑海中驱逐出去，抬头看了一下新洲酒店那边。

变成黄色旗子了！而且在向何家营那边挥舞，两只暴龙中有一只过来了？

他一下子紧张了起来，匆匆爬进另外一辆车子，开始努力尝试起来。

依然没有反应！

还有三辆看上去完好的车子……

天哪，请你……作为无神论者的张晓舟在这种时候也忍不住祈祷了起来。

五辆车子，难道你连一辆完好的也不留给我吗？

他用最快的速度一辆辆尝试着，但结果却注定让他失望。

就连百分之二十的概率都没有。

要放弃吗？

他看着更远的地方，那是从副食品批发市场转过来的路口。

当天络腮胡他们遭到袭击的时候，有好几辆车子就这样被堵在了那个地方动弹不得。

它们还停在之前的位置，而且看上去完好无损。

他回头看了一下新洲酒店的楼顶，黄色的旗子依然在拼命地向何家营那个方向摇动。

“他疯了吗？”严烨用力地摇晃着手中的黄色布块，但张晓舟如果再往那个方向走下去，他们就必须马上换成蓝布了。

“那些车子肯定都不能用了。”高辉说道，“他只能去找远处的那些。”

这样的结果其实他早就已经想过，张晓舟就是这样的人。他也许不算是那种非常果断的能狠得下心的人，但只要他认定了要做的事情，谁也没有办法阻止。

他们看着他一路小跑着奔向路口，高辉早已经把手中的布块换成了蓝布。何家营那边的一只暴龙正在慢慢地往这边走，危险正在向张晓舟靠近。

但仅仅是凭借简单的旗色和挥舞的动作真的没有办法传递太多的信息，他们只能早早地拿好了那块红布，随时准备挥动起来。

“看好周围！”高辉满头大汗地叫道。

张晓舟终于到达了目的地，他小心翼翼地向周围观察了一下，随即进入了距离自己最近的一辆车子。

依然发动不起来。

他忍不住狠狠地在座位上砸了一下，但他很快就迫使自己平静下来，快步走向另外一辆车子。

被堵在这里的足有四辆车子，加上之前的那五辆和被掀翻的那三辆，事实上，络腮胡他们当天并没有逃出去多少人。

城北的有生力量就这样被白白地消耗在了这个地方。

张晓舟再一次握住了钥匙，他深深地吸了一口气，用力地拧了下去。

车子突然响了起来，经历了那么多次失败之后，突如其来的成功让张晓舟一下子愣住了，笑容无法遏制地出现在了他的脸上。

车子依然没有打着火，但无论如何，希望已经在眼前了！

“它过来了！”王哲大声地叫道。他猛地抓起红布，开始用力地甩动起来。

也许是听到了汽车的声音，那只暴龙突然立起身体，朝着这奇怪响声传来的方向看过去，但它的视线被行道树和房子遮住了，什么都没有看到。

于是它在空气中嗅了起来。

“拜托！拜托拜托！”张晓舟却根本没有想到要去看远处新洲酒店的屋顶，此时此刻，他的全部精神和注意力都放在钥匙上。

他把车子放到空挡，微微地踩动油门，然后小心地再一次拧动了钥匙。

发动机挣扎着响了一会儿，但不知道是不是电力不足，它还是没有启动。

“该死的！别这样！快点快点！”张晓舟再一次低声地叫道。

高辉他们已经在楼上大声地叫了起来，但隔着这么远，他们的声音根本就传不到这边。

暴龙距离他已经不到一百米了！

“他到底在干什么！”严烨焦急而又愤怒地叫道。

如果将要死去的是何家营里的某个人，他或许会很乐于欣赏一次惊心动魄的追逐。但这个人却不是那些草菅人命、把他们这些外来人都视为消耗品的人渣。

从某种意义上来说，他不但救了自己，也在试图去拯救所有人。

看着这样一个人就要这么死掉，他于心不忍。

这时候，那辆车子突然冒出一阵黑烟，随后抖动了起来。

“哈哈哈哈，终于……”张晓舟心里的石头终于一下子落了下去，他忍不住大笑了起来。这时候，他才看到新洲酒店楼顶的那块布不知道什么时候已经变成了黑色！

“靠！”张晓舟的心一下子凉了。他回头向后看去，却看到左后方的街道上一只暴龙正犹豫不决地向着这边走了过来。

怎么办？

它们之间的距离不到一百米，对于身高体长的暴龙来说，跨越这段距离也许不需要半分钟。

放弃车子跑掉，还是……？

张晓舟再一次面临这样的抉择，他深深地吸了一口气，挂上一挡，把油门缓缓地加到底，硬生生地把挡在前面的那辆车子推开了。

他的目光一直在盯着后视镜里的那只暴龙。

它显然有些犹豫。

它还没有见过汽车这样的东西！

也许它见过它们停在路边，但它没有见过它们开动起来的样子。

这就是唯一的机会！

张晓舟不再犹豫，他直接加速，车子向着那个土坡猛冲了过去。

只有不到一百五十米！

暴龙行动了起来。

这个东西的叫声很奇怪，而且气味也很古怪，更加奇怪的是，它曾经在路边见过这样的东西，也曾经小心地研究过，它很确定，那不过是像石头、树木一样不会动的东西。

但它怎么突然动起来了？

好奇心让它马上追上了这个东西，但它并没有贸然发起攻击，而是在大约三十米外小心地观察着它。

那个东西的行动很笨拙，甚至比最笨拙的三角龙还要笨拙，它把尾部对着那个小山坡，面对着自己，然后大声地吼叫了起来。

暴龙越发感到困惑。

这个地方有很多那个东西的同类，但它们却都没有任何生命的迹象，只是一动不动地待在那里。

它试探着用尾巴抽打着其中的一个,冰冷,而且坚硬,看上去并不是什么可吃的猎物。

越发让它无法理解的事情发生了,那个东西开始用身体缓缓地撞击着身后的山坡,并且不断地发出奇怪的叫声。

这是在示威吗?

暴龙有些无法理解。

另外一个同样的东西从土坡下面露了出来,很快,它们俩就一起动了起来,那个看上去高高的土坡突然就这么垮了下来。

暴龙吓了一跳,但这看起来对它并没有什么威胁,于是它停留在了原地。

张晓舟驾驶着那辆汽车倒车,再一次把土坡下面的车子推开,土坡终于彻底垮了。

暴龙这样的东西再也没有从这里上去的可能。

张晓舟的心完全放了下来。

现在,是考虑怎么离开的时候了。

那根绳子还挂在挡墙上,但张晓舟怀疑自己没有足够的时间和体力从那里攀爬上去。

上一次他看着人们从那里爬到高速公路上,足足花了半分钟!

不行。

他下意识地再一次按下了喇叭,对面的暴龙对于这样的声音显然已经有了准备,没有一开始的时候那么奏效了。

我该怎么办?

它开始一步步向车子走了过来,在这么近的距离内,每一步都是那么沉重,地动山摇,就像是踏在张晓舟的心头。

第13章

逃 脱

怎么办?

张晓舟攥着方向盘的手已满是汗水,他的脑子里空空如也,什么都想不出来。

逃,肯定是逃不了的。

在这么近的距离内,暴龙也许只要两步就能追上他。他亲眼目睹过许多人就这样被它们吃掉,无一幸免。

硬撞过去?

他突然这样想道。

暴龙的两条腿承受着数吨重的躯体,如果能够幸运地撞伤它……

这是唯一的出路!

张晓舟再一次握紧了方向盘。

并不是完全没有机会。

车子的自重应该有一吨多,而且它的前部车架上被粗暴地焊了一个架子,上面还有几根尖刺,这让它具有了一定的杀伤力。

如果能够幸运地从正面撞上它……

他把挡位挂上了一挡,眼睛紧紧地盯着暴龙,脚慢慢地踩了下去。

暴龙越走越近,与车子的距离只有不到十米了。张晓舟在这时候一脚把油门踩到底，车子猛地抖动了一下，突然向暴龙直冲了过去。

他紧紧地握着方向盘，身体绷得紧紧的，做好了碰撞的准备。

但就在那一瞬间，暴龙青黑色的身体突然消失了！

下一刹那，攻击突然从侧面发起，暴龙巨大的头颅突然从侧面狠狠地撞了上来！

车窗马上粉碎，整个车体在这样的撞击下向内凹了进去，张晓舟被一股巨大的力量撞得从驾驶座飞到了副驾驶的位置上。车子向侧面晃动了一下，艰难地落回了原地。

但暴龙立刻再一次发起攻击，而这一次，车子终于被它撞得倒了下去。

这样的攻击对于暴龙来说驾轻就熟，落单的三角龙往往会在这样的距离内绝望地向着暴龙发起最后的攻击，而所有的暴龙都必须懂得怎样去闪避这样的攻击并实施反击，可以说，所有不能灵活躲开这种攻击的暴龙都无法长到成年。

对于暴龙来说，汽车的启动速度太慢，转向也太慢了一些，根本就无法构成任何威胁。

但它依然被激起了被冒犯的愤怒，于是它用一只巨大的脚爪踩住侧翻在地上的车子，巨大的牙齿轻轻地一撕，整块车门就这样被卸了下来。

它终于看到了这个东西和别的有什么不同，一只小而奇怪的动物正躲在里面。

暴龙无法理解“人可以驱动车子”这样的概念，但这并不妨碍它知道，里面的这个小东西是可以吃的。

它用脚爪拨动着车子，希望能够把张晓舟从里面弄出来，下一个瞬间，铁皮蒙住的车顶整个被它撕了下来。

张晓舟万念俱灰，闭上眼睛等待着最后一刻的到来，就在这时，暴龙突然愤怒地咆哮了起来。

“你这个丑八怪！”高辉的声音大声地叫道。

一块砖头正好砸在暴龙的头上，高辉与它的距离不到十米，在这样的距离内，他的第一击就准确地击中了目标。

“来咬我啊！你这个白痴！”又一块石头向暴龙砸去。这样的攻击对于它来说只是挠痒痒，但它却无法容忍有东西敢这样挑衅它，尤其是这个正在挑衅它的东西显然战斗力极低。

它放开车子，开始向高辉的方向冲过去。高辉吓了一跳，向后退了几步，再一次用手中的石块向暴龙的脑袋砸了过去。

暴龙加速向高辉冲了过来，它巨大的身体以极其夸张的速度瞬间拉近了两人之间的距离，高辉吓得摔了一跤，但这时，暴龙的身体却重重地撞在了高速公路旁的墙上，哀鸣一声摔落了下去。

高速公路的路面距离地面大约有四米高，墙的斜坡大概是六十度，这样的高度对于那些擅长跳跃的驰龙类来说不是什么问题，但对于身体笨重的暴龙来说，要让它灵巧地跳到这么高的高度，也太难了。

它愤怒地咆哮了起来。高辉再一次捡起地上散落的石块对它进行挑衅，将它的注意力完全吸引到了那个地方。

张晓舟终于清醒了过来，他快速地从严重变形的车子里爬了出来。暴龙这时候已经看到了他的身影，于是抛下高辉向他冲了过来，张晓舟以最快的速度向旁边冲去，毫不犹豫地直接跳进了下穿隧道的水池里。

暴龙也跟着他直接跳了进去，但张晓舟在直插入水之后就已经向前潜游了几米的距离，暴龙在水里到处寻找他的踪迹，他却已经悄悄溜到了积水的另一侧，把身上的防刺背心脱了下来。

“张晓舟？”高辉的声音在头顶不远的地方大声地叫道。

“我没事！我们在另一侧见！”张晓舟大声地回应道。

暴龙终于看到了他，但它庞大的身躯在三米深的水里行动极其不便，搅起了无数的水花，却没有前进多远。

张晓舟深深地吸了一口气，用手扶着地下通道的顶板，快速地向对面潜游过去。

他并不是专业的游泳运动员，但平时比较注意锻炼身体，潜泳二十米没有问题，在这样的环境逼迫下，他爆发出了前所未有的能量，一口气就从积满水的下穿隧道里直接游了过去。但等到他最终从水里探出头的时候，还是感觉肺要炸了一样。

“张晓舟！”高辉在水边大声地叫道。

张晓舟向他挥了挥手，快速地向那边游了过去。

两人都后怕得厉害，他们以最快的速度冲进酒店，等坐下来之后，身体才突然发起抖来。

“我还以为自己死定了。”张晓舟说道，“高辉，你救了我一命！”

“别说这些。”高辉摇了摇头，“如果我身陷险境，难道你不会来救我？我救你，你救我，这有什么，我们是兄弟啊！”

严烨和王哲这时候也从楼上跑了下来，听到他们这样说，不知道为什么，严烨突然觉得有些热血沸腾。

王哲不知道说什么好，他愣了一会儿之后问道：“喝汤吗？昨天晚上我们用蚯蚓做诱饵抓住的，很好喝。”

“好啊。”张晓舟说道。

他突然感到从未有过的疲惫，身体里所有的力气似乎都在之前的那几分钟里被完全耗尽，突如其来地，他连站起来的力气都没有了。

他用力地握紧了拳头，手指一直都在无法遏制地发抖，但心里却是从未有过的骄傲和兴奋。

“我做到了。”他轻轻地对自己说道。

肉汤很快就端了下来。张晓舟和高辉第一次看到了那个女孩，她看上去很羞涩，两人也没有过多地注意她。

“我还以为自己死定了。”高辉一边吃一边说道。他属于那种一紧张就会饥肠辘辘的人，大吃了几口之后他才想起来问道：“这是什么肉？”

“就是那种成天在周围跑来跑去的小恐龙啊！我们昨天晚上用蚯蚓当诱饵抓住的！”王哲答道。

眼前这两个人能够为了整个城北的人们的安全而自愿出去冒险，这已经让他对他们彻底放下了戒备。这是他和严烨很骄傲的一件事情，他们也很想和别人分享自己的成功。

“蚯蚓？”张晓舟却愣了一下。

“我们还在十楼养了一些，现在可以拿来吃，以后也可以用来当饲料。”王哲继续说道。

张晓舟不由得点了点头。

蚯蚓并不是他熟悉的东西，但这样的做法他并不陌生。其实很多饲料当中都有添加黄粉虫之类的虫粉来增加营养和蛋白质含量，在现在这种时候，养殖能够以植物枝叶为食而且又能够快速繁殖的虫子其实是一种很好的选择。唯一的问题是，他们没有地方去寻找种虫。

但蚯蚓其实也是一样的，据张晓舟所知，曾经有一段时间，养殖蚯蚓也是被大力推广的农村创业项目，无论是用来喂养家禽、喂鱼、喂猪还是改良土壤都很不错，甚至还能用来做药材。

如果它们能够被秀颌龙接受，那么其实是一种非常简单易得的饲料来源。

“你们这个想法很不错，应该大力推广！”他忍不住说道。

这话让严烨和王哲都很高兴。

不管在什么时候，被别人认同总是会让人感到满足。

“你们还要去杀那些恐龙吗？”严烨突然问道。

何家营的那些人当然是他痛恨的对象，但恐龙才是他真正最痛恨的东西。他的父母就倒在那些东西的利爪之下，让他们兄妹俩从此变得无依无靠。

那些画面他永远也不可能忘记。

但在看到张晓舟他们杀死恐龙之前，他从来都没有想过自己也许有一天也能够亲手替父母报仇。

“当然！”高辉充满自信地答道。

也许他之前只是一个跟随在张晓舟身后的唯唯诺诺的小人物，也许他永远都只是一个什么用都没有的程序员。但在亲手杀死一只远山驰龙，并且在距离暴龙不到十米的地方与它对峙，让张晓舟有机会逃离之后，他觉得自己已经不再是那个百无一用的配角了。

谁知道呢？

也许张晓舟是故事的主角，但也许他会是自己那个故事的主角。

“我可以……”严烨突然说道。

但他却马上就否定了自己的冲动。

跟他们出去，那就意味着危险和死亡。

那个名叫张晓舟的人今天差一点就死掉，即便是他们侥幸逃脱了暴龙的袭击，如果那时候有其他任何一只恐龙在附近，他们也只有死路一条。

如果自己是孑然一身当然无所谓，但是如果自己死了，或者是受伤、残疾，那妹妹怎么办？

“你太年轻了。”张晓舟看出了他的犹豫，于是给了他一个台阶下，“照顾好你妹妹吧。不一定非要和我们一起杀恐龙才算是支持我们，其实，像今天这样，及时给我们警告，还有想到可以养蚯蚓，这都是很好的支持我们的办法。只要愿意努力去改变现状，努力去做好自己能做的事情，就已经足够了。”

他们吃完饭之后，再一次上楼去观察那三只暴龙的位置。

严烨微微有些失落。

“你怎么了？”王哲注意到了他的情绪，悄悄地问道。

“我在想，难道我们三个人就一直这样下去吗？”严烨说道。

“怎么会！”王哲说道，“总会有某个团队慢慢地走出来，把整座城市的人统合起来吧？”

“会是谁？”严烨问道，“你想过没有，如果最后杀出来的是何家营，那我们该怎么办？”

王哲沉默了。

城市就这么大的范围，而何家营现在看起来应该有着最多的人口。如果他们真的灵光一现，想到了解决问题的办法，带着多达将近两万的人从那个窄小的空间里杀出来，很有可能成为统治这座城市的力量。

而那时候，他们这些杀死何家营重要人物的凶手又有什么地方可以躲藏？

难道要逃到丛林里去？那和自杀又有多大区别？

“无论如何也不能让何家营成为最后的赢家。”严烨说道。

“你想多了吧，就凭我们？拿什么去干扰他们？如果他们真的有本事杀出来，谁能阻止他们？”

“如果是这个张晓舟呢？”严烨突然说道。

“他？”王哲摇了摇头，“他倒是个好人，但不太可能。”

“为什么？”

“你没听他们说吗？安澜大厦不过一百几十号人，这点人还没有何家营护村队下面的一个分队多，而且还多半是老弱病残，有什么用？”王哲说道，“不说别的，何家营距离他们也不到两公里，如果那边真的派一百个人过来，我看他们也只能乖乖地把自己的东西全部交出来。我们还是要想办法到学校去。依我看,那里是唯一有可能与何家营相抗衡的地方。”

“但他们并不欢迎新人了不是吗?”严烨说道,“你自己说的,那条路已经断掉了。”

王哲一时不知道应该说什么好。

“如果张晓舟真的能够带领大家把那些霸王龙杀掉……”严烨说道,“也许他真的能把剩下的这些人联合起来。”

“这不可能!”王哲断然说道,“就凭他们现有的人手和武器?根本就不可能!”

“这不可能!”梁宇大声地说道,“我不同意拿我们的人去冒这样的风险!”

“其实并没有你想象的那么危险。”高辉说道。他早已经把自己的那次冒险对安澜大厦的人说了一遍,这让他感觉自己已经得到了升华,远远地超越了这些留在这里的人,“它们始终是动物,而且并不是行动很灵活的动物。在平地上,我们当然不是它们的对手,但只要地方合适,它们只能眼睁睁地看着我们……”

“杀掉它们和吸引它们的注意力是截然不同的两回事。”梁宇说道,“主动性永远都在它们那一边,你们只能被动防御,吸引它们过来。但如果它们逃走呢?如果它们不按你们的想法来呢?没有一下杀死它们的把握,我觉得最好是不要去招惹它们!困兽犹斗,受伤的动物往往会更加危险,更加暴躁。弄伤并且彻底激怒了它们,却无法杀死它们,你们想过这样做的危险性吗?”

“我们没有别的路可以走了。”张晓舟说道,“前天和昨天你们挖了整整两天土,有多大收获?种下多少玉米了?”

梁宇等人都没有回答,也无法回答。

看起来只是短短的五六十米的距离,但对于人们来说却意味着巨大的压力。即使是有着张晓舟和吴建伟设计的那个铁笼保护,人们的工作效率还是高不起来。他们总是花费太多的时间去关注周围的那些预警旗的颜色,神经总是高度紧张,这让他们很容易疲倦,工作效率也就越发低了。

事实上,他们到目前为止只拆开了那堵墙,挖开了将近八个平米的地面,让下面的泥土露出来。

真正运送到安澜大厦的泥土,也许还不到五十个土方的量。

但这已经是他们竭尽全力工作的结果了。

人们已经开始悲观起来，很多人已经开始绝望，认为他们不可能等到玉米成熟的那一天了。

“我们必须把它们杀掉。”张晓舟说道，“这不是我们想不想的问题，而是必须去这么做的问题。不杀掉它们，安澜大厦的人就活不下去；不杀掉它们，我们所有在城北的人都会慢慢地面临死亡，不过是时间早晚的问题。”

“不是每个人都想做英雄的，张晓舟。”梁宇摇着头说道。

“不是做英雄，而是为了活下去拼死一搏。”张晓舟说道。

当他跳出安澜大厦这个狭小的范围后，他的思维突然就开阔了起来。缩在安澜大厦里可以说是他最大的失误和败笔，但现在，人们已经被这个地方的虚假安全蒙蔽，失去了挣扎求生的欲望。

他们都已经看到了危险的临近，但因为那危险还没有近在眼前，不像暴龙这样直观地站立在每个人的面前，所以他们宁愿假装还没有看到它。

从某种意义上来说，这也是他所犯的最大的错误。

他必须想办法去修正它。

“我支持张晓舟的看法。”钱伟说道，“不是因为我要支持他，而是因为他的话是对的。”

虽然只是做了短短几天队长，但他已经开始理解张晓舟之前的矛盾、痛苦和困难，也开始看到之前在副队长的位置上不会去想也不会注意的那些东西。他突然有一种冲动，想要像张晓舟一样，丢下安澜大厦这个枷锁，到外面广阔的天地中去。

人们都看着他，几秒钟后，王牧林也点了点头：“这一次我也支持张晓舟，但我们不能作为强制性的任务，只能征招志愿者。”

“我同意。”

“同意。”

“我会到周围寻找更多的志愿者。”张晓舟说道，“这不仅仅是安澜大厦的事情，如果要流血，所有人都要流。”

“这不可能！”

人们在听到张晓舟的提议时，脱口而出的往往是这样一句话。

“就凭我们手边的武器？你给我找点枪或者是炮来还差不多，哪怕是有一把弩也行！不然的话，那不是送死吗？”

和张晓舟比较熟悉的人会这样质疑他，而那些和他不熟的人，则根本就懒得和他浪费口舌。

恐龙不在附近活动的时间是如此宝贵，必须要争分夺秒地寻找可以吃的东西，为什么要浪费在这样毫无意义的争论上？

“你们可以试试养殖蚯蚓。”张晓舟对这样的人往往这么说道，“不花什么时间，不需要太大的地方，喂树叶或者是纸都可以。有人已经成功地用它们诱捕到了一只秀颌龙，就是那种傍晚开始出没的小恐龙，你们也可以试试。”

“为什么要告诉他们这些？”高辉有些无法理解他的做法。在他看来，自私、只顾自己而又不听建议的人，让他们死掉算了。

他们承受安澜大厦那些人的愚蠢，想方设法让他们活下去也就罢了，为什么还要继续管其他人的死活？

“现在他们不支持我们，并不代表他们永远都不支持我们。”张晓舟说道，“人活着，就总会有求同存异，甚至是联合起来的机会，但人如果死了，那就什么都没有了。反正我们也只是随口提醒他们一下，不用费多少工夫。”

但也有少数人愿意成为志愿者，他们大多数是那些已经看不到希望的人，其中就有那几个曾经进入安澜大厦，然后又因为张晓舟的话而站出来的人。

“要怎么做？”那个曾经想要把张晓舟打得满脸是血的男人问道。他的老母亲在他带着老婆和儿子离开，到安澜大厦去寻找生存的机会之后，一个人在家里选择了自尽。等到他带着那块肉回去的时候，老人的尸体已经僵硬了。

他恨安澜大厦，恨他们不在一开始的时候就收留自己一家。

但他更恨自己。

周围那些曾经和他们一样挣扎求生的家庭依然存活着，所有的家庭成员都在。他们也许在忍受着饥饿，但起码他们还在一起。

为什么当初要鬼迷心窍，去什么安澜大厦呢？

如果像他们一样，也许现在一家人都还活着。

他埋葬了自己的母亲，瞪大了眼睛等待着张晓舟，看他是不是会履行自己说过的话。

“我们要找一个合适的地方。”张晓舟答道，“还需要更多的人手。带上你们身边所有的汽油、长矛、玻璃瓶，在安澜大厦等我！”

他让这些人在安澜大厦等他，自己则继续游说着每一幢房子里的人：必须要杀死这三只暴龙的理由，杀死它们能够得到的好处，甚至已经把它们身上的肉提前进行了分配。

“只有参与行动的人才能获得分肉的权利。”他对那些已经很久都没有吃过肉，正在饥饿中挣扎的人说道，“在这里也是等死，你们宁愿慢慢地饿死，看着家人在你们面前饿死，也不愿意跟着我们去拼一个吃肉的机会？”

“你们觉得自己能够活下来？你们觉得自己有足够的粮食可吃？”他对那些备有存粮的人说道，“你们的粮食够吃多久？三个月？半年？一年？之后呢？现在我们还有力量去和它们拼命，因为我们还有足够的人手。但如果你们眼睁睁地看着这些人去死，等他们死了之后，你们就必须自己来面对所有的恐龙。你们又能活多久？”

“如果不愿意加入，那给我们一些物资上的支持也好。汽油、酒精、长矛、橡皮筋、玻璃瓶，你们给我们这些东西，等我们成功了，你们就能分到一块肉。一大块肉！”

等到傍晚的时候，他一共召集了将近三十个人，加上钱伟等安澜大厦的志愿者，一共有将近四十个人，同时还搞到了将近四十升汽油、五瓶烈酒、七八十根用各种金属制成的长矛，还有大量的玻璃瓶、橡皮筋、松紧带、车内胎之类的东西。

“酒收起来，如果有人受伤，可以作为医用酒精使用。”张晓舟说道。

他面对着这些因为种种理由而走到这里的人，对他们说道：“你们都是勇敢的人，是所有幸存者中的精英，放心，我一定会带领你们去获取胜利，而不是带着你们去白白送死！”

“让我们行动起来！”他用力地鼓着掌说道。

首先要做的是更多的莫洛托夫鸡尾酒，这是已经在之前的那只暴龙身上进行过实测的武器。在加入其他添加物之后，汽油能够牢牢地黏附在恐龙的身体上，持续地燃烧，从而给它们带来严重的伤害。

四十升汽油可以制作两三百个燃烧瓶，就连张晓舟也没有想到自己能够搞到这么多的汽油，这让他对于成功有了更大的信心。

然后是发射器。

手工投掷燃烧瓶只有在很近的距离内才能保证准确度，而这恰恰是所有人的弱项。张晓舟有过许多次直面暴龙的经历，他比任何人都清楚，面对暴龙这样的庞然巨物时，人们将要承受多大的精神压力。很难要求这些从来都没有直面过暴龙的人能够完美地控制住自己的情绪，不害怕，不手软，身体不因为恐惧而僵直，动作不会变形。张晓舟完全可以肯定，这些都是有可能发生的情况，不会因为个别人的勇敢而有根本性的改变。

正是因为如此，他决定用工具来克服这个困难。

“我们要做的其实就是大号的弹弓，足够把燃烧瓶投掷出去的大号弹弓。”他对钱伟和吴建伟说道，“如果可以的话，最好是能够做成简易的弩，能够把长矛也发射出去！”

“大号弹弓？”

制作起来其实并没有什么难度，有汽油驱动的焊机，有材料，有人手，一切都不是问题。

但问题是，究竟要做多大？

“一个燃烧瓶大概有四百克到五百克重。”吴建伟说道，“要把这么重的东西发射到三四十米远的地方，对于拉力的要求很大，没有办法保证准头。”

“做一个架子，用脚踩着，借用腰腹的力量来拉开弹弓。”张晓舟说道，“我们可以两到三个人一组，一个人专门负责瞄准，一个人负责拉开弹弓，一个人负责点火。”

“这样可以。”钱伟说道。

设计这样一个东西对于他们来说并不是很大的问题，在这个只求实用不求外观的时代，制作一个样品也不是什么问题。

一个小时候经常做弹弓打鸟的老人提供了不少好的建议，他们用多股橡皮筋来做成拉索，弹性更大，准确度也更高了。

“但发射长矛就有问题了。”吴建伟说道。并不是完全射不出去，但准头完全就没有办法保证，有时候可以很好地命中目标，但绝大多数时候，根本没有办法确认矛会飞到什么方向，弹射出去的矛有时候甚至会在空中直接翻滚起来。

“弩的结构和弹弓本来就截然不同。”钱伟对这个稍稍有些了解，“弩是依靠弩弓的弹性来发射弩箭，而不是依靠弓弦的弹性。弓弩的弦反而要求是不能有弹性的，这和弹弓的原理刚好相反。我们手边没有材料做能够发射长矛的弩。”

“那我们怎么使用这些长矛呢?”

他们之前曾经试验了一下,这些长矛的尺寸、重心、材质都不尽相同,而且也没有人有过投矛的相关知识,距离拉开到十米之后,他们所投出去的矛几乎就没有任何准头可言,力量也非常令人怀疑。

“只能借用楼层的高度来增加杀伤力了。”张晓舟无奈地说道,“想办法把所有矛的矛尖都磨一磨,即使不能真的对它们造成致命的伤害,扎伤它们的皮,让它们流血也是好的。”

这一晚就在这样的忙碌中很快过去了,很多人因为紧张和激动而无法入眠,但他们看上去并不困倦,反而有些亢奋。

生死就看这一刻了。

“出发!”当楼顶的哨兵确认了周边的安全之后,张晓舟带着所有的人和他们加班加点制作的武器,快速地向既定的战场走去。

那是一小片相对集中的楼房,街道比较狭窄,大概只有三十米宽,楼与楼之间大声喊话就能听到对方的声音。关键是,这些房子的主体结构应该都是整体浇筑起来的,足够应对暴龙受伤后有可能出现的反扑。

张晓舟把人分成五组,分别在五幢房子上,每组有七到八个人,两个大号弹弓,配备了四十个燃烧瓶,理论上他们应该能一次性把十个燃烧瓶砸在暴龙身上,对它产生严重的伤害。

每个人都配备了两根锋利的长矛,但这并不是主要的攻击武器。只有在暴龙距离非常近的时候,才准备用这样的武器在保证安全的距离内杀伤恐龙。

最主要的武器依然是燃烧瓶。

“尽量瞄准它的头部、口部和腿部。”张晓舟对人们说道,“只要拉开距离,它们不可能攻击到你们。一定不要慌!一定不要慌!它们不可能撞破钢筋混凝土,也不可能爬到楼上去攻击你们!你们是安全的!要尽可能保证燃烧瓶砸在它们身上,而不是砸在地上,明白吗?我们不会有危险,要保证每一击都对它们造成伤害!”

房子里原有的居民对他们的到来表示强烈的不满,但张晓舟前所未有地严厉了起来。

已经没有时间去慢慢地说服他们了。这是附近最合适的地点，放弃这个地方，那他们该去什么地方设伏?

“房子毁了，你们可以到新洲酒店去住！我们不会白白用你们的房子，狩猎成功之后，每个人都能得到一块肉！”他对他们说道，“这件事情没有商量的余地，你们可以帮助我们，那样可以获得更多的肉，或者你们现在就离开这里，到新洲酒店去。”

人们痛哭起来，这样的事情对于他们来说简直就是飞来横祸。一个老妇人坐在地上大哭着，但却没有人理她。

大型弹弓被安装在楼顶，他们小心地检查了房屋的结构，确认不会因为暴龙的撞击而导致房屋迅速垮塌。

五幢房子相互之间的距离都没有超过四十米，这里的确是伏击暴龙最好的地方。

所有人都深深地吸着气，有人用地上捡来的石块进行着最后的练习，寻找着发起第一波打击的准确位置。

准确度不算高，但对于暴龙这么大的目标，在三四十米的距离内，应该不会打偏多少。

有人从房间里搜罗了一些有棱有角的铁块，准备用这些东西混杂在燃烧瓶里，给暴龙一些颜色看看。

“我们还是缺乏能够对它们一次性造成致命杀伤力的武器。”张晓舟深深地叹了一口气。如果有什么东西能够缠住它们的腿，或者是一次性打碎它们的脚踝或小腿就好了。

梁宇的担心其实也有一定的道理，以他们现有的攻击方式，最大也最好的可能性其实是把暴龙重创之后驱走。

但它们会不会因此而死去，会死在什么地方，临死之前会不会拼死反扑？这都是问题。

人们或许会有在安全的地方用远程武器攻击它们的勇气，但到毫无防护的地方去追踪它们，面对它们很有可能爆发的垂死一击？那还不一定有这份勇气。

即便是张晓舟自己也没有这样的想法。

但这些肉……如果不能获得它们，他对所有人说的话就会成为谎言，再也不会有人相信和支持他。

一定要杀了它,就在这里杀了它!

不远处的屋顶上,一面红旗飘扬起来,向周围发出了警告。

人们马上紧张了起来。

但那却是一群远山驰龙,只有四只,以非常分散的队形从楼下快速地跑了过去。

绿旗再一次竖了起来。

如果在平时,这会是很好的消息,但现在,他们却只感到煎熬。

这里是暴龙每天都一定会路过的地方,为什么今天它们还一只都没有经过?

天气渐渐热了起来。

人们随身携带了太多的东西,这让他们没有办法携带太多的水,在相互喊话之后,张晓舟让大家就近寻找燃料、容器和水,就在天台上烧水。

"烧水时远离燃烧瓶!"他提醒他们道。

等待还在继续,很快,人们就饥肠辘辘起来。

就在这时,另一个方向终于有红色的旗子扬了起来。

"注意!"张晓舟大声地叫道。

目标终于出现在了他们面前,那是一只体形稍小的暴龙,但所谓的稍小也只是和它的其他同类相比而言,对于人们来说,它依然是可怕的庞然巨物。

奇怪的是,它的身上已经明显受了伤,右侧肩胛上方的伤口像是之前留下的,而现在,它的左侧大腿上有一条长长的伤口,这让它走路的时候有些一瘸一拐。

发生了什么?

有什么东西能够伤到这样的巨兽?

但寻找答案并不是他们现在要做的事情,显而易见的是,杀死它的可能性随着它的这些伤而变得更大了!

它缓慢地走进了包围圈,张晓舟心里的最后一丝担忧也终于消除了。

所有十个大型弹弓都已经瞄准了它,人们屏住了呼吸,等待它到达这个区域的中心。

它步履蹒跚,受的伤似乎不轻,它的喉咙里发出含混的嘶吼声,就像是胸部受伤的人发出的咳嗽,但没有人在乎这一点,人们只是怀着紧张而又亢奋的心情,一路跟随着它。

燃烧瓶被点燃，张晓舟突然大吼了一声，无数橡皮筋被最大限度地拉伸之后猛烈弹出的声音同时响起，火焰瞬间就包围了那只暴龙，让它痛苦地嘶吼了起来。

“快！快！”人们大声地叫了起来。负责运送弹药的人紧张而又笨拙地把燃烧瓶重新放入弹弓里。有人甚至忘记点燃它就把它发射了出去，好在暴龙身上几乎全都是燃烧着的火焰，玻璃瓶碎裂之后，里面的混合物马上就被引燃，迸发出了绚烂的火焰。

这样的打击让这只暴龙猝不及防，它甚至不知道应该反击，还是马上逃走。

它习惯性地张嘴咆哮着，但就在这时，一个燃烧瓶恰好射进了它的嘴里，撞在它的牙齿上，裂成碎片，火焰马上就蔓延了它的整个口部，在它脆弱的口腔里造成了可怕的打击，这样严重的伤害让它彻底放弃了抵抗，跌跌撞撞地向着一个方向逃去。

“它要跑了！”张晓舟焦急地大叫了起来。

这或许是一个伟大的胜利，但如果它离开他们的阻击阵地，几天之后才死在一个他们鞭长莫及的角落，那这样的胜利必然会大打折扣！

一支长矛突然从距离它最近的那幢房子里投掷了出来，准确地命中了它的脊背！

暴龙再一次咆哮了起来，更多的长矛从房间里投掷出来，有些在它的鳞片上弹起来飞走了，但也有不少深深地扎进了它的躯体。

“来报仇啊！你这该死的东西！”高辉的声音从那个地方传来，暴龙却哀鸣了一声，继续向前蹒跚着逃去。

怎么办？

张晓舟简直要抓狂了，这样的情况下还让它逃走？

他的目光在周围寻找着，这时候，他突然想起了什么。

他丢下自己身边的队员向楼下跑去，人们惊讶地看着他，他直接冲进了这幢房子原先那些居民所住的房间。

“你们有车在外面吗？快！有吗？”他大声地问道，“快！有没有！”

房主惊讶地看着他，但最终还是把车钥匙交了出来。

“哪一辆？！”张晓舟大声地咆哮着。

汽车轰鸣了起来，在所有人的注视当中，一辆黑色的越野车呼啸着从街头穿过，从后面狠狠地撞上了那只已经受了重伤，一心只想逃走的暴龙。

汽车直接撞在它那条原本就已经受伤，后来又被烈火灼烧的左腿上，彻底失去了行动的能力，于是它哀号了一声，倒在地上，再也不动了。

人们完全愣住了，几秒钟之后，他们才醒悟过来，大声地欢呼了起来。

成功了！

张晓舟却在车子里一直没有出来，十几秒之后才有人意识到，车子撞上去的那一瞬间对于开车的人来说也同样危险。

以这样的速度撞在暴龙的腿上，和直接开车撞在路边的电线杆上没什么区别。

钱伟等人急忙从作为阵地的楼房里跑出来，向车子跑去。

地上一片狼藉，全都是碎玻璃和车体的碎片，越野车的钢制前保险杠撞得就像是一团麻花。

打开的安全气囊已经开始自行放气，渐渐地瘪了下去。张晓舟满脸血污，看上去有些惨不忍睹。

有人想把他从车上扶下来，钱伟急忙叫道："等一下！"

他小心地在张晓舟身上摸索了一下，他的呼吸正常，只是晕了过去。幸运的是，在安全气囊和安全带的双重作用下，他的骨头应该没有断，但那些血是怎么回事？

他的腿被卡在了已经完全变形的车子里，钱伟他们费了不少工夫才终于把他拖了出来。

"真是……"

人们这时候才后怕起来，为了把它留下，值得吗？

"要做人工呼吸吗？"有人问道。

"他又没停止呼吸！"钱伟暴躁地说道，"有水吗？谁去找点水？站开一点，让他呼吸！"

张晓舟的昏迷让人们对着那垂死的暴龙也丝毫快乐不起来。暴龙还活着，只是丧失了伤害他们的能力。钱伟思考了一下，把人重新撤回了房子里。

这是他们的胜利果实，是张晓舟用自己的疯狂之举换来的胜利果实，但它还远远没有被吃到嘴里。

暴龙还没有死去，它剧烈地喘息着，身体不断地起伏着，还在继续发出低沉的咆哮，警告着这些胆敢冒犯它尊严的东西。它的尾巴还在摆动，右爪还在试图移动。这让任何试图靠近它的人都面临着巨大的风险。

但它身上的某些部位还有火焰在燃烧着，大量的鲜血就像是泉眼那样汩汩往外流淌。

任谁也看得出来，它的死亡只是时间问题了。

但问题是，它会一个小时之后死，还是一天以后再死？大量的血液正从暴龙被火烧过的皮肤下面渗出来，它的伤口也在流血，毫无疑问，这么多的血将会很快被那些嗅觉灵敏的驰龙类和羽龙类发现，甚至另外两只暴龙也有可能赶过来大快朵颐。如果不及时作出处理，他们非但拿不到应得的胜利果实，反而很有可能会全部死在这里。

这是一次巨大的成功，但同时也是一个致命的陷阱。

一阵忙乱之后，张晓舟终于醒了过来。

“啊——”他痛苦地呻吟了一下，然后睁开了眼睛。

“我……这是在什么地方？”他皱着眉头，忍着疼问道，“那只暴龙呢？”

钱伟忍不住摇了摇头，自己都已经变成什么样子了，还想着那只暴龙。

“它的腿应该是断了，被你开车撞断了。”他对张晓舟说道，“现在躺在地上，已经没有办法动弹了。”

张晓舟终于想起发生了什么事情，暴龙的身体在他视线中急速变大的场景让他的身体抽搐了一下。

他挣扎着坐起来，这个动作不知道是拉伸到了什么地方，疼得他差一点掉出了眼泪。

“得赶快把它杀掉！”张晓舟说道，“不然我们所有的努力就白费了！钱伟，你的滑轮组呢？我们要赶快把它拖过来，吊到楼上去！”

那可是重达五吨的净肉，不但对城北所有的幸存者来说是一笔巨大的财富，关键是，它将成为扭转人们观念的节点！

当许多人因为对这件事情不同程度的参与而得以大快朵颐时，当他们把那令人望而生畏的暴龙吃到嘴里时，对于恐龙的恐惧一定会因此而减弱。

暴龙又怎么样呢？还不是成了我们的食物！

而那些没有吃到肉的人，一定也会因为这件事情而受到刺激，认识到恐龙并不是不可战胜的东西。

这是问题的关键!

张晓舟还想到外面去,但钱伟挡住了他:“你已经做得够多了,现在以你的情况,还是别出去给我们添乱了!”

张晓舟苦笑了一下。

他的身上好几个地方都在发疼,好在应该不是内脏受损或者是骨折,而是类似软组织挫伤之类的小伤。在现在这种医疗条件下,只能靠休养几天时间来慢慢痊愈。

“交给你了。”他只能点点头,对钱伟说道。

钱伟带着人走向那只暴龙,它的腿还在抽搐着,在地上不断地抓着,那巨大的脚爪让人望而生畏,不敢靠近。

即使是那因为相对于身体来说过于短小而经常被人认为毫无用处的前爪,对于任何人来说也是足以致命的巨物,更不要说那条还在不断挥舞着的尾巴了。

它现在的确是已经丧失了逃走的能力而倒在地上,但这并不意味着它就已经对这些渺小的人毫无杀伤力。

事实上,站在它的面前,人们突然发现,自己拿它没有任何办法。

他们手里的长矛和斧头在这样巨大的躯体面前都像是小孩子用的玩具,那巨大的头颅,用什么东西才能砍下来?

人们站在距离它四五米的地方,犹豫不决地看着它,不知道应该用什么样的办法终结它的生命。

用大量的投矛把它扎死?

“我们需要油锯。”有人说道。

但人人都知道那不可能。

这么多天以来,他们还没有见到过他说的这个东西,而且就算有这个东西,谁敢拿着它去锯这只还没有死去的暴龙?

不被它直接用尾巴抽飞了才怪!

“如果有一辆挖掘机就好了。”另外一个人说道。

人们深深地叹了一口气。

这种感觉非常糟糕,他们明明已经打倒了这个东西,只差最后一步,但偏偏他们却没有这个能力。

用大量的燃烧瓶烧死它当然可以,但现在谁都知道那是宝贵的战略物资,难道要在这种胜负已定的时刻白白地浪费掉?

“拿一根最长最坚固的长矛给我!”钱伟说道。

“你想干什么?”人们惊讶地问道,“别干傻事! 它马上就要死了! 就算现在不马上死,它也活不了多久了!”

当然是傻事。

钱伟从一个人手里拿过一根长矛,试了试它的材质。

张晓舟刚才所做的就是一件傻得不能再傻的事情。暴龙明明已经受到了重创,看样子很有可能会在不知道几天之后倒毙在什么地方。如果只是想要赶走它,那他们已经成功了。

有什么必要非得豁出自己的命去把它留下来?

如果是以前,钱伟就不会理解。

但他现在站在安澜团队负责人的位置上,所以他能够理解张晓舟这样做的理由。

他们这一次必须要成功,必须要让所有人都看到这样一个结果,而不是到处宣扬“我们已经打倒了暴龙,只是不小心让它跑了”。没有什么比实际的大块大块的肉更能让人认识到他们的胜利,也没有什么比大块大块的肉更能直观地让人认识到,暴龙也不过是动物而已。

暴龙当然会死,即使他们就这么放着它不去管,几天以后它也会自然死亡。

但问题是,那和他们还有什么关系?

只要再过半个小时,那些中型恐龙就会蜂拥而至,它们不会像他们这样缩手缩脚,更不会像他们这样束手无策。

它们也许会活生生地把这只已经丧失了逃跑能力的暴龙分吃掉。

那他们的胜利还有什么意义?

替这些恐龙作嫁衣吗?

好不容易击败了暴龙,却眼睁睁地看着它被分食,那样的局面,钱伟仅仅是想一想就知道,对于士气的打击将无比沉重。

必须尽最大努力防止事情向这个方向发展。

作为一个团队的领导，最大的烦恼就在于，有些事情你明明知道有更好的手段和途径，但你却必须用不那么好的办法去解决它。

犯傻吗？

也许吧！但有时候，你必须这么做。

他小心翼翼地从背后靠近暴龙，远远地躲开那还在不断扭动的尾巴。他曾经见过暴龙用尾巴从侧面抽打一辆面包车的场景，那样的东西如果打在人身上，说不定全身的骨头都会断掉。

暴龙从这个角度看不到他，他从暴龙脑袋侧后方的死角靠近它，抓住它后脑勺上那些在火焰中残留下来的羽毛，艰难地向上爬。

“小心！”人们叫道。

“看好周围！”钱伟对他们说道，“别被其他恐龙一锅端了！”

他一步步地向上爬，其实如果有人愿意来下面推他一把，这件事情不会那么艰难，但暴龙似乎知道他想做什么，它的尾巴突然向这边抽了过来，人们惊慌地逃开了。

钱伟只能依靠自己。

暴龙用最后的力气咆哮了起来，鲜血从它的口中涌出来，被灼烧过的舌头鲜血淋淋。

钱伟好不容易才沿着它的脖颈走到它的头颅上，这时候，它突然动了一下，似乎要从地上挣扎着爬起来，钱伟在暴龙躯体上摇晃，似乎即将从它的身上滑落，他急忙用手中的长矛深深地刺入暴龙的躯体，这才重新站稳。

它终于还是没有能够爬起来。

钱伟走到暴龙的眼角后方，大量的液体正从它的眼角流出来。

眼泪？

来不及了。

钱伟回想着张晓舟在无聊的时候曾经画给他看的恐龙头骨的形状，深深地吸了一口气，站稳身子，高高地举起手中的长矛，对着暴龙的眼睛重重地猛刺了下去。

暴龙再一次挣扎着翻滚起来，钱伟把全身力气都压在那根长矛上，才没有被它甩下去。两米长的长矛几乎有三分之二被刺了进去，他觉得自己肯定已经伤到了它的大脑，但它却丝毫没有就要死去的迹象。

他不得不把长矛缓缓地拔出来，再一次狠狠地向里面扎去。

这样反复了许多次之后，暴龙的喘息才终于缓缓地停了下来。

“钱伟！”高辉这时候却站在旁边的房子里仓皇地叫了起来。

不远处的那幢房子顶上，旗子变成红色了！

第14章

捍　卫

怎么会来得这么快?

钱伟心里一阵愤怒,但他看了看周围,凭借这些人根本就没有在这里赶走恐龙的可能。

他们或许已经可以在安全的地方用燃烧瓶和投矛来对付恐龙,但要一下子让他们变成可以与恐龙面对面搏杀的勇士,这不可能。

“快撤!”他大声地叫了起来。

人们慌乱地向最近的房子跑去,就在他们几乎进入房子的同时,一个巨大的身影出现在了刚才他们所在的那个地方。

那是另外一只暴龙,它的身上也有明显的伤痕,后背上、尾巴上都是被撕咬和抓伤的痕迹,但它显然比之前的那一只情况要好得多,行动起来并没有受到任何影响。

它显然是被那浓重的血腥味吸引而来,看到那不久前被自己驱走的竞争对手倒毙在这里,它愣了一下,随即小心翼翼地走了过来。

所有人都在看着它。很多动物都有同类相食的习性,但也有很多不会。

暴龙的食谱里会有倒毙的同类吗?

人们都希望它能够就此离开,但它却用一只脚爪按住那具尸体,低头,吱的一声,从那只死去的暴龙大腿上扯下一块四五十斤重的肉。

人们失望地叹息起来。

但它却丝毫没有注意到上百米外的这幢房子里正在窥视着它的人类，只是心满意足地大吃大嚼着。

“上燃烧瓶！赶走它！”张晓舟说道。

在这里杀死两只暴龙？

这样的事情太过于玄幻，即使是对于杀恐龙这件事情最乐观的张晓舟也不敢妄想。

那只暴龙倒毙的地方距离他们之前选择的伏击点已经有一百多米的距离，大型弹弓在这个距离已经几乎没有什么准头可言，能够有机会攻击到它的也只有距离它最近的两幢房子。

四组无法保证准头的大型弹弓，即使要驱走暴龙也是一件必须依靠运气的事情。

杀掉它？

张晓舟摇了摇头。

他们现在也许可以凭借牢固的楼房和简易的武器在特定的地方设下埋伏，但他们还远远没有野战和追击的能力。

“尽量瞄准！”他大声地叫道。

长十几米、高五六米的暴龙已经是很容易瞄准的目标，但距离却成了他们最大的障碍。

玻璃瓶本身重心不稳，在空中飞行的时候轨迹飘忽，弹弓简单的弹性结构也无法保证每次发射的准头。

只能交给运气了。

一团火光突然在暴龙身侧十几米的地方爆开，它惊讶了一下，它抬起头，在空中嗅着，却没法理解这是怎么回事。

又一团火光在它的另外一侧爆开，随后又是一团，暴龙警觉了起来，它高高地扬起头，对着莫名而来的危险大声地咆哮了起来。

它的视力非常敏锐，但却无法理解有东西能够在一百米外对自己发动攻击。

第四团火光突然在距离它很近的地方爆炸开来，玻璃的碎屑和细小的火焰甚至溅到了它的身上。

这样的伤害对于它来说当然不算什么，但却让它感觉到了某种危险。

下一瞬间，两团火光突然在它身体的两侧同时爆开，暴龙强烈地不安起来，它再一次对着那个不知道在什么地方的敌人大声地咆哮着，就在这时，烈焰突然击中了它的前肢，在那个地方猛烈地燃烧起来。

暴龙彻底惊慌了。

它从未遇到过这样的情况，连敌人在什么地方、是什么样子都不知道，就已经遭到了可怕的攻击。它用力地扭动着身体，但那团火焰却牢牢地附着在它身上，它根本就没有办法甩掉。

剧痛似乎从燃烧的地方传来，暴龙终于在这样的攻击下败下阵来，仓皇地逃离了这个地方。

"万岁！"人们再一次欢呼起来。

没有什么比这样的结果更让他们感到兴奋和自豪的，如果说杀死那只暴龙多多少少有张晓舟和钱伟的个人英雄情结在里面，那么，赶走这只暴龙实打实是他们自己的功劳。

杀死一只，赶走一只，他们突然发现，巨大的暴龙其实也并不算什么。它们的体形的确是一种威胁，但人类从来都不是依靠体形来碾轧其他动物而占据食物链最顶端位置的生物。

"快！"钱伟兴奋得不断鼓着掌，让人们行动起来。

接下来要做的事情，就是设法把暴龙的尸体分割成几块，然后吊到楼顶来进行处理。

但他们没有合适的工具，也许只能先把它吊上来？

"快！快！"他大声地叫着。

但张晓舟却突然拉住了他。

红旗并未放下。

几秒钟之后，一群远山驰龙出现在了那具尸体旁边。

暴龙对于它们来说显然有着强大的震慑力，它们一开始并没有贸然向前，只是小心翼翼地包围着那具尸体。将近一分钟之后，其中一只远山驰龙才终于鼓起勇气走上去，在暴龙流血的伤口上狠狠地撕下一块肉。

它没有任何反应。

片刻之后，所有的驰龙一拥而上，开始争抢起来。

“把人集中起来！”张晓舟说道。

他们所在的这幢楼的燃烧瓶已经消耗一空，他们小心地趁驰龙专注于分食暴龙的机会，把其他几幢楼的人员和武器集中到了这里。

两百个燃烧瓶已经用掉了五分之二。使用的时候并不觉得，这时候人们才惊觉，这样的武器真的是经不起几次消耗。

驰龙的体形和暴龙没法比，隔着一百米的距离看，它们就像是一群行动灵活的鸟。

燃烧瓶或许可以击中体形巨大的暴龙，但能打中这些驰龙吗？

“没必要和它们硬拼。”有人这样说道。

也许它们能够吃掉很多肉，但那又怎么样呢？

整只暴龙的尸体至少应该有五吨肉可以用，这群驰龙不过五六只，而且还有未成年的个体，即使让它们放开吃，能消耗掉的数量也不会太多。

它们不像暴龙那么能吃，暴龙一嘴下去就是几十公斤肉，等到它吃饱，也许一两吨肉就没了。但这些驰龙，即便它们能够吞下与自己体重相近的食物，那也不过两三百公斤肉，相对于整只暴龙来说，根本就不算什么。

“它们吃饱了自然就走了。”人们这样说道，“剩下的肉还很多，足够我们吃了。没必要在这种地方和它们硬拼。”

张晓舟看了看钱伟，微微地摇了摇头。

它们吃饱了之后就真的会离开吗？

张晓舟对此深表怀疑，更何况城市里并不是只有这一小群驰龙存在。即便它们真的吃饱离开，其他驰龙群会不会随后到来？羽龙群和之前他们曾经在副食品批发市场见过的那些似鸡龙呢？每一个群落吃掉的肉或许都不会多，但它们必定都不会错过这场饕餮盛宴。

他曾经看到过一部讲述非洲草原上野象死亡的纪录片，当一头巨象死亡时，只要几个小时，数百公里内的各种各样的食肉和食腐动物就会陆续出现，如狮子、鬣狗、秃鹫、野狗，有时候甚至还有狒狒，将它迅速吃光。

在炎热的天气下，尸体会迅速腐败，最终成为食腐昆虫的美餐，然后是各种各样的细菌。巨象的尸体在短短几周内就会成为白骨，所有的血肉都成为食物链的一部分。

尘归尘，土归土。

如果他们什么都不做，眼前的这只暴龙将会很快面临同样的命运，暴龙、驰龙、羽龙、似鸡龙、秀颌龙，他们见过的那些猎食者和他们没有见过的那些猎食者必然会轮番上场，在最短的时间内把它吃光。

张晓舟对此深信不疑。

他看着站在自己身边的人，他们已经被那些人的话所动摇，变得犹豫不决。

他们现在还有一丝因为成功赶走暴龙而产生的勇气和血性，如果等待下去，他们身上的勇气只会慢慢地消失，让他们重新归于平庸。

到了那个时候，想要说服他们会变得更加困难。

"我们现在就要杀出去。"他突然大声地对他们说道。

人们惊愕地看着他。

"暴龙也被我们赶走了，这些恐龙又算得了什么？"他大声地对人们说道，"不过是五六只中型恐龙而已，这样的东西我已经亲手杀死了很多，它们根本就不算什么！"

有人轻声地在下面嘟囔着，张晓舟大步走到了他的面前。

"你在说什么？大声地说出来！"

那个人的脸涨红了，但却没有勇气当着这么多人的面和张晓舟硬顶嘴。

"你们也许觉得他们说的没错，就让它们吃掉一些肉好了，没有必要和它们硬来。"张晓舟不再管这个人，他站在人群里大声地说道，"但我要告诉你们，这大错特错！什么叫它们吃饱了自然就会走了？我们的家人都还饿着肚子！我们自己都还饿着肚子！为什么要看着它们吃饱？为什么要看着它们这么容易就夺走我们的战利品？"

"你们退让得还不够多吗？你们逃避得还不够多吗？你们还想懦弱到什么时候?！让它们吃饱？让它们有更多的力气来屠杀我们的家人和同胞？让它们吃饱，那如果又来另外一群呢？再让它们也吃饱？"他在人群里走来走去，一个个看着他们的眼睛问道，"你们冒着风险来到这里，就是为了看着这些野兽一群群地过来吃饱，然后带着一点点残羹冷炙回去？你们冒了这么大的风险，付出了这么多，就是为了从这些野兽的口中捡一点它们吃剩的东西回去？你们想想，这口气你们咽得下去吗？真是笑话！连暴龙都被我们杀掉了！连暴龙都被我们赶走了！为什么我们要眼睁睁地看着那些畜生把本来属于我们的东西抢走？”

人们的情绪渐渐被他调动了起来。

“那些肉都是属于我们的，是我们的所有物，谁也不能夺走！那些东西想要来抢，那就杀了它们，把它们也一起吃掉！它们根本就什么也不是，只是一群野兽而已！杀掉它们！吃掉它们！”

人们狂乱地跟着他叫喊了起来，张晓舟马上趁热打铁，把人们组织了起来。

孔武有力、身材高大的人持矛站在前面，负责排成密集的队形和那些驰龙对峙，张晓舟一次次地告诉他们，只要守住阵线，那些东西就不可能伤害到任何人。

身材矮小的人负责投弹。他们将躲在人群当中，伺机把燃烧瓶投向那些长满了羽毛的动物。

“只要能够击中它们，它们必死无疑！”张晓舟大声地告诉他们，“我杀死第一只恐龙时就是这么干的！它们的羽毛上都是油脂，只要着火，几秒钟之内它们就会变成烤火鸡！”

“害怕是正常的，但不要脱离阵线，更不要试图逃走。和大家在一起，你就是安全的，逃走只会把你自己害死！一定要记住这一点！”

钱伟带着几个人，背上了滑轮组和吊绳。在人们心中的勇气和热血消逝之前，张晓舟便带着他们走出了这幢房子。

冷风扑面而来，刚刚走到街上，一半的人就已经没有了勇气。

站在这里和站在楼上完全是两回事，在安全的地方慷慨激昂永远比真正面对死亡容易。

“保持阵列，向前！”张晓舟却不给他们思考和犹豫的时间，他大声地喊着口号，激励着人们向前。

“很好！就这样！我们会杀掉它们的！”

四十个人组成的长矛阵就这样慢慢地向前挪动着，张晓舟在队列中强忍着身体的疼痛，不停地协调着人们的步伐。他鼓励着那些已经开始害怕的人，同时拉住那些过于热血的人，让人们始终密集地排在一起。

“前进！杀掉它们！”他大声地叫道，“跟我一起喊！杀掉它们！”

“杀掉它们！”人们参差不齐地叫道。

“杀掉它们！”张晓舟高声地叫道。

“杀掉它们！！”钱伟等人在人群里大声地喊着，带动着气氛。

“杀掉它们！！！”喊声终于渐渐开始有了气势，人们的恐惧也随着一次次的喊叫被驱散。

那一群远山驰龙这时候已经看到了他们，它们似乎感到困惑起来。

它们已经猎杀了许多这样的动物，但他们变成今天这个样子，还是第一次看到。

两只远山驰龙抛下了暴龙的尸体，几步就冲到了他们面前。人们突然一阵慌乱，张晓舟和钱伟急忙让他们重新排列成密集的阵势。

这两只远山驰龙大声地嘶叫起来，向他们露出尖利的牙齿和爪子，张晓舟用自己最大的声音和它们对抗着：“不要怕它们！它们心虚了，不敢上来了！不要怕它们！”

另外两只远山驰龙也跑了过来，它们分散开来，不断发出刺耳的嘶叫，试图让队列分散，不停地寻找着队列的破绽，人们惊慌地围拢在一起，就像是一只巨大的刺猬，让驰龙们无从下口。

“它们拿我们没有办法了！”张晓舟大声地叫道，“点火！准备投弹！”

一只远山驰龙突然扑到队列前面，用牙咬住一根长矛，用力地一扯，那个人一下子失去平衡，就要向前倒下。

“刺！”张晓舟大声地叫道。

旁边的几个人下意识地把手中的长矛狠狠地扎了出去，那只驰龙胸前被刺了一下，它痛苦地尖叫了起来，迅速拉开了与人群之间的距离。

“看到了吗？差一点就杀掉它了！加油！”张晓舟把那个人扶起来，大声地叫道。

人们变得稍稍有了一点信心，一名被围在中间的投弹手这时突然用力地把一个点燃的燃烧瓶向一只远山驰龙砸去，它灵巧地避开了这一击，燃烧瓶落在地上，激起一大团火光。驰龙们叽叽喳喳地叫了起来，却依然没有撤离。

“再来！”张晓舟叫道，“几个人一起来！”

他现在才知道自己当初有多么幸运，以这些恐龙的敏捷程度，燃烧瓶击中它们的可能性真的是微乎其微。如果不是当初的那只恐龙过于好奇而主动击碎了他扔出去的燃烧瓶，也许他们几个人在那个商铺里就已经死了。

他们事先就做好了计划，四个燃烧瓶一起被扔了出去，火焰包围了一只驰龙周边的区域，然后，两个燃烧瓶重重地砸在了它的脚边。

它腿上的绒毛终于被引燃，这让它彻底惊慌了起来，发出了刺耳的尖叫声。但周围的火焰却让它不敢从那上面跨越，下一个瞬间，又一个燃烧瓶重重地落在了它的脚下，更多的火焰包围了它的身躯。就像张晓舟所形容的那样，它体表羽毛上的那些油脂迅速被火焰引燃，将它整个笼罩在了火焰里面。这只驰龙终于有勇气跨越那些火堆，但身体的痛苦已经让它失去了思考和行动的能力，它蹿出去十几米远，突然彻底失去平衡，重重地摔在了地上。

剩下的远山驰龙被这样的景象吓住了，它们嘎嘎叫着，迅速从这个地方逃离，一瞬间就消失得无影无踪了。

其他驰龙犹豫了一下，跟着迅速地逃离了这个地方。

周围一下子安静了下来。

人们几乎不敢相信自己的眼睛，它们这么容易就被赶走了？

"我们赢了！"张晓舟第一个清醒了过来。这样的结果早就在他的意料之中，但结果这么好，这么容易，远远超出了他的预期，"我们赢了！"他大声地叫道。

人们终于欢呼了起来。

一些人突然痛哭了起来。

原来这么容易就能赶走它们？如果早一点醒悟过来，他们所关心的那些人，那些倒在它们利爪之下的人，也许就不会死了。

"我们赢了！"高辉兴奋地对张晓舟叫道。

张晓舟这时候已经冷静了下来，他微笑着点点头，开始和钱伟一起安排人们用绳索捆绑暴龙，给滑轮组寻找可靠的固定点。

他们只是走出了第一步。

今天他们所有的胜利都建立在大量使用燃烧瓶的基础上，唯一的进步或许是走出了这一步，第一次真正在毫无遮蔽的环境下与这些恐龙对峙。

但燃烧瓶总共就这么多，用一个少一个。

等到什么时候他们能够凭借血肉之躯和长矛赶走这些动物，那时候，他们或许才能真正大声地宣称，他们赢了。

但这一天不会太远了。

张晓舟看着周围兴奋而又忙碌的人们，无比确信这一点。

“这是你们应得的，谢谢大家！希望我们下次还能继续合作！”

张晓舟他们花费了整整三个小时才把那只暴龙大致分割开，每个参与行动的队员都获得了两大块加起来足有五十公斤重的暴龙肉，那沉甸甸的感觉让他们感觉自己就像是在做梦。

然后是那些给予了这次行动物资帮助的团队，按照他们的贡献，张晓舟送给了他们分量不一的暴龙肉，多的也许有七八十公斤，少的也有三四十公斤，每一份收益都可以说远远超出他们的预期。他们中的大多数人根本就没有指望能够有这样的回报，沉甸甸的暴龙肉让他们乐得合不拢嘴，心里的想法突然就多了起来。

接下来是所有安排了岗哨的团队，每个团队都获得了一份将近十公斤净肉的馈赠，这让那些因为觉得这么做对自己没什么好处而拒绝了这个建议的团队都后悔不已。

“张队长，下一次再有这样的事情……不是，不管什么事，你只管开口！”无数人在接过暴龙肉的时候这样大声地说道。张晓舟却只是笑着点点头，并没有多说什么。

信任已经初步建立起来，但他很清楚，这只是表象。要从中挑选出真正值得信任和依靠的人，必定会是一个漫长的过程，甚至必须经历几次失败才行。

后悔和不满的情绪开始在那些拒绝了张晓舟，或者是没有机会跟随他的团队中蔓延，很多人只能眼睁睁地看着邻居把大块大块的恐龙肉搬回家，只能闻着肉的香味流口水，他们相互之间开始指责起来。

看着别人吃肉，自己却只能挨饿，这让他们既愤怒又伤心。一些人开始恨张晓舟，恨自己获得了成功的邻居。为什么他们不去死！为什么他们没被那些恐龙吃掉！恐龙肉肯定有毒！你们就吃吧，现在吃得欢，马上都得死！

但他们没有想到，张晓舟并没有把他们完全排斥在分肉的体系之外。

整只暴龙身上的肉至少有五吨，即使是这样大手大脚地分配了一通，也只不过分掉一半多一点。在这样炎热的天气之下，这么多的肉很难保存。虽然可以制成风干肉或者是烟熏肉保存，但那样做并不符合张晓舟的想法。

他拼命地想要做成这件事情，是要把所有人的热情和勇气都调动起来，而不是简单地在幸存者中找出少数支持自己的人。

附近所有的团队于是都获得了一块暴龙肉，看团队人数的多寡，少的大概只有三两，多的也不过一斤左右。但对于那些已经许久没有尝过肉味，甚至是开始在饥饿线上挣扎的人们来说，这样的馈赠简直就是无法形容的珍贵礼物。

人们开始惭愧了起来。

“张队长……这……我们真的是……”

“这只是开始。”张晓舟对他们说道，“恐龙没什么了不起的。我们能杀得了一只，也就能杀得了更多！下一次，我希望你们也能参与进来，哪怕只是站岗放哨！”

“你放心！”许多人这样答道，“张队长，下次你千万要叫上我！我要是皱一皱眉头，我就不是人，让我立马被恐龙吃掉！”

“之前拽得要命，现在变成这样了。”高辉不满地说道，“就因为一块肉……”

“人都是这样。”张晓舟说道。走了一整天，他身体疼的地方越发疼了。但这个事情他没有办法假手他人。按照高辉的想法，他宁愿把这些肉扔了也不愿给这些没有出过力，甚至是曾经摆脸色给他们看的人。

“大多数人都只能看到眼前，只能考虑自己的一亩三分地。看不到希望，看不到好处，有多少人能有你这样的觉悟？”

“别拿我开涮啊！”高辉说道。不过张晓舟的话还是让他很受用，从某种意义上来说，张晓舟的成功至少证明了他跟随张晓舟的决定是正确的。那些在他们离开的时候把他们当作傻瓜看待的人，现在有什么脸来面对他们？

“一步一步来吧。”张晓舟叹了一口气说道，“能这么快就达到这种效果，已经大大地超出我的预期了。”

事实上，今天能够一个人都不死，完全在他的意料之外。

也许，恐龙真的没有那么强，只是之前他们这些人太弱了？

两人赶在天黑之前进了安澜大厦，大家都没有吃饭，都在等着他们。

这让他俩有些感动。

“没有酒，那我们就以水代酒！”钱伟站在讲台上，大声地说道，“为了胜利，干杯！”

“干杯！”

大块大块的肉被端了上来，这一次，每个人都有一大碗。

人人都喜笑颜开。

安澜大厦在这次行动中收获巨大。当然,他们出人最多,贡献出来的物资也最多,这样的分配方案也没有人可以说什么。

除了包括钱伟在内的十个人的五百公斤暴龙肉之外,分配剩下的骨架和骨架上的肉、筋、爪子和牙齿都成了他们的战利品。除此之外,那只被烧死的远山驰龙也有将近四十公斤肉,只是与暴龙比较起来,这点肉就不算什么了。

粗略地算了一下,虽然那五百公斤肉只能算是这十个队员暂存在团队的财产,但零零碎碎加起来,安澜大厦仅仅肉这一项,至少就获得了将近两吨,大量的兽筋按照之前的办法制备起来,爪子和牙齿也都小心地收集了起来。

刘玉成等人笑得合不拢嘴,两吨鲜肉肯定不可能几顿把它吃完,因为盐不够用,他们准备按照风干肉的做法弄一部分,用烟熏肉的做法弄一部分,这样一来,这些肉至少可以吃上几个月。有肉的话,人们对于粮食的消耗就会显著降低,这样的事情不用多,只要再来一次,安澜团队撑到玉米大规模收获时就不会有任何问题了。

城北还有两只暴龙,不是吗?

"风干肉的制作办法手抄个十几份,明天我拿去给那些收获比较大的团队。"张晓舟说道。他微微有些担心,在这样的天气下,如果不知道怎么做,那些肉很有可能迅速腐败变质,这样就太可惜了。

"这没问题!"吴建伟说道。他站在原地不知道该说什么,过了一会儿,终于说道:"真的让你弄成了。"

"还远着呢。"张晓舟摇摇头。

"你们俩名下的五十公斤肉准备怎么处理?"钱伟问道。

张晓舟看了看高辉,他们不可能背着这些肉走来走去,太重,而且不便保存。

"存着吧,还要麻烦你们帮我们弄成风干肉。"

"别说这些!"钱伟说道,"你们还是这里的一分子!"

"今晚别走了,留下休息一晚吧。"他对张晓舟他们说道。

张晓舟的房间还留着,这让他既感到意外又有些感动。他端着水盆到六楼去擦澡,人们都主动地和他打招呼。

"要擦背吗,张队长?"到处都有人问,"你的水够不够?不够用我的!"

“不用了。”张晓舟答了一路。离开之后，人们似乎更喜欢他了，这真是让他哭笑不得。

他找了一个僻静的角落，艰难地把衣服脱了下来。

盥洗室里光线昏暗，人们都在一边聊天，一边用力擦洗着身上的污垢。

张晓舟感到身上到处又酸又胀，手臂几乎举不起来。

“你这是怎么了？”一个熟悉的声音突然问道。

是梁宇。

“受了点轻伤。”张晓舟说道。

“你这是轻伤吗？”梁宇终于看清了他身上的淤青，忍不住倒吸了一口凉气，“你这怎么洗，我帮你吧。”

张晓舟没有拒绝，他也真是疼得有些受不了了。

梁宇默不作声地帮他擦着背，突然问道：“你也许是对的，但把自己搞成这样，真的值得吗？”

“你看到大家的样子了。”张晓舟说道，“你觉得值得吗？”

梁宇不再说话，沉默地帮他把难擦到的地方擦干净，然后又帮他冲了水，点点头穿上衣服走了。

张晓舟摇了摇头，再一次费力地穿上衣服，慢慢地下了楼，进了自己的房间。

钱伟、王牧林等几个人都在等他。

“怎么？又要在我这里开会？”张晓舟开玩笑地说道，“我都已经离开了还不放过我？”

“和你聊聊未来的出路。”钱伟说道。

张晓舟把东西放下，找了个舒服的姿势坐了下来。

“你们怎么想？”他问道。

“现在看起来，你的做法是对的。”王牧林说道，“如果能彻底把那些恐龙从这个区域消灭掉，或者是控制它们行动的范围，我们就能在更广阔的地域种植玉米。我们手头的种子足够种上万亩地，如果可以的话，我们应该把大部分的地面都开垦出来。在每幢楼的楼顶和有阳光照射的地方都种上玉米。”

“我们应该趁热打铁。”钱伟说道，“趁着人们的这股心气还在，一鼓作气把那两只暴龙干掉，把大部分中型恐龙消灭或者是赶出这个区域。”

“蚯蚓养殖也可以搞起来。”吴建伟说道，“我们这里有人搞过蚯蚓养殖，他说蚯蚓的养殖周期也差不多是三个月。弄得好的话，我们到时候可以试着开始养一些秀颌龙，这样一来，就有稳定而且安全的肉食来源了。”

“这我都没有意见。”张晓舟答道，“我现在只是有些担心。”

“担心什么？”

“我不知道。”张晓舟说道，“我只是觉得，现在的气氛有点不对。”

在今天的成功之后，他感觉人们开始陷入了一种癫狂状态。

这让他感到非常不安。

过分的害怕当然很有问题，但如果因为一次成功就把成功视作理所当然，那失败也许就不远了。

外面突然有人敲门，他们的谈话就这样被打断了。

钱伟看了看张晓舟，有些诧异地站起来开了门，更加尴尬的事情发生了，站在门外的是李雨欢。

“这个……呃……我们明天再聊吧！”王牧林马上说道。

三个人快速地溜走了，这让张晓舟和李雨欢一下子尴尬地僵在了那里。

“我……你……”张晓舟不知道应该说什么。

这些天来，他根本没有想到要来看一看李雨欢，说好了每天中午在安澜大厦的门口见面，也只是有过一两次，而且总是行色匆匆。

生存的压力太大，想要成功的欲望太强，这让他有意无意地忽略了李雨欢的存在。

而她的地位也非常尴尬。

说她是张晓舟的女朋友，其实他们之间真的没有发生过什么；但如果说不是，在张晓舟已经明确表明了态度的情况下，又有谁会把她视作单身的女孩？

张晓舟相信她应该是委屈的，从来没有享受过被宠爱、被追求的快乐，就这样莫名其妙地和张晓舟绑定在了一起。

但他真的是没有时间，也没有心思在这种时候去讨好一个女孩。

“对不起……”他只能这样说道。

“梁部长说，你受了伤……”李雨欢低声地说道。

张晓舟这时候才看到，她的手里拿着一瓶药酒。

他默默地点点头，把她请了进来，随后，犹豫了一下，还是把门关上了。

沉默。两人都不知道应该说什么。

许久之后，李雨欢才问道："你不脱衣服吗？"

"哦……"张晓舟慌慌张张地把上衣脱掉。朦胧的月光下，他身上那大块的淤青一下子露了出来。

李雨欢本来是带着怨气而来的，但在看到张晓舟的身体之后，她的心一下子就融化了，眼泪也一颗颗地滴落了下来。

"你怎么……"张晓舟一下子慌了手脚。

空窗期太久，他忽然发现，自己已经不知道该怎么哄女孩子了。

李雨欢却自己用手擦去了眼泪，温柔地抚摸着他的伤痕，轻轻地问道："疼吗？"

张晓舟连忙摇了摇头。

"骗人！"李雨欢说道。

她把药酒瓶拧开，让张晓舟趴下，把一些药酒倒在张晓舟的背上，轻轻地替他揉了起来。

说是不疼，但其实疼得要命，李雨欢的手劲已经不算重了，但张晓舟的身体还是忍不住微微地颤抖了起来。

李雨欢的眼泪忍不住又悄悄地滴落了下来："还说不疼！"

"身上是疼，可是你来了，那就不疼了。"

"肉麻！"李雨欢说道。她继续轻轻地替张晓舟揉着淤青的位置，让药力发散渗入。张晓舟咬着牙苦苦忍受着。

"何必呢？"李雨欢终于忍不住问道，其实这个问题她早就想问了，"就只有你最厉害？什么都只有你行？你是队长啊！为什么这些事情就不能让别人去干？"

张晓舟愣了一下，不知道该怎么回答。

"别人当领导都是作威作福，你倒好，什么都是自己带头。你真的以为自己有三头六臂吗？"李雨欢说道，"我知道你不是那种人，可是，带头吃苦也就算了，难道非要什么危险都自己来？你就不能像个正常人那样，稍微趋吉避凶一下？"

"人人都会这么想。"张晓舟轻声地说道，"如果我自己都不敢上，那我怎么让别人上？最起码在没有人敢上的时候，我没有办法缩着。不然的话，我们就什么事都做不成。”

李雨欢突然生起气来，她的手劲不知不觉地重了，张晓舟龇着牙倒吸了一口凉气。

“活该！”李雨欢咬着牙说道，但手上的力道还是轻了。

她不声不响地替张晓舟擦好了后背，把药酒放在他用来做床的沙发前，气鼓鼓地站了起来。

“剩下的你自己弄吧！”她向门口走去，张晓舟急忙一把拉住了她。

“对不起，但我真的……”

“你就做你的英雄吧！”李雨欢说道，“但请你别再说什么喜欢我之类的话了。你真的喜欢过我吗？张晓舟，你摸着自己的心问问自己。你到底喜欢我什么？为我做过什么？你从来都没有考虑过我，你脑子里永远都只有那些你认为自己必须做的事情，只有你那些长远的计划，只有你那些迫在眉睫的事情！但我没有那么伟大！我需要的是一个可以安慰我、给予我安全感的人，不是一个每天出去都有可能因为逞能而死掉的英雄！你可以理解吗？我没有办法承受这种压力！我没有办法承受你每天都把自己置于危险之中的做法，没有办法承受你随时随地都有可能变成尸体的后果！”

“但别人也是这样，在这个世界，每个人都时刻面临着危险！”

“每个人都要面临危险，没错！但别人不会总是抢着去做最危险的事情！”李雨欢说道，“你不承认吗？整个安澜大厦，有几个人像你这样？为什么别人都可以心安理得地活着，你就偏偏不行？没有了你，地球就不会转了？没有了你，所有人就只会坐着等死了？没有了你，这个世界就突然毁灭了？”她的眼泪再一次流了下来，“别把自己看得太伟大，别以为这个世界上只有你一个人看得清楚，别以为只有你一个人是聪明人。这个世界缺了谁地球都依然会继续运转下去。你死了，除了少数几个人之外，有谁会为你伤心？所有人都会找到更好的方式活下去！所有你认为自己必须去做的事情，真的必须由你去完成？”

张晓舟无法回答。

站在李雨欢的角度，这样的思考丝毫也没有。

但站在他的角度，他认为自己并没有错。

也许有人动动嘴皮子就能让人心甘情愿地去冒险，甚至是付出生命的代价，但他很清楚，他不是这样的人，也永远没有能力做这样的事情。

如果他不带头，他不知道该怎么去让别人做事。

如果他不带头，他不知道该怎么让别人去冒险。

己所不欲，勿施于人。如果连他也因为顾虑重重而变得胆小，变得瞻前顾后，那他又有什么资格让别人丢下家人跟着他去拼命？

每个人都有非要活下去不可的理由，每个人都有牵挂的人，但如果每个人都这样，都指望着别人去做那些危险的事情，那么，这些事情永远也不会有人去做。

他的手突然就这么放开了，李雨欢马上就明白了他的选择，眼泪一下子涌了出来。

这不是她想要的结果，她只是希望张晓舟能够不要那么傻，不要那么拼，但事情突然就发展到了这个地步，她什么都说不出来了。

“对不起。”张晓舟说道。他有许许多多的话想要说，但张开嘴，却什么都说不出来。

他真的没有想过这些东西，如果想过，他就不会轻率地去接近李雨欢，轻率地宣称自己喜欢她。

也许他是喜欢她的，但现在，他真的没有能力，没有时间，也没有心思去爱她。爱情是动荡时期的奢侈品，在现在这个时代，他已经没有余力去给予她那些东西了。

他对安澜团队或许可以说问心无愧，甚至可以说对整个城北的幸存者都问心无愧，但他却没有办法坦然地面对这个女孩。因为他除了一个生存的机会，真的什么都没有给过她。

“对不起。”他轻轻地打开了房门，“真的很对不起。”

李雨欢咬着嘴唇，努力不让自己大声哭出来。

她要的真的是他的彻底改变吗？

傻瓜也知道那不可能，她只是希望他能够稍稍为她考虑一些，为自己考虑一些，不要再去承受那些本来就不应该由他来承受的东西。

难道这也有错？

她只是希望他能够给她一些希望，给她多一些关注，而不是让她每天像其他人一样，从别人的口中才知道他在做什么，知道他又去冒了什么风险。

难道这很过分吗？

她真的觉得很委屈，这个男人一句软话都不肯说，一句暖心的话都没有，难道他不知道，即使只是毫无意义的承诺，即使只是毫无意义的欺骗，也足以让她脆弱的心灵在这艰难的世界上支撑下去。

但他偏偏不说。

非但如此，他还用最残忍的手段来对付她。

她仰着头走出了张晓舟的房间，努力不让眼泪落在地上，而他却依然一句挽留的话都没有说。

她强忍着痛哭一场的欲望，快步走向自己所住的女生宿舍，门刚刚关上，她就直接坐在地上，大哭了起来。

正在说着话的同伴们一下子被吓到了，她们都知道李雨欢是去找张晓舟了，但为什么回来时会是这副样子？

“雨欢，你怎么了？”刘雪梅急忙过来把她从地上搀扶起来。李雨欢看了她一眼，哇地大叫一声，扑到她的怀里，号啕大哭了起来。

“到底怎么了？”人们聚拢在周围问道。

但李雨欢只是哭，一句话也说不出来。

隐隐约约的哭声传到张晓舟这边，让他感到非常难受。

但他既然什么都给不了，又为什么要继续让对方受煎熬？

既然还没有真正开始，那趁现在分开，也许对大家都好。

他走回房间，把门关上，颓然地坐在沙发上。

一个硬硬的东西戳到他的一个淤青，让他疼得站了起来，是那瓶药酒。

他愤怒地抓起它，高高地举起来，想要把它砸在地上。

但这是宝贵的医疗物资。他的手在空中举了很久、很久，终于还是把它轻轻地放了下来。

第15章

鸟为食亡

第二天的疼痛甚至比第一天还要强烈，张晓舟几乎没有办法从沙发上爬起来，只能忍着疼先滚到地上，然后再慢慢地爬起来。

“你怎么了?”钱伟看到他的样子吓了一跳。

“我没事……”张晓舟强忍着疼说道。

“你这是没事的样子? 开什么玩笑!”钱伟说道，“那些药酒没用?”

“不是。”张晓舟答道。

事实上，李雨欢帮他揉过药酒的地方明显比没有揉过的地方恢复得好，但他昨天晚上的心情实在是太差，自己根本就没有擦那些药酒。

但这事情即便是对钱伟他也不想多说。

他今天肯定是没有办法外出了，只能委托高辉帮他把那些制作风干肉和烟熏肉的办法送出去。

“示警的旗子更多了。”钱伟说道。

之前整个区域内，大概有二十几幢房子上设立了岗哨，但今天早上，几乎所有有人居住的房子上都竖起了旗子。

这对于在周边活动的人来说，无疑是一个非常好的情况。

他们可以更加准确地判断恐龙的位置，更加及时地采取相应的措施。

肉食攻势的效果果然非比寻常。

“今天你们的安排是什么?”张晓舟问道。虽然身上疼得厉害,但他还是不愿意就这么躺着。

“最大的事情就是处理昨天的那些肉,不然就全坏了。”钱伟说道,“还有一个组继续出去挖土,一个组在地下车库拆那些桥架和电缆。”

这几件事情张晓舟都帮不上忙,他又不想在楼里乱走,以免碰到李雨欢尴尬。

从理论上来说,他已经不是安澜团队的人,这让他突然有了一种古怪的疏离感。人人都在忙碌着,他却偏偏没有事情做。最后他干脆慢慢地走到楼顶,观察周围的情况。

安澜大厦的后面,大约二十个人正在埋头苦干。也许是受了昨天那些成功的鼓舞和刺激,人们明显有干劲得多。那个大铁笼依然放在开挖泥土的地方附近,李洪带着一队人手持长矛在附近警戒。里面有好几个都是昨天参与了行动的人,他们今天看起来明显有信心多了。

“张队长。”哨兵们和他打着招呼。

“我已经不是队长了。”

“一样,一样!”哨兵们呵呵地笑着说道。

张晓舟不想在这个事情上纠结,他看着远处,看到高辉和李彦成从一幢房子里出来,应该是刚刚把制作风干肉和烟熏肉的办法交代给了房子里的人。

那幢楼的人一直把他们送到楼下,彼此之间看上去很融洽。

很多人在房子周围的绿化带里寻找着可以吃的东西,虽然已经有了暴龙肉,但很多人还是精打细算,抓紧一切时机来补充食物的存量。有一些人明显是在挖蚯蚓,看起来已经有很多人开始认真地考虑张晓舟对他们说的话,并且遵照执行了。

靠东北面的房子上飘扬着红色的旗子,但距离这边还有一段距离,张晓舟开始考虑,是不是要把现在过于简单的旗语重新设计一下,让它能够传递更复杂的信息,帮助人们更好地避开危险。

这时候,他突然看到,一群人手拿着长矛和一些明显是燃烧瓶的东西,向着红旗飘扬的地方去了。

张晓舟的心仿佛一下子被揪了起来。

那群人有二十多个，里面有几个人张晓舟认识，都是之前拒绝了他邀请的人。

他们想自己去杀恐龙？

“张队长！”哨兵惊讶地叫道。

“我看到了！”

张晓舟他们一直看着那些人消失在楼宇之间，他们看上去信心十足，但是……张晓舟觉得他们的队伍过于分散，人手也有些不足。

仅仅是一幢楼不可能聚集起这么多人，他们一定是邀约了周围几幢楼的人一起行动。

也许是听了昨天他们烧死一只远山驰龙的事情，让他们觉得这并不难。又或者，他们觉得自己分到的肉太少，决定自己动手来丰衣足食？

人们有这样的心气当然是张晓舟乐于看到的，但这些人的行动让他觉得，他们并没有经过很慎重的考虑和准备。他们手中的燃烧瓶数量明显不多，而且有好几个人既拿着燃烧瓶又拿着长矛，他们到底准备用什么武器来对付恐龙？他们从这么远的地方过去，如果目标和他们想象的不同，那他们准备怎么应对？

但是在这里却看不到他们所在的位置是什么情况，张晓舟只能通过观察红旗下面哨兵的行动和表情来猜测发生了什么。

但离得太远，即使是用望远镜也没法看清楚。

唯一能够确认的是，红旗一直都没有放倒，相反，有更多的房子立起了红旗。

他们究竟遇到了什么？

张晓舟和哨兵们焦急地等待着，希望能够看到他们拖着恐龙尸体满载而归的情景，但几个小时之后，他们依然没有看到那些人回来。

红旗渐渐变成绿旗，高辉和李彦成一路小跑着往这边走，但那些人始终没有露面。

张晓舟不顾身体的疼痛，跑到楼下去迎接他们。

“你们看到了吗？”他抓住高辉问道。

“太惨了。”高辉不停地摇着头，“太惨了。”

当那群人信心十足地向红旗的方向走去时，高辉和李彦成正把一份风干肉的制作方法交代给一个和他们合作比较密切的团队。

很多团队在一开始收集物资的时候都没有想到要收集食盐,这让他们的盐存量在日常消耗上都有问题,根本就不可能用来腌制这些暴龙肉。

这个团队除了提供汽油和长矛之外,一名重要成员也参与了直接行动,这让他们获得了将近一百二十公斤暴龙肉。这么多的肉让团队的每个成员都欣喜若狂,但很快他们就发起愁来。

要腌制这么多的暴龙肉,即便把他们所有的食盐都用光也未必够,他们把暴龙肉分割成小份,试着在火上烤干,也试着准备做一些风干肉,但因为不得要领,效果非常糟糕。

高辉和李彦成送来的东西对于他们来说简直就是雪中送炭,让他们感激不尽。

他们一定要留高辉和李彦成吃饭,也正是在这个时候,他们看到了那支参差不齐的狩猎队伍。

“他们根本就没有什么组织可言。”高辉摇着头说道。

这些东西在没有出事的时候几乎不会有人在意,但等到看到截然不同的结果时,人们才惊异地意识到,其实问题往往出在很小的细节上。

那应该是由周边几幢房子的人临时组合起来的队伍,他们没有明确的分工,也没有人来负责统一发号施令。好几个人都是一手拿着长矛,一手拿着燃烧瓶。高辉看到他们的时候就在想,遇到了恐龙之后,他们究竟是准备用长矛来挡住它们的进攻,还是准备用燃烧瓶去杀伤它们?

他们的队列也不严整,显然是按照关系的亲疏分成了几队,乍看上去是一支队伍,实际上却不然。

没有人居中调度,他们之间便出现了三四米远的空当。

这样的空当在和平时代当然很正常,任何人都不可能紧紧地挨在一起走路。

但他们却忘了,此时此刻,他们要去面对的是这个世界上最凶残的猎手之一。

高辉和李彦成跑到楼顶,看着那些人以这样既不紧密又不松散的队形,信心十足地向着红旗正在飘扬的方向走去。

袭击突然从右侧发起!

在他们意识到发生了什么之前,已经有两个人被扑倒在地上。

人们在刹那间就彻底陷入了混乱。

有人紧紧地握着长矛，怒吼着向恐龙冲去，有人慌乱地准备点燃手中的燃烧瓶，也有人被那血腥的场面惊呆，甚至扭头就跑。

本来就不紧密的队伍甚至还没有机会形成长矛阵，就这样在行进的过程中被彻底摧毁了。

袭击他们的是被张晓舟命名为远山羽龙的品种，最先发起攻击的是色彩黯淡的雌性，随后三只雄性羽龙快速而又坚决地从后方扑向还在抵抗的人，用尖锐的脚爪划开了他们的身体，撕咬着他们，让他们彻底失去了抵抗和逃走的能力。

“一个人都没有活下来。”李彦成摇摇头说道。

他们甚至没有机会逃进距离自己最近的下水道井口，这群羽龙应该是张晓舟和高辉曾经看到过的那一群，整个群体有十几只。它们很快就分食了其中的几个牺牲者，然后拖着剩余的尸体，消失在了楼宇之间。

所有人都沉默不语。

这样的结果让人有些无法接受，但仔细想想，却也在情理之中。

张晓舟他们赢得轻松吗？

很多人也许会这么想，但他们却忽视了，当时张晓舟他们的队伍里有将近四十人，而他们面对的远山驰龙不过五六只。非但如此，他们的队伍中有将近三十名长矛手，形成了一个近乎圆形的阵势，圆圈中心则是十名投弹手，有着明确的分工。张晓舟和钱伟在路上一直不停地通过喊叫和口令来保持这样的阵势，并且一直在提醒每个人应该做什么。

即便如此，长矛阵也并没有在攻击中发挥决定性的作用。他们消耗了几乎和赶走的暴龙数量相同的燃烧瓶，才终于杀死了其中一只驰龙。

保持这样的阵势并不是一件容易的事情，如果他们的目的不是要夺回那具暴龙的尸体，而是要去追击那些驰龙，那他们很有可能会在路上就把所有的体力和勇气都消耗殆尽，并且在追击过程中让队形变得分散，最终反过来成为猎物。

他们现在还只能被动防御，或者是在某个地方设下陷阱，远远没有到能够主动出击的时候。

“我们得去警告其他人。”张晓舟说道。

“这样的事情不用你去做，也不适合由你去做。”王牧林说道，“你放心，就像你们的成功一样，这样的事情一定会很快就被所有人知道。”

张晓舟默默地点了点头。

就像王牧林所说，最不适合去做这件事情的就是他。任何人都可以谈论这件事情，为这些人的死叹息，但他不行。他在这种情况下出面，会让人们觉得，他是在利用这个机会扩大自己的影响。

“你看，只有跟着我才能赢。想自己出去单干？看到那些人了吗？”

他的任何善意都有可能被曲解为这样的意思，在这种时候，最好的选择就是什么也不做，让人们自己去思考失败的原因，而不是站在胜利者的角度去分析他们的失败。

“你正好养养伤。”钱伟说道，“休息一下，策划下一次行动。”

这些人的失败让他们警醒，老常和李洪加强了警戒人员的配置，并且一次次地进行着模拟演练。暴龙出现了该怎么办？如果是驰龙和羽龙又该怎么办？

在不同位置的人要采取什么策略，哪些人负责防御，哪些人负责攻击，哪些人负责投弹，所有的分工都必须搞得清清楚楚，每个人都必须知道，出了状况之后，自己应该做什么。

这一套预案还没有经过现实的检验，但至少这已经是他们能够做到的极限了。

在完成了这样的训练之后，人们劳作的效率反而提高了，安澜大厦的楼顶上终于渐渐铺满了混合了草木灰的泥土。

“这土太贫瘠了。”团队里的老人有些发愁地说道。

从砸开的地面下挖出来的泥土当中，混合了大量的建筑垃圾，他们不得不一直进行清理，直到下层情况才稍稍好一些。

按照人们的回忆，这个地方以前应该是一片菜地，那么，土质应该不错才对。但到目前为止，他们所挖到的全都是极度缺乏有机质的红土，就像是从山里开挖出来的生土。

吴建伟分析，应该是原先的土地标高不够，于是建设的时候从别的地方拉土来填埋导致的。

老人们都在说，这样的土不经过几年的改良，根本就没有办法种好粮食，黏性大，酸度高，容易板结，虽然加入的草木灰能够在一定程度上改善土壤的酸碱度，但那些草木灰本身也是木板和家具燃烧之后形成的灰烬，比起正常焚烧秸秆和荒草所得到的草木灰，肥效差了不是一丁半点。

“后期的追肥必须要加强，现在就要开始把化粪池里的粪便淘出来。”钱伟说道，“李雨欢，这个事情你们农牧部要列个计划，尽快安排起来。”

李雨欢点点头，在本子上把这个事情记录下来。

张晓舟有些尴尬，干脆走开了。

人们都知道他们之间出了问题，刘雪梅也悄悄地来劝过张晓舟，但他已经认定的事情，很难被别人改变。

“都是我的问题，和她无关。你们要是想帮忙，就别再扩大这个事情的影响，让它淡化吧。”他对来劝他的人这样说道。

有些人无法理解，但也有人猜到了他这样做的理由。

但不管怎么说，感情的问题永远都是外人没有办法也无从插手的，面对张晓舟的决绝，他们只能叹息着离开。

张晓舟身上的伤痛渐渐好了起来，虽然并没有痊愈，但对于他的行动已经没有阻碍，于是他决定离开安澜大厦，重新回到新洲酒店去。

“李雨欢那么好的女孩，你真的决定放手了？”高辉在路上喋喋不休地问道。

张晓舟摇了摇头，不想回答这个问题。

“你想过吗？就算你放手，可你们始终有过这么一段，谁会不顾你的面子去喜欢她？你这不是让她‘守活寡’吗？”

“你有完没完？”张晓舟一下子愤怒了起来，但这的确是很让他揪心，也是他无法解决的一个问题。

“好好好，我不说这个了，行了吧？”高辉举起双手说道，但过了一会儿，他忍不住又回到了这个话题上，“也许过一段时间就好了。她们的思维还停留在以前，但终究是要改变的！”

“改变什么？”张晓舟忍不住问道。

“婚恋观念啊！”高辉说道，“最简单的，以前谈恋爱要一次次地约会，培养彼此之间的好感，要吃饭，看电影，出去玩，还要送礼物。现在，谁还有闲心弄这些？就算想弄也没地方弄啊！以前结婚要看有没有房子，有没有车子，有没有存款，但现在谁还看这个？谁更聪明，谁更有力量，很快就只会看这些了吧？你看现在有多少团队都已经是女多男少，甚至是只有女人了？不是我乱说，以我们俩现在的条件，只要我们肯点头，那几个全女性团队的年轻女人肯定都愿意跟我们走、随我们挑，而且绝对不会在乎情啊爱啊什么的，甚至都不会在乎我们有几个女人！这是生产力和生产关系决定的！”

张晓舟忍不住被他的话给逗乐了，觉得有些可笑：“那你为什么还不赶快挑几个？最起码把你的处男问题给解决了吧？”

高辉愣了一下，随即摇了摇头：“现在还不是时候。”

“不是时候？”

“最起码我得要能养活她们吧？总不能她们跟了我，还成天冒险到外面去到处找草根和野菜吃吧？”

张晓舟被他的话逗乐了，他竟然真的想过要“三妻四妾”了？

严烨和王哲看到他们过来都有些惊讶。他们已经四天没有回到这里，按照王哲的猜测，他们也许是已经回到安澜大厦去了。

“这是你们的。”高辉说道，同时把一个沉甸甸的袋子递给王哲。

“这是？”王哲疑惑地说道。他把袋子打开，发现里面是一些食物。

“我们已经开始推广养殖蚯蚓和用蚯蚓做诱饵抓捕秀颌龙的做法，这个算是你们的专利使用费吧。”张晓舟解释道，“本来是应该给你们肉干的，但时间太短，风干肉现在还没有弄好。”

“这……这太多了，不合适吧？”王哲惊讶地说道。

养殖蚯蚓并不是他们的发明，他们最多可以算是第一个回忆起这种做法的人。

至于用蚯蚓做诱饵抓秀颌龙，这也许是他们的创意，但这样的事情没有任何技术含量，即便不是现在，未来也一定会有人想到。

但高辉递给他们的袋子里却有三个罐头和一袋米，甚至还有两瓶果汁饮料，这些食物在以前真的不算什么，但现在，简直就是奢侈品！

“你们别嫌少就行了。”张晓舟说道。他这时候才想起，因为新洲酒店的位置距离其他地方都比较远，王哲和严烨他们并没有机会知道他们成功猎杀了一只暴龙。

他们也许看到他们把那些东西运进运出，但未必能够猜到那是什么。这也正常，谁能想得到他们竟然能够杀死一只暴龙？

“别客气了，这是你们应得的。”他对王哲说道。

王哲和严烨却再一次忐忑了起来，他们之前就一直在怀疑张晓舟和高辉的用心，只是随着对他们所做的事情的认识的改变而渐渐淡了下来。

可现在，这样的想法因为这些东西一下子又冒了出来。

好在高辉马上就解决了他们的困惑，在张晓舟重新整理和布置他们的房间时，他绘声绘色地向王哲和严烨描述了他们杀死那只暴龙的经过。

“你们是没看见！”看着王哲和严烨惊讶的表情，他心里爽得不得了，“张晓舟当时简直就是超神附体，直接开着车就撞了上去！那只暴龙还想跑？咯噔一声，一条腿就这么折断了，惨叫一声摔在地上。啧啧，那场面，真是没有办法形容！”

对于他描述中那些显而易见夸大的成分，严烨和王哲都直接选择性地无视了，在相处过好几天之后，他们已经知道他的话里多多少少有些浮夸的成分。但即使是这样，高辉传递给他们的信息也足以让他们感到惊讶了。

他们已经目击过安澜大厦团队杀死中型恐龙——按照高辉的科普，那些恐龙的学名应该是远山驰龙和远山羽龙——严烨对这一点很怀疑，不知道是不是高辉自己的命名。但他们真的没有办法去设想，张晓舟竟然敢带着人直接去狩猎暴龙。

严烨因为高辉描述中张晓舟在暴龙即将逃走的那一刻所采取的果断措施感到热血沸腾，而王哲则惊讶于高辉描述的收获。整只暴龙给周边区域的幸存者提供了五六吨多重的净肉，仅仅是安澜大厦一幢楼就得到了将近两吨！

这是什么概念？

他真的想象不出来。

“我还有五十公斤暴龙肉存在安澜大厦，随时可以换东西。”高辉不无炫耀地对他们说道，“现在去城北，只要报我和张晓舟的名字，别的不敢说，一顿饭你们总是能弄到的。”

张晓舟听着他神气地对严烨和王哲吹牛，只能摇头苦笑。不过吸收王哲是他们的既定目标之一，只要能够激起王哲对更好生活的向往，他也不会阻止高辉的这种炫耀行为。

三人正吹得厉害，严淇突然慌张地跑了过来：“哥，有人来了！”

一行人吓了一跳，马上拿起各自的武器跑到窗口，高辉看了一下，故作轻松地说道：“没事，是和我们一起杀暴龙的人，应该是来找我和张晓舟的！”

“我要加入。”

来者有些出乎张晓舟的意料，是那个应该一直很恨他也很恨安澜大厦的人。他的妻子和儿子因为安澜大厦的拒绝而惨死在大厦门外，他的母亲又在他们离开之后自杀，这让张晓舟无法信任他。

他也许会因为仇恨而想要杀恐龙报仇，但他对安澜大厦的仇恨绝对不会比对恐龙的少。

“为什么？”他不得不问道。

“我要杀恐龙。”那个人答道，“但现在，只有跟着你才能杀更多的恐龙。其他人都没用，只是白白送死。”

“你知道那件事了？”

“我就住在那附近，亲眼看着他们被杀死。”男子脸上的肌肉抽搐了起来，那些人被恐龙杀死的场景让他又想起了自己的妻儿。他已经不记得他们被杀时的样子，但那些人的死，无情地把那一幕重新放在了他的眼前。

他的理念与张晓舟的想法完全不同，但也有相同的地方。

他把背后的大旅行包扔在地上，拉开拉链，里面全都是各种各样的食物，还有一个装满了液体的塑料瓶。

“这是我用分给我的肉和周围的人换的，这瓶是汽油。”他看着张晓舟说道，“这些东西都交给你处置。我只有两个要求。”

“你说。”

“第一条我已经说了，我要杀恐龙，越多越好。”他盯着张晓舟的眼睛说道，“只要你不是故意让我送死，我愿意执行任何命令。”

“这没问题。”

“第二条，我不想和安澜大厦有任何瓜葛。”

张晓舟沉默了一下：“但如果要杀更多的恐龙，我们不可能和安澜大厦割离，就像杀暴龙的这一次，安澜大厦的人手、设备和物资都是必不可少的助力。没有安澜大厦的帮助，仅仅依靠我们几个人，什么都做不到。”

“这样的合作可以，但我希望我们这个队伍和安澜大厦没有任何隶属关系，无论什么时候也不会和他们合并。”

张晓舟看着这个人，很久之后，终于向他伸出了手：“好，我答应你，你叫什么？”

“王永军。”

严烨和王哲在旁边看着这一幕，两人只犹豫了一下，便错过了加入的机会。

张晓舟和高辉他们当然可以相信了，但这个王永军？

严烨可以清楚地从他身上感受到一股暴戾之气，这让他本能地感觉到了危险。为了妹妹的安全，他不可能和这样的人合作。

“这是王哲，这是严烨，他们住在十楼。”张晓舟向王永军介绍着他们，两人勉强地笑了一下，提着东西匆匆地下了楼。

王永军看出来他们对自己有戒心，但他根本无所谓。

“我们住几楼？”

“十六楼。”高辉答道。

他对这个王永军也有些戒备，但是……他总不会半夜把他们俩杀了报仇吧？

王永军在旁边找了一个房间住下，但吃饭的时候三人还是一起。这种环境下，能用的烹饪方法不多，无非就是煮、烤，一堆火能够解决两个人的吃饭问题，当然也能解决三个人的吃饭问题。

但气氛却比张晓舟和高辉两个人的时候要尴尬得多。他们都知道王永军身上所发生的事情，这种情况下，再去问他过去的生活显然不合适。他又不喜欢安澜大厦，于是与安澜大厦有关的话题也不能提。

高辉一下子变得很痛苦。

“我们什么时候再去杀恐龙？”王永军突然问道。

“再过三天。”张晓舟答道。

“为什么还要等三天？”

“我们要收集更多的汽油，制造更多的燃烧瓶，也要制造更多的发射器。安澜大厦那边这几天抽不出时间来做这些事情，他们答应我三天以后拿出来。”张晓舟答道，“杀死或者是赶走在我们这个区域活动的恐龙是很重要的任务，但我们不能打没有准备的仗。”

王永军点了点头：“那我们干什么？”

“收集汽油。”张晓舟说道，“收集物资。”

汽油现在对于他们而言，说是最为重要的战略物资也不为过。加工金属材料时，焊接、切割和打磨都需要用汽油驱动发电机和焊机。而用来攻击和驱赶恐龙的燃烧瓶，汽油也是最重要的原料。

但张晓舟上一次已经把分散在各个团队手上的汽油用得差不多了。也许某些团队手中还存有一些，这几天由张晓舟出面应该能要到，但数量肯定不会多了。

张晓舟现在唯一能够想到的目标，只有高速公路下那些被遗弃的汽车。

那些汽车当初是准备用来运输粮食的，油箱里肯定还有汽油。虽然经过十几天的暴晒有可能自然挥发了一些，但把那些车子里的汽油都收集起来，总量肯定不会是一个小数目。

“我已经弄到一台简易的手动抽油泵，拆油箱的工具也已经准备好了。”张晓舟说道。

王永军点了点头。

“但那个地方太危险。”高辉说道。

“所以我们需要召集一批人。”张晓舟答道。

暴龙没有爬上高速公路的能力，最大的危险来自那些有可能出现的驰龙、羽龙或者是似鸡龙，在空旷而开阔，没有下水道也没有遮蔽物的高速公路上，被这些鬼东西发现的话，基本上就是死路一条。

安澜大厦的那个铁笼不可能搬到这里来，唯一可以倚仗的，只有曾经成功过一次的长矛阵。

“那些车子里还有很多食物，以此为代价，应该可以说动他们。”

现实和张晓舟的判断是吻合的。这一次他专门选择那些面临断粮危险的团队，粮食的诱惑和张晓舟一直以来保持的成功纪录让他们几乎没有任何犹豫就同意加入。

自愿参与的人数甚至很快就超过了一百人，很多女人甚至是老弱病残的人都跑来报名，张晓舟等人不得不在其中挑选看上去比较靠得住、孔武有力或者是行动灵活的人，并且尽量涉及更多的团队，最终凑齐了五十个人。

“张队长，我们也可以帮忙的啊！”许多落选的人不甘心地说道，“就算是搬搬东西也可以啊，我们不要你给报酬！真的！”

“真的没有多少东西，这些人已经足够了。”张晓舟第一次面临这种人力资源过剩的情况，这让他既感到高兴又有些无奈，“马上我们还会组织狩猎，到时候会需要更多的人，你们留着力气，等到那个时候再出力吧！”

“那就说定了！张队长你到时候一定别忘了我们啊！”人们兴奋地说道。

之前那些人的惨败似乎根本没有在他们的心里留下什么涟漪，又或者那些人的惨败反倒让他们开始崇拜起张晓舟这个人了？

张晓舟让高辉带着人到安澜大厦去吃早饭。因为人手太多，安澜大厦这一次并不需要出任何人力，但这顿饭可以作为他们的投资，分得一部分收益。

他们接下来要进行的是高强度的活动，饿着肚子，张晓舟怕他们没有办法坚持下来。

张晓舟则回到新洲酒店进行侦察，城北的那两只暴龙不知道去了什么地方，至少新洲酒店的楼顶以及周围那些房子上的警示旗没有找到它们。

他可以看到一小群驰龙在东北方向活动，而那群羽龙则在西边靠近地质学院的地方待着。

南边的暴龙则找到两只，其中一只依旧是在何家营周围走来走去，而另外一只则在副食品批发市场附近活动。另外一只暴龙一直没有出现，不知道是躲在什么地方，还是已经离开了城市的范围。

他们距离行动的目标都不是很远，但有足够的时间可以用来预警。

他再一次把行动方案在脑子里过了一遍，确认没有问题，这才匆匆忙忙地下了楼。

严烨在楼梯口等着他，这让他有些意外。

“我们也可以加入行动吗？”他对张晓舟问道。

“当然！我们这次也需要你们在楼上给我们预警。”

“不是，不是预警。我的意思是，我能不能和你们一起战斗？”严烨问道。

张晓舟有些意外。

他当然不会怀疑严烨的勇气，事实上，这个少年是他见过的下手最狠辣的人之一。就算是他曾经见过的那些混混里，很多人也许都比不上他。

这种狠辣当然不能等同于勇敢，但至少转化为勇敢的概率很大。

“为什么？”他忍不住问道。

“在这个世界上，总有一天要面对这些东西。既然是这样，主动面对它们，搞清楚要怎么对付它们，总比在某个时候遇上它们却不知道该怎么办强。”

这样的答案有些出乎张晓舟的预料，虽然并不完全相同，但和他强迫自己面对暴龙的理由非常相似。

他不禁多看了严烨一眼。

“好！”他点点头说道。

王哲和严淇对严烨突然的决定既不理解也不支持，他们并不缺粮食，也没有非要去面对恐龙的理由，但严烨心意已决，根本就听不进他们的话。

想要报父母被恐龙杀死的仇是一方面，但更重要的是他对于未来的认识。

这个世界已经不像以前，过去他们可能一辈子也不会有面对这种危险的机会，一辈子也不会需要凭借自己的勇气和双手去面对凶残的敌人，但现在，谁敢说自己一辈子也不会迎面碰上恐龙？

从何家营出逃时，差一点就被那些恐龙吃掉的经历依然历历在目。同样是临时聚合在一起的乌合之众，为什么何家营的护村队不堪一击，死伤累累；而张晓舟却能够带着人杀死比那些恐龙更大、更危险的暴龙？

他想亲眼看看这里面的不同。

队伍在新洲酒店门口会合，加上张晓舟、高辉、王永军和严烨，整个队伍一共有五十四个人。

高辉用背包背着十来个燃烧瓶走在前面，其他人拿着自制的长矛跟在后面，队列稀稀拉拉，看上去很让人丧气，在严烨看来，他们甚至远远不如何家营的护村队。

张晓舟也微微地皱了皱眉头。

高辉的威信显然远远不如钱伟，能力和意识也差了一大截，好在周围的房屋顶上都还是绿旗，他们现在所在的区域应该能够保证安全，这些人没有受过任何形式的军事训练，站到这里完全凭借的是一腔热血和对粮食的渴望，他也没有理由在这个时候去指摘他们，给他们泼凉水。

他向人们讲述了新洲酒店楼上五种不同颜色旗子的意义，又简单地说明了要做的事情，然后便在人群里进行了简单的分工。

与之前那次行动一样，他把那些身高力大的人安排来做长矛阵的中坚，看上去意志坚定、临危不乱的人来做投弹手，其他人则作为搜寻汽车、搬运物资和抽取汽油的劳动力。

“物资我们最后按照贡献进行分配，如果有人私藏，发现之后马上驱逐出去，什么都拿不到，以后也别想再有机会参与行动！”他对人们说道，“如果有恐龙过来，马上丢下手边的东西逃回高速公路上来，利用地形和它们对抗。所有人听我的指挥，清楚了吗？”

“没问题！”“好！”“放心吧！”

人们纷乱地答应着。

这也许是张晓舟最大的依靠，这些人来自不同的地方、不同的团队，如果换一个人，也许很难让他们信任，也很难令他们服气。大家都没有办法证明自己比别人更强、更睿智、更有能力，而他们也不会轻易地相信别人，把自己的生命安全轻率地交给别人来控制。

但张晓舟的几次成功现在已经在城北这个区域内广为流传，从最初在超市烧死那些速龙，到组织车队去副食品批发市场抢回大批粮食，再到不久前带领人们杀死暴龙，一次次的成功让他自然而然地在这些其实根本就不认识他的人里有了足够的威信，让他们愿意相信他，按照他的指挥行事。

张晓舟看了看新洲酒店的楼顶，王哲在上面挥动了一下白色的旗子。

“抓紧时间！出发！”

队伍开始按照分工向高速公路行进，作为长矛阵中坚的人走在前面，投弹手在后，而其他人则跟在后面。

高辉和王永军都是长矛阵中的一员，严烨则成了三个投弹手中的一个。这和他设想的有些不同，不过张晓舟对人员的分配并不征询任何人的意见，他只能接受。

队伍很快就穿过了新洲酒店和高速公路之间的公路和绿化带，沿着那个土坡爬上了高速公路。

张晓舟一直小心地控制着队伍前进的节奏，他不时地回头看着新洲酒店楼顶的旗子，以确保行动的安全。

几分钟之后，他们全都站到了高速公路的旁边。

张晓舟把提前准备好的打上了绳结的被单放了下去，一共八条，被单的另外一端则系在了高速公路边的隔离栏的支架上。

正常体能的成年男子拉着这样的绳索，应该能够很快踩着六十度的墙爬上去。就算他们没有足够的体力，只要能牢牢拉住绳索，上面的人也能迅速地把他们拖上去。

“开始吧！”张晓舟说道。

他身上的伤还没有完全好，于是他没有到下面去，而是留在高速公路上统筹指挥。

二十几个人小心翼翼地拉住绳索爬了下去，站在高速公路上，周边的情况一览无遗，这让他们心里稍稍有了些底气。

这里一共有十辆车子，但只有三辆还保持着正常的四轮着地的状态，那天他和高辉逃走之后，那只暴龙一定是拿这些东西好好地发泄了一下自己的愤怒。

“先把车里的东西搬出来！”他压低了声音指挥道，“检查一下，已经坏掉的东西放在旁边，先把还完好的东西运过来！”

当天络腮胡他们这些车子全都超载得厉害，粗略估计一下，这十辆车子里至少应该有超过二十吨食物！

其中很多都是一袋袋的大米、面粉、面条之类的东西。张晓舟在里面看到了很多玉米种子，那天络腮胡他们一定是把李雨欢供职的那家种子公司搬了个空。它们大多数都是用布袋、编织袋之类不防水的袋子来盛放的，风吹雨淋了十几天之后，当中很大一部分都已经霉烂变质，没有办法再吃了。

很多袋子上已经长满了黑色和绿色的霉斑，人们对于这样的情况痛心不已，叹息声一直就没有停过。

如果这些粮食能够运回城北，该够多少人吃啊！

“真是造孽啊！”人们一边把霉烂的粮食从车子里搬出来扔在一边，一边愤慨地说道。

“抓紧时间！”张晓舟不得不一边回头看着新洲酒店那边的旗子，一边催促着他们。

好在也有不少高档的粮食是真空包装或者是塑封起来的，这时候，过度包装反而让它们保存得非常好。一些粮食之前可能是处于散装状态，被他们用塑料袋胡乱包装起来之后，也幸运地保存了下来。然后是腊肉、香肠、火腿之类塑封后的肉食，各种各样的罐装食品，各种各样用塑料袋包装的零食。

罐头、糖果、饼干、坚果、薯片，甚至还有成箱成箱的方便面，打开那些车子之后，每一辆车都像是一个隐藏的宝库，让人们的心情又渐渐地好了起来。

一个个的筐子被装满东西搬到高速公路上，人们快速地穿梭奔走着，把那些掉落在地上的食物一一收集起来，放进各式各样的背包里，用那些绳子提到高速公路上。

人们的心情也随之好了起来。

虽然一大半东西都已经不能要了，可就眼前看到的东西，林林总总也应该有好几吨了。尤其是那些方便面和薯片之类的东西，重量不大，但却很占地方，看上去数量很多。

“汽油！”张晓舟提醒着他们。

这才是他组织这次行动的真正目的，但不让人看到实实在在的收益，没有人会来跟他干这么危险的事情。

“把车扶正！打开油箱抽油！”

人们显然对这样的事情不太热心。他们当然知道汽油是重要的战略物资，但张晓舟和安澜大厦一直在用各种办法收集汽油，这些油弄出来之后肯定也是到他们手上，和他们关系不大，这让他们的动力不足。

“快！快！下次杀暴龙还得靠这些汽油！你们还想吃肉吗？”张晓舟只能不断地催促他们。高辉不得不放下手中的长矛，下到高速公路地下，在张晓舟的指挥下带领一群人把翻倒的车子扶正，拆开座位，拆开油箱盖抽油。

当初这些车子里的油虽然都不满，但油箱里至少也有三五升油，多的那辆甚至有半箱油，一个个塑料桶很快就装满了。这让张晓舟喜出望外。

“张队长！”身边突然有人叫道。

张晓舟抬起头，看到新洲酒店楼顶的旗子已经变成了黄色，正在向城北方向摇晃着。

一公里内有恐龙出现?

张晓舟的目光在人群里寻找了一下:“严烨! 你到那边去侦察一下,看是什么东西! 小心,快去快回!”

严烨点点头,放下手里的燃烧瓶,抓起一根长矛向高速公路的上口跑去,几秒钟后他就脸色苍白地跑了回来。

“一群恐龙,中型的,正在往我们这边跑来!”

新洲酒店楼顶的旗子变成了花色!

“列阵!”张晓舟大声地叫道,“丢了手里的东西! 全都上来!”

人们开始慌乱地向着高速公路这边跑,高辉强压着内心的恐惧,让他们依照顺序往上爬。

有个人慌张地拉着前面的人,想要把他扯下来,自己先上去,高辉直接从背后把他揪了过来,劈头盖脸地一阵乱打,然后把他推到了人相对较少的一队。

“别他妈害人害己! 跟着别人上!”他大声地叫道,“我都还在这里,你怕什么! 都按顺序! 快!”

第16章

乌合之众

也许是气味，也许是声音，那些恐龙显然已经通过某种手段锁定了他们的位置，就在人们乱纷纷地往高速公路上爬，张晓舟把原先留在上面的二十几个人排成一个半圆形的长矛阵时，新洲酒店楼顶的旗子已经换成了红色。

三百米！

以它们的速度，出现在他们面前只是几秒钟的事情了！

人们惊慌起来，这些人里面，只有张晓舟、高辉和王永军三个人是曾经面对过恐龙的人，其他人虽然都知道应该怎么做，但内心的恐惧却没有办法这么容易就消失。

“高辉！把人集中起来，守住后路！”张晓舟大声地叫道。

高辉最后一个爬上高速公路，他大声地答应着，催促着那些慌乱的人捡起放在地上的长矛，在那个半圆形的背后围拢起来。

“不要害怕！相信你周围的人！只要大家都不害怕，它们就不可能伤到我们！”张晓舟大声地叫道。

“今天晚上可以加餐了！”不知道是谁大声地叫道。

人们在极度的紧张当中哄笑了起来，紧张的气氛稍稍地放松了一些。

一个圆形的长矛阵终于建立了起来，而几乎就在同时，几个墨绿色的身影快速地蹿到了高速公路上。

人们一下子又紧张了起来。

“这是驰龙！”张晓舟大声地说道，“它们身上都是羽毛，只要碰到一点火焰就会被烧死！没问题，我们守得住！”

更多的驰龙跃了上来，这一群驰龙共有八只，其中有三只的体形明显比较小，而且羽毛的颜色黯淡，应该是未成年龙。这不是之前他们曾经碰到过的那几个族群。

“坚守住就行！听我的口令行动！大家都会没事的！”张晓舟叫道。

驰龙显然还没有聪明到能够相互交流的地步，之前那几个驰龙族群已经在张晓舟等人的手上吃到过不少苦头，但这个族群却显然还不知道人类的厉害。

它们已经习惯了人们一遇到它们就抱头鼠窜、任由它们宰割的情形，看到张晓舟他们这个刺猬一样的长矛阵，它们的第一反应就是把他们包围起来，然后开始不断嘶叫着，以利爪、尖牙和恐怖的嘶吼声恐吓他们，意图让他们自行崩溃。

这是驰龙族群长期以来在捕猎中形成的本能。

在进入远山之前，它们的猎物主要是那些在密林和沼泽中生存的鸭嘴龙和角龙，但也以一切能够抓到的动物，甚至是巨型昆虫为食。这些动物多半群居，所以驰龙非常熟悉这种结阵自保的防卫方式。

猎手与猎物之间的压力是不同的，驰龙是极其擅长群体攻击的猎手，它们往往会花费长达几个小时的时间来骚扰和围困猎物，让它们无法进食，无法饮水，也无法休息。鸭嘴龙和角龙这样的猎物在僵持一段时间后，往往会抛下老弱病残开始溃逃，而驰龙则会在追击的过程中用脚上巨大的钩爪在它们身上制造伤痕，让它们因为失血而逐渐虚弱，丧失抵抗的能力。幸运的时候，一群鸭嘴龙中总会有那么一两只在漫长的追击过程中倒毙，成为驰龙的食物。而它们也会尽自己所能迅速地把猎物吞噬，在暴龙或者是其他机会主义者到来之前大快朵颐，填满自己的胃。

但这个地方却截然不同。

这里充满着容易捕杀的猎物，他们总是尖叫着一哄而散，逃跑的速度却极其缓慢。他们没有尖角，没有利爪，更没有厚皮，只要一击就能把他们羸弱的身躯切开，将他们杀死。

虽然最近一段时间猎物已经开始减少，在城北的这块区域，甚至很难再遇到猎物，让驰龙们开始重新体会饥饿的味道，只能到其他区域去捕猎，但对于它们来说，这里依然是一个比密林要好得多的猎场。

一大群猎物出现在荒地里,这是最近一段时间以来难得的盛宴。

驰龙们兴奋了起来,它们开始寻找着这群猎物的薄弱之处,并且故意留出一面不去骚扰,让他们奔逃。

“不要怕它们!”张晓舟继续大声地叫着。

人们跟着他不断地吼叫着,把内心深处的恐惧驱散,为自己鼓着劲。

“等会儿投弹的时候,不要直接瞄准它们,它们的行动太迅速,根本不可能跟得上。我们要分配好方位,让火焰覆盖一大片区域。”张晓舟让高辉继续维持列阵,自己则对投弹手们面授机宜,“等到把某一只包围在火焰里,限制它的行动之后,再直接向它投弹!”

这是他们之前成功的经验,对于驰龙和羽龙这样全身都几乎被羽毛覆盖并且有许多油脂的恐龙来说,这样做应该是最简单也最容易得手的方法。

“稳住!”高辉大声地叫着。

“我现在分工,一会儿我选定目标之后,你负责目标的左前方,你负责左后方……”张晓舟安排着。

站在前排的长矛手们手心里已经全都是汗,长矛的确把驰龙们挡在了外面,但那些野兽不停地在两三米外的地方来回蹿动着、咆哮着,不断试探性地发动佯攻,这让他们承受着巨大的压力。

所有人都知道,在长矛阵当中,他们就不会有危险,但在这么近的地方面对这些吃人的野兽,理智很容易就会被恐惧驱走。

如果不是因为能够听到张晓舟正在做出安排,也许很多人会无法坚持下去。

快啊！快点把它们赶走啊!

许多人都在心里这样叫着,如果他们什么都没有,也许他们会愿意与这些野兽拼死一搏,杀掉其中的一两只作为食物。

但就在距离他们不远的地方,那一堆一堆的食物却早早地消磨了他们的决心。

只要能活下去,就能分到其中的一部分,谁还会想要拿命去换食物?

“点火!”张晓舟终于叫道。

投弹手们一起用打火机点燃了手中的燃烧瓶。

"正前方左边那只！投！"

四个燃烧瓶从长矛阵中翻滚着飞了出去，驰龙们好奇地看着这奇怪的小东西，对着长矛阵发出尖厉的叫声。

哐啷！

玻璃碎裂，汽油的混合物四处飞溅，燃烧着的布条迅速将它们引燃。

只是一瞬间，火焰便猛地在一只驰龙周围燃了起来。

驰龙的尖叫和人们发泄的怒吼几乎同时爆发，那只驰龙被突如其来的火焰惊吓，困在原地，几秒钟之后，另外四个燃烧瓶便直接击中了它脚下的土地。

火焰马上就扑到了它的身上，疼痛让它疯狂地逃了出去，这让其他驰龙吓了一跳，也跟着它逃走了。

人们欢呼起来，但张晓舟却只能摇头。

火焰只是点燃了它腿上的羽毛，高速公路下面就是满满的积水，这只驰龙也许会被烧伤，但应该不会死。

八个燃烧瓶足以把暴龙吓走，但在这里，他们却连一只驰龙也没有杀死。

长矛阵一下子松散了下来，驰龙也许还没有走远，但人们相信它们应该已经被吓破了胆，不会再回来了。

有几个人开始盘算自己能够从这一大堆食物中分到多少。

品种这么多，很难做到平均分配，不知道张晓舟会以什么标准来分这些食物？如果能多分到一些肉就好了……

张晓舟也松了一口气，他下意识地抬头看了看新洲酒店的楼顶，却愣了一下。

一面红色旗子和一面花旗同时在挥舞着。

几秒钟之后，他终于理解了其中的意思。

"回来！快！"他对着那些已经离开了长矛阵的人大声地叫道，"又有东西过来了！"

……

一阵疾雨过后，太阳又开始热辣辣地照在他们身上，这样的感觉非常糟糕。

但更糟糕的还是他们的心情。

驰龙被驱走之后，一大群羽龙包围了他们。

它们的数量更多，而且明显行动更加敏捷，也更加谨慎。

三只色彩鲜艳的雄性居中调动，而深绿色羽毛的雌性和色彩黯淡的幼体则在周围跃跃欲试，不断地恐吓着他们。

高辉只带出来十二个燃烧瓶，而现在，在一次不成功的投弹之后，他们只剩下最后一个燃烧瓶了。

“坚持住！我们能赢！”张晓舟依然在大声地鼓动着人们，他的后背早已经湿透，但他自己也不知道，那是雨水还是汗水。

羽龙们采取的行动和驰龙并没有根本性的差别，但它们的数量更多，这让它们可以轮换着过来对他们进行骚扰，一次次地对他们进行试探性的扑击。

人们不得不长时间地保持着精神的高度紧张和持矛戒备的姿势，这让他们的精力和体力都迅速地消耗着，而那阵疾雨和接下来酷烈的太阳则进一步加剧了这种消耗。

羽龙们甚至在雨中直接策划了一次进攻，差一点就攻破了长矛阵，如果不是王永军疯狂地扑上去，用长矛刺伤了那只羽龙，他们这个长矛阵也许已经崩溃了。

人们开始感到疲惫，一些人甚至绝望了起来。

“我们完了……”有人低声地说道。

“谁说的？”张晓舟愤怒地大声叫道，“想死的人自己出去！别在这里传播负面情绪！大家坚持住！我们一定会胜利的！”

他的声音让羽龙们兴奋了起来，它们开始围绕着长矛阵快速地奔跑起来，不时地停下，做出要攻击的样子，然后又继续开始行动。

“不要追着它们看！每个人盯着自己正前方！”张晓舟终于发现了这一点。人们的注意力总是会不由自主地被快速移动的羽龙吸引，这很容易让他们精神疲倦，并且出现破绽。

它们鲜艳的羽毛还有这样的作用？

“这样下去不行。”王永军低声地说道。

他的手臂在之前的搏斗中被抓了一下，鲜血淋漓，好在伤口并不深。但张晓舟的医药包放在新洲酒店没有带出来，只能在那阵疾雨袭来的时候用雨水冲洗了一下伤口。

这样做也是无奈之举，伤口也许会感染，但总比狂犬病或者破伤风好。

“干脆和它们拼了！”他咬牙切齿地说道，“再等一个小时，我们就真的完了。”

羽龙显然比他们更适应这种环境，而且它们的体能看上去根本就没有问题。从刚才到现在，它们一直在周围跑来跑去，看上去漫不经心。

张晓舟丝毫也不会怀疑，这样下去，不用一个小时，人们就会因为极度的紧张、脱水和酷热而彻底丧失抵抗的能力，成为它们口中的大餐。

这些人真的能够和羽龙拼命吗？

张晓舟看了看站在自己身边的人，一些人脸上满是沮丧或者是绝望的神情，但大部分人并不甘心就在这里这样死去，他们咬牙切齿地看着外面那些快速移动着的羽龙，口中不断地说着什么，应该是在咒骂它们。

“我们先撤到新洲酒店去！”他大声地对人们说道。

他不害怕与这些羽龙拼命，但他很怀疑，仅仅是凭借一腔热血，没有经过训练，不知道配合和掩护，这样冲出去到底能够给羽龙造成多大的伤害？

这些羽龙明显比驰龙更加聪明，它们会不会躲开他们的攻击，打乱他们的队形，然后对薄弱环节发动进攻？

也许他把恐龙想得太聪明，但他不愿意这些人在这里毫无意义地死去。

他们与这些恐龙必定会有面对面的战斗，但绝对不会是在现在这种极度被动的局面下。他始终坚信，人类应该更多地运用自己的智慧与这些野兽抗争，而不是用自己的血肉之躯去和它们硬拼。

“保持队形！”他大声地叫道，“我们先退到新洲酒店去！”

“但这些东西……”有人说道。

如果从来都没有见过这些东西，那走了就走了，但眼睁睁地看着它们就这么放在路边……

“谁会来拿走它们？”张晓舟大声地问道，“它们都有包装，放在这里也不会马上就坏掉。我们先撤回新洲酒店去，做好了准备再回来！这些东西是属于我们的，谁也拿不走！”

这样的说法终于让人们的心稍稍安定了下来，他们在张晓舟的指挥下保持着队形，慢慢地往回走。那些羽龙开始兴奋了起来。

团队的运动往往很难维持严密的阵势，而阵势的混乱则意味着破绽的出现。它们开始快速地行动起来，嘶吼和扑击变得比之前越发疯狂。

人们稍稍有些慌乱，但张晓舟等人在中间大声地不断提醒着他们，让他们勉强地维持着队形不乱。人们就这样在羽龙群的密切关注之下，以非常缓慢的速度移动着，几乎花了半个小时才到达下坡的地方。

羽龙很快就分散成两个部分，一半继续在他们周围恐吓和发动佯攻，而另外一半则快速地跑到了土坡上，等待着他们因为队形散乱而出现破绽。

“慢慢来！不要慌！”张晓舟在队伍中间大声地叫着。他的喉咙已经开始变得沙哑，但仍然不得不继续保持着最大的声音，“我们先到土坡旁边，然后慢慢地调整队列！”

土坡上高低不平，而且两侧也没有护栏和扶手，人们的注意力一直被那些羽龙所吸引，很容易就会因为相互推挤而摔下去，或者是因为没有看清脚下而失去平衡。羽龙却可以灵巧地从各个方向发起攻击，甚至可以站在土坡下跳起来撕咬他们的腿部。

张晓舟急得满头大汗。新洲酒店就在不远的地方，看上去触手可及，但这个斜坡却很有可能成为他们的终点。一旦有人摔下土坡，被羽龙咬到脚或者是失去平衡摔倒，整个队形都有可能因此而彻底崩溃。

还是太大意，把一切都想得太简单了。

他自责地想着。

他一直觉得别人盲目乐观，觉得别人把一切都想得太简单，但他自己又何尝不是这样？

一直持续的成功让他开始盲目地相信自己的能力，相信自己可以带领任何人取得胜利，他只想到要轮换着把更多人的勇气激发出来，让更多人在自己的带领下取得胜利，甚至是让更多人有机会获得维生的食物。但他却没有想过，不维持一支稳定的队伍，不进行大量有针对性的训练，他所带领的将永远是这样的乌合之众。而乌合之众最大的特点就是，顺风时一切都好，但承受压力和面对危险的时候，很容易就会陷入混乱和茫然，甚至直接崩溃！

一定要建立起一支精锐的队伍，哪怕只有十个人也好。

“大家不要急！”他嘴上不知道什么时候起了一个泡，疼得要命，巨大的压力让他的脑子也开始混乱起来，“大家听我说！不要慌！我们要尽量离开边缘，保持队形，慢慢地下坡！”

前面的人最危险，他们将有可能承受来自几个方向的攻击，没有勇气和力量的话，很容易就会成为突破口。

“王永军！高辉！”张晓舟只能把自己目前唯一的班底拉了出来，其中一个，他甚至都还无法完全信任，“你们打头，行不行？”

王永军看着那只站在土坡上嘶叫着的羽龙，轻蔑地点了点头；而高辉则是咬着牙看着那些在土坡两侧跃跃欲试的羽龙，用力地点了点头。

“两人一组，背靠背向下走！在坡脚重新组合成圆形！注意脚下，注意保持距离！高辉你们压住速度！宁愿慢，也一定不要出纰漏！听我的指挥！”张晓舟说道，“清楚吗？”

两人都点了点头。

张晓舟把队伍里最强壮的人安排在他们俩身侧掩护他们，人们开始慢慢地向坡下走去。

局势已经到了最危险的时候，极度受限的地形让人们无法再像之前那样以密集的人数排成长矛阵，只能靠自己和身边的两个人来维持一道薄弱的防线，而他们的身后同样只有这么一道薄弱的防线。

任何一个点出纰漏，都有可能带来整体的崩溃。

但张晓舟已经没有更好的办法了。当时他们修筑这个土坡的时候，为了节省工程量，它的宽度仅仅是够最大的那辆卡车通行。而这个时候，为了防止因为过于靠近边缘而遭到羽龙的扑击，他们只能选择从中间通过。

每个人的心理压力都很大，人人都清楚，这是他们今天所要面临的最大的关卡。通过了，大家就都能活下去。

留在坡头的人压力更大，随着人们一对对地离开，留在坡头的人不得不以更少的人手来面对一半羽龙的威胁。在大多数人都已经离开之后，最后的十几个人无法遏制地慌张了起来。

“别怕，我会最后一个离开！”如果不是张晓舟的声音一直在耳边响着，他们或许已经忍不住转身开始逃跑了。

“我会把最后一个燃烧瓶砸在坡头这里。”张晓舟说道,“大家不要慌！看到火焰起来,我们一起离开!”

严烨这时候已经开始从人群中向坡下走。

张晓舟的指挥在他看来未必有多么专业、多么严密,但他的这种坚持却把这个摇摇欲坠的团队维系了下来。他忍不住向张晓舟瞟了一眼。

也许,这就是他与何家营那些人最大的不同。

他们更强壮,更有组织,各方面的装备也更好,但带领他们的人却没有勇气也没有这样的意志力把自己留在最后,留在最危险的地方。

“准备!”张晓舟叫道。

因为人数减少,坡头的长矛阵已经变得非常薄弱,羽龙们已经不再害怕那可能的反击,越发开始跃跃欲试起来。

他点燃了最后一个燃烧瓶,重重地砸在队伍前面不远的地方。

火焰把羽龙们吓了一跳,跑远了一些,趁这个机会,张晓舟带着最后的队员进入了土坡。

“靠拢！慢慢走!”他大声地叫着。

高辉和王永军这时候已经到了坡脚,他们没有余力去看坡上的情况,只是暂停了脚步,让挨着自己下来的人与自己一起,在坡脚形成一个更加严密的防御队形。

“稳住!”他们大声地叫道,“我们已经到坡脚了!”

“慢慢往前推进！注意距离!”张晓舟同样已经没有余力去看他们的情况,他的眼睛紧紧地盯着绕过火堆跑到土坡上的那两只雄性羽龙。

狭窄的地形让羽龙无法在这个地方施展力量,张晓舟面前的雄性羽龙高声地嘶叫了一声,羽龙们便全部沿着挡墙跳下了高速公路,开始从土坡两侧和坡脚展开攻击。

张晓舟看着它那双浑浊的黄色眼睛,在强烈的阳光下已经收缩成了一条细线,这让它看上去阴险而又凶狠。他突然有一种感觉,就像是自己正面对着一个拥有智慧的对手。

它突然快速地高声鸣叫了起来,一只羽龙突然从土坡侧面的斜坡冲了上去,向着一名队员的腿咬去。队伍一下子散乱了,几根长矛一起迎着它,想要把它逼开,就在这时，另外两只羽龙突然不管不顾地强行向这个地方扑来，一根长矛刺中了其中一只羽龙，让它悲鸣着逃开了，但另外一只羽龙却咬住了一名队员手里的长矛，它用力地一扯，他便失去平衡，踉跄着向前跌了下去！

身边的人想要去扶他，但三四只羽龙突然向这个地方冲了过来，尖锐的叫声让他们的动作停滞了一下。就是这么一停，这个人已经被咬住手臂，直接被拖下了土坡。

惨叫声一下子击碎了人们的坚持，已经冲下土坡的人里，有人终于承受不住这样的压力，丢下身边的人，向距离这里最近的建筑物新洲酒店冲去，本来还算得上严密的队伍一下子分散了，一大半人跟着他们向新洲酒店逃去，另外一半则在张晓舟、高辉等人的大声疾呼之下，重新集结在了一起。

但失去一半人之后，整个队形已经没有办法保持。

高辉和王永军拉着十来个人在坡脚勉强围成一个圆，而张晓舟、严烨等七八个人却只能站在半坡上，拼命地用手中的长矛把那些跃跃欲试的羽龙驱走。

逃散的人群显然是更容易得手的目标，羽龙群犹豫了一下，终于抛下还在抵抗的人，从背后向着那些正在奔逃的人追杀过去。

血花四溅，人们奔跑的速度根本比不上羽龙的一半，他们纷纷被那巨大的镰爪从背后击倒，或者是被羽龙直接扑倒，一口咬住脖颈。

有几个人绝望地回过头来抵抗，但两三个人组成的队形有太多的死角顾及不到，他们仅仅是挥舞着手中简陋的长矛呼号了几声，便迅速被羽龙从背后扑倒，一口终结了性命。

张晓舟等人终于趁这个机会逃到了坡脚，和高辉等人会合在一起。

一切发生得太快，从那个人被拉倒到整个队伍崩溃，总共不到三十秒钟。

张晓舟甚至没有机会去做任何事情。

周围那些墨绿色的身影不断地来回奔跑，高高跃起，恐怖的巨大镰爪在空中一闪而过，血浆像喷泉一样四处喷溅。

他们看着那些抛弃了自己逃生的同伴像牲畜一样被宰杀，他们看着那些羽龙撕开他们的衣服，从他们身上撕扯下一条条的肉，看着他们在地上哭号着向前爬，却被身后的羽龙一口咬住脖颈，失去了生命。

天堂与地狱，不过是一眨眼的事情。

"保持队形！向前走！"张晓舟把内心深处的恐惧和自责强行压制下去，用已经开始沙哑的声音叫道，"别走散！别想着逃走！想活命就和大家在一起！"

血淋淋的教训就在眼前，人们或许已经被吓得脚瘫手软，但求生的欲望还是逼迫着他们按照张晓舟的说法小心翼翼地向新洲酒店走去。

羽龙们在周围不断地恐吓着他们，但它们已经捕获到了足够多的猎物，猎杀的兴趣已经大大下降。

张晓舟他们小心翼翼地绕开那些倒在地上的人，有几只羽龙一直监视着他们，但却没有再向他们发起攻击，而是看着他们退入新洲酒店的大堂，然后退入了楼梯间。

楼道里一片死寂。羽龙看着他们消失在这黑暗当中后，便很快离开了这个地方，但张晓舟还是把旁边那个柜子搬了过来，死死地顶住了门。

终于有人大口地呼吸起来，有人在咳嗽，然后是叹息，最后有人低声地哭了起来。

他们并不是没有见过这样的场景，但无论在什么时候，能够坦然面对死亡，能够坦然面对鲜血的人还是少数。

张晓舟站在门口，不知道该说什么。

出发时是五十四个人，但现在站在这里的却不到二十个人。

他们辛辛苦苦从那些车子里找出来的粮食、汽油全都被抛弃在了原地。超过一半人死去，却没有任何收获。这是一场彻彻底底的失败。

唯一值得庆幸的是，他没有把所有人都葬送在那个地方。

黑暗中，他无法看到人们脸上的表情，也无法知道他们在想什么，几分钟后他才对人们说道："到楼上去吧，生火、烧水、吃饭。"

幸亏这里还有王永军带来的那些食物，应该足够二十个人吃上几天，人们用从各个房间里找来的杯子喝着用好几种东西混在一起煮成的稀粥。大家都一直没有说话。

"这是突发情况。"高辉终于忍不住说道。这样沉闷而又压抑的气氛让他感到快要窒息了，必须要说点什么才行，"我们去找东西的地方没错，采取的对策也没错，唯一没有想到的就是会连续碰上两群恐龙。这谁能有办法？燃烧瓶本来也不多了，又重，我们总不可能全都背在身上。张晓舟的指挥也没有问题，在那种情况下，我们只能先退回来。老实说，要是大家不因为那个摔下去的人而开始乱跑，我们绝大多数人都应该能活着回来。”

没有人吭声。

话的确是没错，但把所有的问题都丢给死者，怎么听都像是在推卸责任，这让幸存下来的人感情上有些无法接受。

他们中有些人并不是因为勇敢或者是讲义气而留了下来，纯粹是在那个时候被吓住了没有想到要跑。一想到自己也有可能成为外面那些畜生口中的肉块，他们就一阵阵地后怕。

“我们现在怎么办？”王永军看着张晓舟说道。

“休整，等它们离开。”张晓舟说道。他心里满是自责，但在这种时候，他知道自己不能表现出任何的软弱、困惑和犹豫不决。

猎杀恐龙是他们必须要做的事情，这个大方向不会因为这次失败而有任何的变化。唯一要调整的只有今后行动的思路，用长矛和燃烧瓶来对付驰龙和羽龙显然不是明智之举，他们必须对可能遇到的情况进行更全面的考虑，想出更加可行的办法，做出更加充分的准备。

“今天我们的行动失败了。”他对人们说道，“但我们还会再来。在这座城市，我们和恐龙只有一方能够最终存留下来，我相信那必定会是我们人类。如果你们愿意参与下一次行动，我非常欢迎；如果你们不愿意，那也没有关系，那些食物取回来之后，一定会有你们的一份。”

这样的话让人们脸上的表情稍稍地好转了一些。

虽然说起来很残酷，但张晓舟之前分别从不同的地方吸收人员的做法却变相地解决了可能发生的争端。死去的人在这里并没有亲属，幸存的人和那些死去的人没有什么关联，这让他们没有非要替他们讨要一些什么的想法。

人们默默地点点头，各自吃完了粥，开始补充水分。

有人慢慢地踱到了窗边，看着那些羽龙在下面活动。

“张队长！”马上有人惊讶地叫了起来。

“什么？”张晓舟从火堆边站了起来。

“它们……它们跑进来了！”那个人惊恐地说道。

他的话促使人们都往窗边跑去，那些羽龙显然正在把尸体往新洲酒店这边拖，它们中的一些已经不见了，很有可能是已经跑到了酒店里！

“该死！”张晓舟重重地捶了一下窗台，“下去把门堵住！快！”

酒店的一楼是大堂、商务中心和中餐厅，二楼则是西餐厅和自助餐厅，三楼是会务中心和休闲茶座，这三层楼都有开放式的楼梯直接连通到大堂！

张晓舟他们之前为了方便到厨房里去寻找东西，也是为了防止自己被堵在外面，并没有把这三个楼层通往内楼梯的门堵死，只是把一楼两处楼梯的门堵住。而现在，这很有可能成为致命的危险！

“高辉，你带人去那边！”他大声地叫着，带着不明就里的人往楼下跑。黑漆漆的楼道里已经开始有些积水，有人不小心啪的一下摔在楼梯上，惨叫起来。但他已经没有时间管他们了，只是拉着扶手一个劲地往下跑。好在楼道里并没有听到任何奇怪的声音，他们冲出三楼，把一个离门最近的柜子搬了过来，从里面死死地把门顶住。

二楼也是照章办理，他的心里终于平静了一些，但这时候，他却隐隐约约听到有人的怒吼声传来！

是高辉他们那边！

“快！跟我来！”他还来不及喘一口气，就马上带着人穿过四楼的走廊向另外一处楼梯跑去。

刚刚打开门就听到高辉的怒吼，有人在没命地往上逃，张晓舟抓住一个人，大声地问道：“怎么了？”

“恐龙！有恐龙！”那个人语无伦次地叫着，什么有用的话都说不出来。

张晓舟把他放开，拼命地向下跑，黑暗中什么都看不清，只能听到二楼的消防门正被什么东西用力地撞击着，而高辉他们则拼命地用自己的身体挡住它。

“快！”张晓舟毫不迟疑地向那边跑去，用力地推住门，“到四楼去搬一个柜子下来，床也行！快！”

那道消防门的面积不大，四五个人就已经站得满满的，恐龙在那一侧一次次地把门撞开一条缝隙，然后又被他们拼命地推回去。

“谁有火！弄个火把！”张晓舟继续大声地叫着。

有人点亮了打火机，他们终于可以看到周边的情况。

楼道里大概有六七个人，挡住门的是张晓舟、高辉、王永军，还有另外一个中年人。

“快点去帮忙抬柜子!”张晓舟说道,“不堵住这里,我们都活不了!”

人们慌慌张张地跑上楼去,却许久都没有下来。

高辉突然有些绝望,他们会不会抛下他们,自己躲在安全的楼层了?

但重物在地上拖动的声音终于传来。几分钟之后,人们把几张大床拆了下来,并且拖来了几个电视机柜,把它们堆在了门后。

大量的木板和木方纷乱地相互支撑着,形成了相当牢固的结构。羽龙还在尝试着撞击这道门,但已经没有破开它的可能了。

人们都松了一口气,好几个人像是一下子失去了全部的力气,瘫软地坐在台阶上。

“还不到休息的时候。”张晓舟对他们说道,“我们得把所有的门再加固一下!”

没有人站起来。用椅子腿做成的火把只能带来微弱的光线,他看不清楚他们的脸。

“我知道你们都很累了,但如果哪道门没有堵好,我们全都会死。”

没有人回应。

张晓舟叹了一口气,拿着火把向一楼走去。

身后终于响起了脚步声,但他回过头,却只看到了寥寥几个熟悉的身影。

他们对所有的门都进行了检查。回来的时候,人们已经不在楼道里,应该是已经回到之前吃饭的那个地方去了。

深深的倦意突然从身体里涌出来,让张晓舟累得站也站不住。他缓缓地靠着墙坐到台阶上,许久之后才问道:“我做错了吗?”

这里已经没有无关的人,跟着他去一一检查那些门的只有高辉、王永军,还有那个叫严烨的少年。高辉和王永军勉强算得上是他的班底,而严烨,张晓舟猜想他多半是为了保证妹妹和王哲的安全才会一直跟着他们到处检查。

王永军没有回答。

但高辉却马上说道:“做错了？没有啊。”

“那么多人死了……”

“如果他们不乱跑,而是按照你的指挥行动,根本就不会有这么多人死掉!”高辉没好气地说道，“来的时候信誓旦旦地说都会听指挥，个个都说自己有种，人人都他妈的是精兵悍将，结果呢？一见血就全萎了，就只想跑！之前就反复地告诉他们，在这些恐龙面前，只有合力才有活路，自己跑就是死，他们就是记不住，那怪谁呢？”

“话不是这么说的……”张晓舟说道，“我们没有想到会有两拨恐龙过来，这就是我们的责任。”

“你别总是把事情揽到自己身上好不好？”高辉说道，“这我们的确是没有想到，但谁能预料到所有的事情？死这么多人的原因根本不是遇上了第二拨恐龙，而是他们抛下我们自己跑了！要是他们不跑，也许会损失一两个人，但根本就不会死那么多人！即便是遇到了第三拨、第四拨恐龙也是一样！你别老是这个样子，如果我们死了，他们活下来了，你觉得他们会自责、会认为是他们的责任？”

“我明白了。”张晓舟说道，“谢谢！”

高辉说出这些话的时候理直气壮。虽然张晓舟没有办法像他这么简单地就把事情定性，给出一个“我没有错，错的都是他们”这样的结论，但他多多少少释怀了一些，心情也稍稍好了一点。

也许如高辉所说，导致这次惨败的直接原因是那些人在见到了血之后的彻底崩溃，但作为行动的直接领导者，他不能这么简单地就把这次惨痛的失败略过。

如果不能从这次的失败中吸取教训，那这些人就真的白死了。

没有预料到赶走了一拨恐龙还会来另外一拨，这是他最大的失误，这也导致了他们随身携带的燃烧瓶数量严重不足。

如果来的第二拨不是羽龙，而是那只曾经被他们赶走的暴龙呢？

长矛阵也许能够对付中小型恐龙，但面对暴龙那就是个笑话。他们在面对第一拨恐龙的时候就消耗掉了带出来的绝大多数燃烧瓶，如果来的真的是暴龙，那所有人唯一的选择只能是散开逃走，各凭运气求生。

即使有着足够多的燃烧瓶，在这种空旷而又没有遮蔽的地方，想要赶走它也是一件不靠谱的事情。

作为这个行动的策划者和指挥者，没有考虑到这些，绝对是一大败笔。

现在回想起来，他们所有的成功都是在防御状态下借助地利取得的。唯一的一次主动外出进攻是那次为了保住暴龙肉而做出的拼死一搏，但那次他们其实同样是依托了周边的地形和预警系统，在一个更有利于自己的地方消耗大量的燃烧瓶与驰龙进行了一场不算激烈的对抗。

自始至终，他们都没有过真正在户外与恐龙搏杀的经验。

也许是过去的成功蒙蔽了他，给了他盲目的自信，让他相信成功的经验可以在这里被复制。但他却忽视了，这个地方与其他地方不同，是一大块空旷的地域。

他们无处躲藏，也不可能像在其他地方那样随时随地找到躲避的地方。他们在这里不能像在其他地方那样获得预警体系的支持，唯一能够给他们传递信息的只有新洲酒店，而简单的旗语能够传递的信息太有限，让他们没有办法及时做出正确的回应。

在这个地方，他们是没有地利可言的。

操之过急了吗？

要让城北变得安全，就要尽快把暴龙杀掉。要杀暴龙，就需要更多的燃烧瓶，需要找到更多的汽油。要获得更多的汽油，就必须组织人们去冒险。而要让人们冒险，就必须要让他们的付出有所收获。

他太想把那两只暴龙杀掉，给这个地区带来安全，这种莫名其妙的紧迫感驱使着他，在没有真正做好准备的情况下就盲目地选择了出击。

现在一个很重要的问题是，用燃烧瓶远距离驱赶暴龙看起来是行得通的办法，但同样的东西用在驰龙和羽龙身上，简直就是一种巨大的浪费。如果找不到更好的赶走或者是杀死它们的方法，他们在这个过程中需要消耗的燃烧瓶也许会比找到的还多，这简直就是一件极其荒谬的事情。

必须找到解决的办法。

张晓舟能够想到的一个办法是投入更多的人力。

一组人专门操作弹弓，负责在暴龙出现的时候远距离对它进行攻击，将它驱走。一组人负责守卫那个土坡，确保逃生通道的畅通。一组人负责在高速公路上警戒、接应。而最后一组人负责去搜寻和搬运东西。

这也许是解决之道。

但按照这样的想法，整个行动也许得动用上百人，后勤、指挥、协调、应急都会是巨大的问题，在没有足够多的骨干，没有一个指挥体系的情况下，这也许会是一个更大的灾难。就像之前发生在他们身上的事情，如果有更多的骨干来帮助他维持队形，也许就不会崩溃得那么快。

但骨干不是那么容易就能找到和培养的。

更不要说，人多了之后，每个人能够分到的利益就会减少，还会有多少人愿意来冒险？

另外一个办法是提高人们的战斗力。

更好的武器，更有效也更能保障安全的战斗方式，还有一支意志坚定且有战斗力的队伍。

前两个问题也许可以通过集思广益来解决，但第三点却不是随随便便就能做到的。一个人的体魄是否强健很容易就可以看出来，但他的勇气和意志却没有办法简单地看出来。

不久前那些抛下他们自顾自逃走然后惨遭屠杀的人，在张晓舟对他们进行挑选的时候，他们看上去都是意志坚定而且勇敢的人，但谁能想到他们会这么简单就在这里崩溃了？

该怎么办？

张晓舟不知道应该怎么选择，也许应该和钱伟他们商量一下？

“我要先上楼去了。”严烨说道。

张晓舟于是站了起来说：“我们一起上去吧。”

他们三个回到五楼，之前为了方便，他们把东西都从楼上拿了下来，把这层楼弄成了一个临时的宿营地以安置幸存者。

当他们推门走进五楼的走廊时，有人正在低声地议论着他们。

“这次被他们害死了。”

“还以为他们有多厉害，根本就没有什么本事！”

“那个高辉，以为自己有多了不起！”

“他就是个屁！以为自己有多拽！要不是跟在张晓舟背后，谁理他？”

“要不是他没带够燃烧瓶，我们早就把这些恐龙吓走了！他还有脸把责任都推给死掉的那些人！不知道什么叫死者为大吗？”

“就是！只带十二个燃烧瓶，根本就是拿我们的命不当回事！”

责任不知道为什么就变到了高辉的头上，这让他一下子暴怒起来。张晓舟急忙抓住他，用力地摇了摇头。

和这些人在这里爆发争执没有任何意义，你不可能通过争吵改变他们已有的印象，唯一的结果只会是让这个本来就没有什么存在基础的临时团队分裂。

在那些羽龙已经把新洲酒店作为临时巢穴的时候，争吵导致团队分裂显然不是什么理智的选择。

他低声地对高辉说道："没有必要和这些无谓的人因为这些事情而发生冲突，认清他们是什么样的人，以后远离他们就行了。我们是什么人，我们有没有本事，他们没有资格来评判。"

他的话让高辉稍稍平静了一些，但他还是怒气难平："我们真是瞎了眼，怎么会选出这些狗东西！"

张晓舟摇了摇头，他本来还准备在这些经历过一次生死考验的人当中吸纳几个作为自己的骨干，但现在，这样的想法彻底淡掉了。

"我们还要靠他们出力把这些羽龙赶出去。"他对高辉说道，"忍一忍，等事情结束，大家就分道扬镳。"

第17章
巢 穴

话虽然是这么说，但高辉的涵养还没有好到唾面自干的地步，他不想再见到这些人，自己到十六楼老地方去休息了。张晓舟咳嗽了一声，和王永军一起走进了人们聚集的房间。

“张队长……”因为不知道自己的话是不是被他们听到了，人们稍稍有些尴尬。

“那些恐龙是什么情况?”张晓舟问道。

“好像都跑到这幢楼里了。”一个一直站在窗边往下看的人答道。他迟疑了一下之后又说道：“那些尸体都被它们拖进来了，它们是不是准备拿这里做窝了?”

所有人一下子都明白了，之前他们跟着张晓舟他们忙着堵门没有考虑这方面的事情，现在一想，这群恐龙的行为不正是如此?

这简直就是一场灾难。

谁知道张晓舟他们在这里有多少粮食，够他们这么多人吃多久?

周边虽然有不少绿地，但恐龙就守在下面，他们又没有办法去收集食物，该怎么办? 难道活生生地困死在这里?

“张队长，我们该怎么办?”马上就有人慌张地问道。

“我们的存粮足够坚持好几天，水也没有问题。”张晓舟对他们说道，“先弄清楚它们的行动模式，搞清楚它们到底有多少只，然后再想办法。你们要是有好办法，也可以直接告诉我,我们集思广益,一定能解决它们!”

他的话说得轻松,但表达出来的意思却很清楚,这里没有多少粮食。

人们都开始惊慌了起来,再也坐不住,也没有心思再嚼舌头了。

“那怎么办?这里有这么多床单,要不我们写几个大字请安澜大厦过来救我们?”有人说道。

这个人肯定是周围的居民,见过张晓舟他们之前用床单写大字向周围示警的做法。事到如今,附近唯一有能力拯救他们的,也只有安澜大厦了。

张晓舟却摇了摇头:“就算是要让他们来帮忙,也不能让他们两眼一抹黑地过来,不搞清楚这群羽龙的情况,他们过来也是送死。”

“那怎么办?”

“想活命,那所有人都要动起来。”张晓舟说道。

十八个幸存者在生存的压力下终于被他指挥得行动了起来,四个人分散在四楼的窗边观察并且记录羽龙在周边活动的情况,而更多的人则被安排到了一到三楼的六道门前。

他们当然没有勇气打开门看外面的情况,但拆掉门上的把手,从那个孔里观察外面的动静他们还是敢的。

结果很不乐观。

果然就像他们猜测的那样,那群羽龙大概是把这里当作了一个不错的洞窟。它们把那些尸体都拖进了酒店,沿着正中间的那道楼梯拖到二楼堆放在一起,摆明了是准备把这里作为一个临时的巢穴。

几只羽龙在大堂里睡觉,一些较小的羽龙在周围跑来跑去,相互撕咬打闹着,看上去轻松而又惬意。

它们显然把一楼和二楼作为了主要活动的区域,三楼偶然会有一只羽龙走过,应该是在巡视领地。

但仅仅是从门上的一个小洞望出去,能够看到的范围实在是太小,张晓舟他们始终没有办法确认它们的数量,只能大概地按照之前遭遇的时候估计,不算那些明显还处于幼年期的羽龙,这群羽龙的数量应该是十五六只的样子。

“张队长!”留在四楼的哨兵突然惊慌地跑了下来。

“怎么了?”

“暴……暴龙来了!”

它应该是被强烈的血腥味吸引过来的,新洲酒店一楼的玻璃幕墙根本就没有挡住它的可能,被它轻轻松松就一头撞破,直接冲了进来。

羽龙们尖叫了起来,但它们却没有像人们期望的那样四散逃走,而是全部沿着中央的楼梯逃到了二楼,并且在那里叽叽喳喳地叫了起来。

暴龙怒吼了起来。

这样的生物对于它来说应该没有任何的威胁,以它们的体格,它甚至不需要用到那致命的撕咬,仅仅用尾巴一甩就能让它们死掉,这样的挑衅让它毫不犹豫地向二楼冲去。

但那狭窄的空间挡住了它的去路。

羽龙们小心地把尸体继续拖向远离楼梯的位置,然后继续对着暴龙叫了起来。暴龙低下硕大的头颅沿着楼梯向它们扑去,但它很快就被卡在狭小的空间里,不得不狼狈地退了回来。

人们透过门上的孔看着外面这个世界的两种顶级猎手之间的对抗,暴龙的声音震得门嗡嗡地响,但它却没有办法把自己庞大的身躯塞进那狭小的空间。在对峙了将近半个小时之后,它终于不满地咆哮了一声,扭头向楼下走去。

羽龙们越发激烈地叫嚷了起来,它们小心翼翼地跟在暴龙身后,监视着它的行动,直到它彻底离开这个区域。

“完蛋了……”人们彻底失去了希望。

如果它们仅仅把这里当作一个临时巢穴,那安澜大厦的人或许可以凭借大量的燃烧瓶和人手吓走它们。但如果它们把这里当作一个可靠的防止暴龙夺取自己猎物的地方,并且决心像之前那样守卫它,那他们该怎么驱赶它们?

十几只羽龙……谁有本事杀光它们?

张晓舟却反而淡定了下来。

他仔细地检查着那几道防火门的材质。它们都是用金属制成的,很结实。

“张队长?”旁边有人诧异地看着他的动作,不知道他想干什么。

“我们应该能杀掉一两只羽龙。”张晓舟对他们说道,“如果它们没有我想象的那么聪明的话，也许能杀掉更多。但剩下的怎么办，这可能就要费些周折了。”

人们对他的话感到莫名其妙，但他却让王永军到楼上去挑几把最好的长矛，然后把人都带下来。

“我们要把这道门打开一条缝。”张晓舟对人们说道，“按照这些羽龙的体形，这条缝的宽度必须控制在三十厘米以内，这样它们就能把脖子伸进来，但身体却进不来。这是最简单的机关，但很有效。”他抬起头，看着那些脸色发白的幸存者，“然后就可以替那些死去的人报仇了，至少可以让它们先付一些利息出来。”

张晓舟其实已经对眼前的这些在背后乱发牢骚的人没有更多的想法，但危机当前，他也只能尽可能地想办法去激励他们，否则的话，他们将很难从这个地方脱身。

安澜大厦不是不能依仗，但这群羽龙如果把新洲酒店当作巢穴，那安澜大厦那边即使来人，所要面对的东西其实和他们并没有什么不同。他们必须要走进新洲酒店的大堂，以血肉之躯来面对这些异常聪明的羽龙，从某种角度来说，他们从外面贸然进入新洲酒店，其实对于环境的熟悉程度和心理准备甚至有可能远远不如留在这里的人。大堂的环境也太有利于羽龙们对他们发起突然袭击。张晓舟完全可以想象它们从二楼突然扑下来，让安澜大厦的队伍陷入混乱的场景。

没有通信工具，他们之间没有办法进行细致的沟通，这样的结果极有可能发生。弄不好，就是另外一次大崩溃。而他们现在已经没有能力承受更多这样的失败了。

诸多因素考虑下来，他觉得，与其把希望寄托在他们身上，倒不如用他们自己的手来杀出一条生路。

“我们要同时在三道门对这些羽龙进行诱杀。”张晓舟说道。

最好的选择其实是六道门同时进行诱杀。他和高辉曾经见过那些羽龙面对陷阱时的表现，而之前它们攻破他们队形时的表现也让他感觉这些动物相当聪明。他有一种感觉，它们的智商也许已经达到了猩猩或者是海豚的水平。

如果真的是这样的话，那同样的陷阱对它们反复奏效的可能性就会非常小。正是因为如此，他们必须在羽龙对于诱杀还没有任何防备的时候，尽可能地杀死更多的羽龙。

但可以让他信任并且派得上用场的人却实在是不多，他没有办法确认其他人是不是能够很好地按照自己的要求完成这其实并不危险也不困难的任务。如果他们因为恐惧而犯下致命的错误，那对于所有人来说都是一场灾难；另一方面，即便是加上王哲和严烨，他们现在也只有二十二个人，分成六组的话，人数太少，崩溃的可能性太大。

正是因为如此，他最终才做出了自己、高辉和王永军分别负责一道门的决定。

“只要不犯低级错误，我们就不会有任何危险。”他在四楼的楼梯间里对人们进行着演示。

床头柜、电视机柜、桌椅这些东西拼凑在一起，相互形成一个稳固的支撑之后，卡在门背后就能成为可靠的闭锁装置。门在打开三十厘米的宽度之后，就因为这些东西的阻力而再也没有办法打开。

“我们需要一个人在门缝这里做诱饵，吸引这些羽龙把它们的脑袋伸进来。”张晓舟说道，“然后，两个人从侧面给予它们致命的一击！”

人们反复地试验着他和高辉搭出来的那个结构。有人用力地用自己的身体撞上去，但它却纹丝不动。

“它们的体重在这里摆着，力气不可能比我们大很多。如果我们用尽全身力气都撞不开，那它们应该也不行。”张晓舟说道，“楼梯间的结构都是一样的，我们可以在这里进行充分的试验和调整之后，原封不动地搬到楼下去用。”

“为什么我们非要做这样的事情？等安澜大厦的人来不行吗？……”有人低声地说道。

“谁也不欠你什么！他们可以来，也可以不来，这不是他们的义务！”张晓舟看着他，缓慢但却非常严肃地说道，“如果你自己都不愿意冒这样一点危险自救，那会有谁肯冒更大的危险来救你？凭什么要别人冒更大的风险来救你？”

那个人缩到了人群里，不吭声了。

张晓舟看着其他人：“这群羽龙的总数就这么多，我们在这里杀掉得越多，获救的机会就越大！你们自己考虑吧。”

大多数人沉默了一下之后，开始研究要怎么放那些东西才能打开三十厘米的宽度，然后更可靠地把门顶死在那个位置。

“攻击的时候最好瞄准脑袋。”张晓舟向人们传授自己的古生物知识，“眼睛周围是颅骨的一个薄弱点，而且能够保证重创它们。”他用一块木炭在酒店房间白色的墙壁上简单地画出恐龙颅骨和脖颈的形状，告诉他们应该怎么下手、对哪些部位下手。

以前他是通过各种不同的科学期刊和网络文献来了解这些东西，但现在，他已经解剖过两三只驰龙，甚至看过完整的暴龙被剔光了肉的骨架，对于这些动物的认识已经变得很直观。

“最大也是最有可能的危险就是门背后那些支撑结构突然断裂或者是散架，毕竟没有钉子或者是螺栓固定，都是拼搭在一起临时组合起来的。”人们在火堆旁边吃晚饭边讨论着，“所以必须要有人在后面撑着，一旦出现这种情况，门缝前面作为诱饵和进行猎杀的人一定要用长矛把它们逼回去，而其他人则全力把门重新关起来……”

“第一击其实不管戳中什么地方都没关系，只要死死地压住它，让它没办法动弹，另外一个人就能有机会攻击要害。所以第一击的关键是戳中，不是直接就击中要害……”

整整一个晚上，人们都在讨论着行动的细节，再也没有人有心思嚼舌头或者是搬弄是非，在这样的大环境下，高辉的心情终于好了起来。

张晓舟悄悄地找了个空隙，让王哲到楼上去把代表危险的红色旗子竖起来。

他们原本应该在傍晚之前就完成食物和汽油的收集工作，集体撤回安澜大厦那边，而现在，这显然已经完全不可能了。

他担心钱伟会带人到这边来看是什么情况。红旗既可以警告他们，也可以让他们知道，参与行动的人已经撤到了新洲酒店里面。

从这里可以看到安澜大厦那边有好几个人在楼顶往这边看着，于是他打开窗户，对着那边挥了挥手。

他们应该是看到了他，也对着他挥起手来。

但他们之间的交流就仅限于此了，没有电话，仅有的两部从派出所找出来的对讲机也没有办法使用，这个世界突然就变得遥远了起来。

“准备好了吗？”张晓舟看着站在自己身边的脸色苍白的人问道。

“好了。”回答他的是严烨。几秒钟之后，包括王哲在内的其他人才跟着他点了点头。

他们所在的位置是二楼左侧的消防通道门口，这是选定动手的三道门里危险性最大的一道，虽然在张晓舟看来，其实风险都是相同的，但在其他人眼里，距离那些恶魔越近的地方,一定会比别的地方危险得多。

他们早已经悄悄地把本来挡在门后的杂物清理掉,重新按照他们在四楼试验过很多次的方式组合拼接起来。张晓舟一直在通过拆掉门把手之后露出来的孔观察外面的情况,偶然有羽龙从附近经过时,他便发出信号,让人们停止手头的工作。

其实真正危险的恰恰是这个时段,原有的挡门物被搬空,新的还没有立起来,他们工作的过程中也难免会有人咳嗽,或者木头撞在一起发出声响。有好几次羽龙都被声音吸引到了附近,几分钟后才离开。

但奇怪的是,人们评判一件事情的危险性,往往是通过自己的双眼,而不是通过思考。只要不用看到它们,安全性似乎就一定比看到它们时要高。

张晓舟无法扭转这样的局面,好在整个过程中羽龙并没有发现他们在做什么。

为了便于相互支援,他们选择的是同一侧楼梯一到三楼的三道门,高辉负责一楼,张晓舟负责二楼,而王永军负责三楼。当所有工作都结束之后,他们一起再一次检查了那些障碍物的稳固程度,然后才回到了自己的位置上。

人们的勇气似乎在这个等待的过程中被消耗掉了不少,虽然他们昨晚早已经把应该要做的事情和可能出现的情况反复讨论了不知道多少遍,但当它真的来临时,很多人的脸还是迅速地失去了血色。

张晓舟看了严烨一眼,拿起用来自卫的铁钎,站到了门缝的对面,然后用它轻巧地撬开了那道门。

好几个人在这时候深深地吸了一口气。

外面空无一物。

“喂!”张晓舟用手中的铁钎敲了一下那道门,大声地叫道。

一个身影突然一闪而过,它的速度之快让张晓舟甚至有些怀疑自己是不是看错了,但几秒钟之后,同样的身影快速地从他能够看到的范围内一闪而过。

“准备! 它们过来了!”他大声对人们说道。

几乎就在同时,他听到高辉和王永军也大声地叫喊了起来。

但预料中的攻击却迟迟没有发生。三人不断地叫喊着,用手里的铁钎敲打着身边的金属物品以发出声响,但那些鬼东西却像是已经离开了这个地方,一直都没有露面。

人们不禁怀疑起来。张晓舟让大家安静下来，想要听一听外面的声音，但却什么都没听到。

“别大意！”他大声地提醒着楼上楼下的人。

五分钟过去了，十分钟过去了，那些羽龙却一直都没有出现。

它们真的离开了？

有人松了一大口气。

“它们就在外面！”张晓舟大声地叫道。

“怎么可能！”那个人摇着头说道，“它们只是些低等的爬行动物，要是在外面，怎么可能一直都没有动静？”

“恐龙从来都不是低等的爬行动物，它们是进化程度非常高的物种。”张晓舟说道，“这些东西很聪明，别看不起它们！”

“你太夸张了。”那个人笑了笑，但他也没有勇气真的走出去，只是走到门边，弯下腰，把眼睛凑到那个孔上向外看去。

“回来！”张晓舟大声地叫道。

攻击几乎就在同时发生！

一只羽龙重重地撞在门上，所有人都惊叫了起来。

尖锐的爪子直接从那个孔里扎进来，差一点就扎到那个人的眼睛，如果不是因为张晓舟的大叫而犹豫了一下，他的眼珠应该会被直接挖出来！

他们之前搭筑的结构成功地挡住了两只羽龙接二连三的撞击，张晓舟用手中的铁钎越过那条缝隙朝它们扎了一下：“这边！笨蛋！”

羽龙的注意力终于被吸引了过来。

楼梯间里非常阴暗，虽然他们已经把四楼到六楼的门全都打开，但因为它的位置，光线仍然很糟糕。张晓舟看着羽龙的双眼在昏暗的地方发出绿色的荧光，这让它们的样子看上去越发恐怖了。

他愣了一下，随即再一次用手中的铁钎向它们挑衅，其中一只羽龙终于被他激怒，向着缝隙直扑过来。

它细细的脖子和脑袋很容易就穿过了那条缝隙，但圆滚滚的身体却被挡在外面。

“动手！”张晓舟大声地叫道。

一个身影大声叫喊着猛扑了上去，但手中的铁钎却因为羽龙脑袋快速的移动而刺空了。羽龙马上就发现了藏在门后的人，大声地尖叫起来。就在这时，另外一个站在门边的人突然把手中的撬棍狠狠地抵在门上，门在羽龙把脖颈退出陷阱之前猛地关了起来，狠狠地把它的脖颈夹住，让它尖锐地哀叫起来。

“快！”那个顶住门的人大声地叫道，之前刺空的那个人终于回过神来，再一次把手中的铁钎猛刺了出去。张晓舟这时候也扑过来帮忙，两根铁钎从不同的角度扎进这只羽龙的脑袋，几秒钟之后它就失去了生命。

“干得好！”张晓舟忍不住说道。

把门推回去的正是严烨，这时候突然有一股巨大的力量狠狠地撞在门上，他猝不及防，手中顶住门的撬棍一下子被顶了回来，狠狠地打在了他的身上。

几只羽龙在外面疯狂地咆哮了起来，张晓舟他们把铁钎从那只死去的羽龙头上拔出，它的身躯便马上被拖了出去。

几秒钟之后，一个张晓舟非常熟悉的脑袋突然闪到了门缝那里，是那只雄性羽龙！

它凝视着站在门缝对面的张晓舟，像毒蛇那样发出咝咝的声音。

“来啊！来咬我啊！”张晓舟握紧了铁钎对它叫道。

它却没有任何动作，就像是凝固在了那个地方，几秒钟之后，突然尖叫了起来。

所有的羽龙突然就这样从门边逃开，张晓舟怀疑这是陷阱，但十几分钟后，他鼓起勇气从门上那个孔看出去，周围已经一只羽龙都没有了。

“它们离开了吗？”有人充满希望地在他背后问道。

“没有。”张晓舟摇了摇头。

那只色彩鲜艳的雄性羽龙就站在十几米外的自助餐厅门口，而它的目光一直都在看着这边。

门又重新被堵了起来，人们重新退回四楼，聚在一起商量对策。

“你怎么样？”张晓舟对严烨问道。

如果不是他果断地把门猛地关起来，也许他们费了将近大半天时间策划、准备并且最后实施的计划，最终将劳而无获。

第18章 新的思考

王永军他们在三楼至少还幸运地杀伤了一只成年雌性羽龙，让它重伤逃离，一楼高辉那里却无功而返。这种动物应该是他们到目前为止见过的最聪明也最谨慎小心的恐龙，它们不像驰龙那样渴望新鲜的血肉，体形稍小但却更加灵活，也更狡猾。

张晓舟甚至开始怀疑，这种被他命名为远山羽龙的动物，会不会就是伤齿龙的一种？但它们的体形却远远大于张晓舟以前所看到的那些资料上关于伤齿龙的数据所呈现出来的样子，这让他又不确定起来。

不过地球被恐龙这一族群统治了漫长的一亿六千万年之久，相对于这样漫长的时间和它们庞大的种群以及数量，后世被人们发掘出来的化石无论是数量还是样本肯定都只是沧海一粟。如果按照未来哺乳动物的数量和种类来类推，在这样漫长的岁月中，恐龙的种类应该有数万种，但被人们发现的不过一千多种，而且其中很多都只是发现了少量骨骼碎片。他们来到这个世界之后，必然会面对很多种从来没有听说过的生物。

“应该没事。”严烨脸色苍白地龇了一下牙答道。

张晓舟小心地替他检查了一下。撬棍弹回来狠狠地撞在了他的胸骨上，但好在没有造成骨折或者是骨裂。这也多亏了他还年轻，如果换成一个骨质疏松的中老年人，这一下也许就会带来严重的后果。

“赶快把安澜大厦的人叫过来帮忙吧!”有人说道。

很多人附和了起来。

张晓舟不由得叹了一口气,为什么这些人总是习惯于把希望寄托在别人身上,而不是自己想办法解决问题?

“叫他们过来就能彻底解决问题吗?”他问道。

“总比我们这么瞎搞要强吧?”

“瞎搞?”张晓舟恼怒了起来,“这群羽龙成年的应该就只有十五六只,我们杀掉了一只,重伤了一只,至少已经消灭了它们百分之十的战斗力,这怎么叫瞎搞?”

“可是……这根本解决不了问题啊!”那个人讪讪地答道。

“如果我们解决不了问题,那安澜大厦那边即使派人过来,也不会有更好的办法。”张晓舟说道。

“他们有燃烧瓶啊!”那个人争辩道。

“在这种地方用燃烧瓶?”张晓舟摇了摇头,连和他辩论的欲望都彻底失去了。

酒店的装修材料中大量地使用了易燃材料,到处都是木制的家具,地上有地毯,墙上有易燃的墙纸,窗边有易燃的窗帘,而且这些东西被引燃后都有可能释放出大量的有毒气体。在这种地方使用燃烧瓶,杀死羽龙的可能性不知道有多大,但把新洲酒店变成一个巨大火炬的可能性却是显而易见的。现在已经没有消防队了,酒店的消防设备也因为停电而完全失去了作用,他们到时候也许不会被羽龙杀死,倒是会被自己引发的大火烧死,被毒烟熏死。

要知道,使用燃烧瓶可不像他们烧火做饭,会提前把周围的易燃物搬开,隔离出一个相对安全的区域。

“但是……他们总归比我们人多吧?”

“我们之前有五十个人,但是结果呢?”张晓舟问道,“在这种狭窄的地方,五十个人、一百个人和二十个人的结果是一样的。我还是那句话,谁也不欠我们什么,谁也没有责任非要来救我们。如果我们这么多人都没有勇气去面对那些恐龙,那别人就更没有非要面对它们的理由。如果连我们自己都因为恐惧而只会躲在安全的地方等着别人来救,那别人又有什么理由要来为我们冒险?”

“我们可以把那些食物让给他们……”

“那些食物现在还不属于我们，它们现在是无主之物。”张晓舟说道，“如果有人冒险过来了，那那些食物本身就应该是属于他们的。你怎么可能用不属于自己的东西作为代价让别人来救自己？”

“张队长，你这个人……你是不是……”那个人气急败坏，甚至想问张晓舟是不是脑袋有问题，是不是有病，但终于忍住了，“为什么你什么事情都要靠自己？我们就这么点人，能干什么？”

“这都已经是什么样的世界了，不靠自己，你准备靠谁？”张晓舟问道，“靠警察，还是靠别人良心发现、靠别人的施舍？”他和这个人辩论的目的其实从始至终都不是为了要说服他，而是为了要说服其他人。“好好想想吧，如果是你们，突然有人来告诉你们说有一群素不相识的人被困在某个地方，很危险，让你们拿起长矛去救他们，你们会去吗？”

没有人回答。

“我们到这个世界已经一个月了，这个世界是什么样子你们还不清楚吗？我们当然要相互依靠、相互帮助，但如果每个人都只想自己安全，都只想自己舒服，不首先付出努力，不冒风险，我们去依靠谁？有谁会帮助我们？”

“张队长，你不用说了，这些道理大家都懂。”终于有一个满脸络腮胡的三十多岁的男子说道，“你就说吧，现在你的想法是什么？”

张晓舟看着他，他的个子并不是很高，但看上去很强壮。一直以来，他的话都不是很多，应该是那种不喜欢和陌生人说话的人。

“现在的环境其实对我们有利。”张晓舟看着人们说道，“一楼我们不考虑，那里空间太大，和外面差不多，甚至比外面还要糟糕。但二楼和三楼则完全不同，房屋间架限制了那些恐龙至少一半的活动能力，它们不可能在这样的环境下向我们扑击，墙壁也可以挡住它们的偷袭。它们要攻击我们，只能沿着走廊、门窗过来。它们行动的隐秘性和突发性将大大降低。”

“你的意思是？”

“我们应该走出去，以二楼和三楼狭窄的空间为阵地，一只只地把它们消灭掉！”

众皆哗然。

但张晓舟却什么都没有说，而是静静地等待着他们自己安静下来。

“这根本就不可能!”一直期盼着安澜大厦派人过来救自己的那个人大声地说道。

“为什么?”

“我们怎么可能……?”

“如果我们不可能，那其他人来也不可能。你的意思是，我们应该等死吗?”张晓舟看着他问道。

“这根本就不是一回事!”那个人大声地说道。

张晓舟摇了摇头，问道:“那你告诉我，为什么我们不行，必须要等别人来? 如果没有人来，你又准备怎么办?”

“这……我们的人手太少了……而且，我们……”

“除非有办法能够在外面隔着墙把它们杀掉或者是赶走，否则任何人来这里救我们，所面对的都是相同的局面。外面的走廊有多宽大家都看得到，即便有一百个人，那儿也只站得下七八个人。对于我们来说，很难再找到更好的地形了。”

“走廊里是这样，但是餐厅里呢? 那里肯定就变得开阔了。”络腮胡说道。

“的确是这样，但我们没有必要在餐厅里和它们开战。”张晓舟对于他这样真正对如何解决问题进行思考的人总是会十分赞赏。

“如果它们就是守在开阔的地方不过来呢?”严烨说道，“除非我们有远程攻击的手段，不然的话，永远也解决不了问题。”

“我的考虑是使用投矛。”张晓舟说道。

“投矛?”

“我们这里有很多木头，这些柜子、床架的木方都很硬，而且本身的形状就已经是长形的了。削成合适的形状并且在矛尖加上些配重，应该会有一定的杀伤力。”张晓舟说道。这是他不久前才萌发的想法，但还不知道适不适用，“走廊里比较狭窄，它们躲避的空间会很有限。我们大量投出长矛的话，它们应该很难躲过去。这些动物的防御能力应该不强。即便在一些不大的房间里，投矛应该也会奏效。”

人们开始低头思考起来。

“先弄一些出来试试。”那个络腮胡说道。

“你们……”之前的那个人着急了起来。

“滚一边去!”络腮胡粗暴地推了他一把，他差点就摔在地上，“如果最终我们决定了要出去，你肯定是打头的那个！别以为我们会让你在这里看着我们出去拼命！”他对那个一直在散布负面情绪的人说道，“要么想办法帮忙，要么闭嘴保存体力，要么就自己从窗口跳下去！如果再让我听到你说这些没用的话，我就把你从楼顶扔下去！”

那个人一下子愣住了。络腮胡的个子还没他高，但一看就比他壮得多。他本能地想要骂回去，但看着络腮胡握起的拳头，心里一下子犹豫了。这已经不是以前了，“把你扔下楼去”这样的话在以前多半只是一句毫无意义的威胁，但现在却很有可能变成现实，而且还不用负任何责任。

他本来也不是那种脾气很暴躁的人，不然也不会一直在担心这个担心那个，害怕这个害怕那个，于是他迟疑了一下，退后几步，什么话也没敢再说。

不知道为什么，好几个人一下子都觉得心里舒爽了起来。

高辉尤其如此。

这样的话高辉早就想说了，但是站在张晓舟他们的立场上说这样的话有些不合适，张晓舟一直不让他这么干。现在有人出来把他想做的事情做了，而且做得比他设想的更暴力也更解气，他马上就把这个络腮胡当成了自己人。

他眉飞色舞地跑到那个络腮胡旁边问道：“大哥贵姓？”

这个人他有印象，但却不记得是自己还是张晓舟找来的了。

“我叫齐峰。”络腮胡说道。

“大家怎么想？”张晓舟问围在周围的人。

被威胁的那个人其实代表了相当大一部分人的心思，在这种情况下，他们也没有办法继续支持那个人的说法。

“先看看你们说的那个投矛的威力吧。”

大部分人手边都只有一根用各种工具改装出来的长矛，好在张晓舟和高辉从安澜大厦出来的时候各自带了一把质量不错的军刀，张晓舟之前找到一把消防斧，严烨他们也从酒店二楼的厨房里弄到过几把刀子用来防身。

他们用一块盆景石磨刀，王永军和齐峰轮流用那把斧头把过宽和过粗的木方劈成细长条，然后其他人用刀子小心地把它们削成近似于圆柱形的木棍。

重心和平衡是个大问题，好在张晓舟从来也没有指望他们能够把这些做工粗劣的投矛投到十几二十米之外，在他的计划里，人们能够用坚固的长矛把恐龙挡在走廊的另一边，然后用这些投矛进行覆盖性的投射，对它们造成一定的杀伤力就已经很不错了。

按照这样的理念，这些投矛实际上需要飞行的距离不会超过十米。

王永军用力把张晓舟做出来的那根投矛向放在房间尽头的那张床投去，这根完全木制的短矛在半空中飞行的姿态还算不错，但它穿透了放在表层的被褥，却没有扎进床板，而是掉落在了地上。

"杀伤力好像不够？"高辉不确定地说道，"投矛的矛尖好像要烤一烤？"

身为宅男的他看过各种杂书，里面有大量未经证实也不知道真伪的知识，只能一点点来验证。莫洛托夫鸡尾酒是他目前为止立下的最大的功劳，现在都还作为他的重大贡献记录在吴建伟那个部门的资料当中。

"应该是通过让木头碳化而更加致密？"严烨说道，"我好像也听过这种说法。"

"没那么复杂。"张晓舟摇了摇头。他让王永军做这个实验其实主要是想看看这种样子的投矛在空中到底能不能平稳地飞行。

他走进浴室，用手里的木棍在玻璃上用力一敲，整块玻璃就彻底碎了下来。

他从中挑出几块形状稍微狭长的，小心地拿了出来。

"杀伤力绝对不会弱。"他对高辉和严烨说道。

两人不服气地对望了一下，却无法反驳。

碎玻璃的坚硬和锐利程度绝对值得信任，虽然它很容易碎，但在这种情况下，只露出十厘米左右用来当矛尖扎恐龙绝对没有任何问题。

唯一的问题是它很容易碎裂，只能充当一次性用品。不过只要能把它捡回来，重新在矛尖位置绑一块玻璃也不是很麻烦的事情。

"大家觉得怎么样？"张晓舟问道，"我认为赢的概率很大，你们觉得呢？"

所有能够仰仗的优势他在制作投矛的时候都已经和其他人逐一进行了分析，如果他们在这种情况下还愿意等死，或者是执意要等别人来救自己，那在他看来，他们根本就没有在这个世界上活下去的可能。

"干吧！"不知道是谁说道。

这让张晓舟有些惊讶，他原以为第一个站出来的会是齐峰。

片刻之后，几乎所有人都点起了头。

“三楼的结构大致上是这样的。”严烨、王哲凭记忆把二楼和三楼的结构用木炭画在了墙上。

两人在这个地方生活了好几天，也曾经一层楼一层楼地到处寻找可吃的东西，一楼和二楼的餐厅曾经是他们俩搜索的重点，后来也曾经好几次去那里找刀具和餐具，算得上是比较熟悉。

而张晓舟他们只是把这个地方当作一个临时的落脚点，对于客房这里的情况或许还算熟悉，但对于下面三层的情况基本上就是一团糨糊。

现在这种时候，严烨和王哲的情报就成了整个行动最重要的参考。

“会议室的层高是多少？”高辉问道。

“大概……大概四五米吧？”王哲有些不确定。那个地方没有什么对他有用的东西，他虽然好几次路过，但没有进去过。

大家都皱着眉头。

按照他们画出来的简图，三楼的主体是一个可以容纳三四百人的大礼堂，然后是三个可以容纳五六十人的中型会议室和八个仅仅能够容纳十几个人的小会议室。大礼堂正对主楼梯，两侧各有一个出入口，前面还有两个通往洗手间的通道，与走廊相连。

三个中型会议室和八个小会议室就分布在这个走廊的不同位置，巧妙地利用了几乎每一个空间，而主楼梯两侧和背后的那些开阔空间则是用来给人们放松的休闲茶座。

走廊的宽度只够五个人手持长矛并行，这对他们来说是好消息，但走廊本身是一个不规则的环形，这就意味着他们必须要时刻防备腹背受敌。而中型会议室和大礼堂的面积、结构也不利于他们的行动，一旦他们进入到里面，地利马上丧失不说，危险性也会大大增加。

“我们不必进入那些房间。”张晓舟却胸有成竹地说道，“我记得大礼堂和会议室的门都很厚，而且上面有比较牢固的把手。如果那些羽龙在里面不出来，我们正好可以把它们关在里面。”

这样的思路一下子让大家豁然开朗，对啊，他们又不是非要面对面地杀死它们，只要能消灭它们，杀掉可以，关起来饿死难道不行？

“但中型会议室应该不行。”严烨说道，“那些房间不像大礼堂，周围都是有玻璃窗的，它们有可能直接从那里跳出去。如果我们以为关住它们了，走到外面的时候它们却突然从楼上撞破玻璃窗跳下来，那就太危险了。”

张晓舟赞赏地看了他一眼。

“我们只是临时把它们关起来，等到整个区域安全了之后再想办法去对付它们，把它们赶得自己跳下去也行。”

“如果是这样的话，那你的计划是把楼梯通往大堂方向的那个地方用家具堵死？”齐峰这时候也猜出了他的想法。大量桌椅板凳相互卡在一起，把走廊的环形结构阻断，对于他们来说，就能够有效地防止来自背后的袭击，而且也能够保证退路的安全。也许只要派一两个人守住那个地方就行。

不过这一切都建立在羽龙这种动物的体重和力量都和人类差不多的基础上，如果他们要面对的是更强大的动物，这样的办法就未必能够奏效了。

从某种意义上来说，这也是他们的幸运。那些羽龙或许可以算是很聪明的动物，但人们真正惧怕的，从来都不是这种程度的智力比拼。

人们看着那简略的结构示意图，低声地讨论起来，更多的细节被提出，然后成为行动的补充。比如张晓舟做成的投矛，人们尝试着把一些重物捆绑在矛尖的位置，调整投矛的重心，事实证明，这样调整之后，也许没有办法飞得很远，但在十米以内的杀伤力却变得更大。有些人从拆掉的家具上弄到了一些用来连接的金属片、金属支架之类的东西，卫生间里也拆出来了不少金属把手之类的东西。这些东西被他们想方设法扭断、磨尖之后，杀伤力看上去也很可观，而且还更加耐用。

他们收集了大量的家具放在三楼的过道里，准备用来制作障碍物。投矛则制作了将近一百根，大概有十来种形状，张晓舟准备通过实战来验证，看哪一种最好用。

一切准备工作结束后，已经是下午两点多，距离天黑还有将近五个小时，人们饱餐了一顿，聚在一起把所有细节都过了一遍，然后才开始行动。

首先是诱敌，虽然张晓舟对羽龙会被吸引的可能性已经不抱什么希望，认为这完全就是在浪费他们本来就不多的人手，但大多数人觉得应该这么做，他也就没有坚持。

高辉带着四个人按照之前的做法在另外一条楼道的一楼防火门那里搭了稳固的支撑后，把门打开了一条缝，然后开始在那里大喊大叫起来。距离之前那次诱杀已经过去了好几个小时，他们都希望羽龙会忘记发生了什么事情，再一次进入他们的陷阱，但显然，虽然有好几只羽龙被这个声音所吸引，并且到了那道门附近，但它们却丝毫也没有要把脑袋伸进那个地方的意思。

“开始吧！”张晓舟对齐峰说道。

他们小心地确认了三楼的这道门外没有羽龙逗留，这才悄无声息地走了出去，十个人分成两队，分别守住了通往大堂方向的走廊和通往卫生间的走廊，剩下的人则开始没命地把楼梯里提前放好的东西一件件地搬出来，尽可能稳固地堆放在一起。他们提前把好几条被单裁成长条，在一些关键的地方把这些东西牢牢地捆起来。

这样的事情张晓舟之前曾经做过一次，这也是他有底气的原因。

高辉他们的声音隐隐约约从楼下传来，不知道是他们的作用还是三楼本身就不是羽龙活动的场地，直到他们把整个障碍物搭好并且卡在走廊里放好，也没有一只羽龙出现在他们面前。

长度近四米的各种家具组成的障碍物死死地卡在走廊里，几个人用力推都纹丝不动，这给了人们空前的信心。

“留一个人守在这里，我们按计划行事！”张晓舟说道。

好几个人都想留下，但他最终选定了王哲。

这个人在他的计划中有着更加重要的作用，如果发生意外就太可惜了。

“守好这里，确保我们的退路安全！”

“没问题！”王哲不知道这个差事为什么会落到自己头上。他看了严烨一眼，对着人们郑重地点了点头。